돌아갈 집이 없어서
아프리카로 퇴근했어

돌아갈 집이 없어서 아프리카로 퇴근했어

전세 만료와 안식월이 열어준 아프리카 종단 여행

초 판 1쇄 2025년 11월 11일

지은이 조훈제
펴낸이 류종렬

펴낸곳 미다스북스
본부장 임종익
편집장 이다경, 김가영
디자인 임인영, 윤가희
책임진행 이예나, 김요섭, 안채원, 김은진, 국소리

등록 2001년 3월 21일 제2001-000040호
주소 서울시 마포구 양화로 133 서교타워 711호
전화 02) 322-7802~3
팩스 02) 6007-1845
블로그 http://blog.naver.com/midasbooks
전자주소 midasbooks@hanmail.net
페이스북 https://www.facebook.com/midasbooks425
인스타그램 https://www.instagram.com/midasbooks

ISBN 979-11-7355-571-8 03810

값 19,500원

전세 만료와 안식월이 열어준 아프리카 종단 여행

돌아갈 집이 없어서 아프리카로 퇴근했어

조훈제 지음

목적도 이유도 없이 훌쩍 떠나도 괜찮다,
그저 행복하기만 하다면!

프롤로그

01

불편함이 주는 즐거움

내 인생 첫 해외 여행은 중국 베이징으로의 가족 여행이었다. 그때가 2002년이었으니 내가 초등학교 저학년일 때다. 어린 나이에 새하얀 기대를 안고 새로운 세상을 경험하길 기대했지만 기억에 남는 건 그곳에서 당한 사기였다. 어린 나를 붙잡은 상인은 삼국지 영웅들의 무기 모형 20여 개를 단돈 10위안에 준다고 했다. 사나이의 가슴을 울리는 칼과 창을 그냥 지나칠 수 없어 아빠를 졸랐다. 돈을 지불해줄 자가 오니 상인은 돌연 10개에 20위안이라며 말을 바꿨다. 교묘하게 숫자를 달리한 것이었다. 생애 첫 해외 여행지에서 아들의 기분을 상하게 하기 싫었던 아빠는 40위안을 주고 모형 무기 20개를 사주셨다. 무려 4배의 뻥튀기 사기를 목격해버린 어린 시절의 나는 20년이 더 지난 아직까지도 이 일을 잊지 못한다. 다만 지금은 '그런 일이 있었지!'라며 웃으며 떠올리는 소중한 추억으로 기억하고 있다.

내가 여행을 좋아하게 된 것은 군대에 가기 전 친누나와 다녀온 태국 푸켓 여행 덕이다. 한때 세계 3대 신혼여행지로 손꼽히던 곳을 원수와 다름없다는 친누나와 가다니. 숙소 문을 열었을 때, 침대 위에는 하트 모양으로 마주

보고 있는 수건으로 만든 한 쌍의 학이 놓여 있었으며, 그 주변으로는 장미꽃이 흩뿌려져 있었다. 여행 내내 허니문이냐는 질문을 수도 없이 들었고 마사지 샵에서는 전신을 제압당한 채 한 시간 동안 아내에게 사랑받는 법을 교육받기도 했다. 온갖 오해를 받으며 머쓱한 여행을 다녀왔지만 그럼에도 나는 푸켓 여행이 너무나 좋았다. 전역을 하고 나면 꼭 다양한 곳을 가족, 친구 그리고 연인과 즐겁게 다닐 것이라 다짐한 계기가 되었고 그것이 지금까지 이어져 여행을 꿈꾸는 프로 여행러가 되기에 이르렀다.

오만 로드 트립은 직장 상사와 다녀왔다. 시중 은행의 아부다비 지점에서 인턴 생활 중이던 나와 본사에서 OJT[1]를 받으러 파견 온 과장님의 조합. 지점장님의 배려로 마치 체험 학습을 가듯 출근 대신 옆 나라 여행을 하게 된 경우였다. 그러나 서로 안면을 튼 지는 불과 한 달 남짓, 이만큼 어색한 동행이 또 없었다. 게다가 첫날 숙소가 위치한 무스카트까지는 렌터카를 빌려 편도 약 11시간을 운전해야 했고, 돌산 구경이 주를 이루는 나라 특성상 여행지에서는 늘 1~2시간 정도의 트레킹을 해야만 했다. 예산 절감을 위해 같은 방을 쓰는 것은 덤. 불편함이 온 여행을 감싸 안고 있던 위기의 여행이었다. 그런데 아이러니하게도 한동안 내 인생 최고의 여행지는 오만이었다. 직장 상사였던 과장님도 회사 밖 여행지에서는 그저 반갑고 의지가 되는 한국인 여행자일 뿐이었고, 세상 어디에서도 본 적 없는 생소한 풍경을 보며 같은 감정을 공유하는 여행 메이트였다. 그 덕분인지 오만 여행은 여전히 누군가에게 자랑처럼 이야기해 주기에도 좋은 최고의 여행지로 꼽는다.

1 일상적인 직무를 통하여 실시하는 종업원 교육 훈련 방식

이 외에도 나는 불편한 여행을 참 많이도 했다. 캐나다 밴쿠버 아일랜드의 스키장에 갔다가 낸 폐차 수준의 교통사고, 중남미 여행 첫날 멕시코 호스텔 도미토리에서 목격한 타인의 농밀한 사랑 행위, 몽골 고비 사막 한가운데서 길을 잃어버린 푸르공 기사님, 연인도 썸도 아닌 여자 사람 친구와 단둘이 떠나게 된 독일&아이슬란드 여행 등. 나열하자면 끝도 없고 이야기를 풀자면 책 한 권을 또 써낼 수 있을지도 모른다. 하지만 나는 이 모든 불편한 경험이 그 무엇보다도 머리 속에 깊게 새겨진 기억이고 그 어떤 여행보다 소중하다. 오히려 계획대로 척척, 물 흐르듯 진행된 여행보다 더 행복한 순간들로 남았다. 이렇듯 여행은 그 당시엔 비극일지언정 돌이켜보면 희극으로 변모할 수 있다는 점이 참 매력적이라고 생각한다.

그런데 심지어 아프리카라니. 수많은 편견과 소문이 있고 뚜렷한 정보가 없기도 하며 상상만 해도 고난투성이인 이 대륙을 종단하겠다니. 머리가 어떻게 되지 않고서야 어떻게 이런 마음을 먹을 수 있을까. 그렇지만 말이다, 나 참 하늘만큼 땅만큼 설렌다. 새로운 세상에서 새로운 비극을 마주하고 새로운 희극을 남길 수 있을 것만 같다. 여행을 떠나기 전 자꾸만 입꼬리가 올라간다.

'이번엔 또 얼마나 불편할까? 그러면 또 얼마만큼 즐거울까?'

1장

대한민국

01. [D-1] 회사 사무실

02. [D-0] 혜화 고시원

〈부록1〉 50개국 여행자가 추천하는 여행 꿀템

D-1

01

회사 사무실

"안식월!"

2020년 9월, 다니던 회사에 안식월 제도가 생긴다는 소식을 듣고 머리 속에 가장 먼저 떠오른 키워드는 단연 아프리카였다. 광활한 대륙을 경험하기에 한 달이라는 시간은 무척이나 짧겠지만, 코리안 스탠다드 직장인으로 살아가던 나에게 이만한 기회는 또 없었다.

안식월에 대해 조금 더 말해보자면, 무려 20영업일의 연이은 연차가 주어지는 우리 회사 최고의 복지다. 심지어 유급! 근속 연수가 5년이 될 때마다 한 번씩 사용할 수 있었기 때문에, 이제 막 신입 사원이었던 당시에는 먼 미래의 이야기임과 동시에 5년의 시간을 버틸 수 있는 힘이기도 했다.

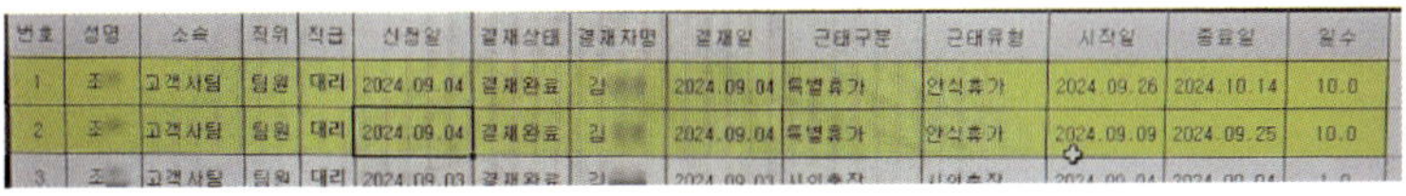

번호	성명	소속	직위	직급	신청일	결재상태	결재자명	결재일	근태구분	근태유형	시작일	종료일	일수
1	조	고객사팀	팀원	대리	2024.09.04	결재완료	김	2024.09.04	특별휴가	안식휴가	2024.09.26	2024.10.14	10.0
2	조	고객사팀	팀원	대리	2024.09.04	결재완료	김	2024.09.04	특별휴가	안식휴가	2024.09.09	2024.09.25	10.0
3	조	고객사팀	팀원	대리	2024.09.03	[illegible]	김	[illegible]	[illegible]	[illegible]	[illegible]	[illegible]	[illegible]

안식월 근태 결재 완료 :-)

사실 어쩌면 신입 사원이라 다행이었다는 생각도 한다. 왜냐면 2020년은 코로나 바이러스의 유행이 극에 달해 있던 시기였기 때문이다. 팬데믹의 영향으로 먼저 안식월을 떠나는 선배님들은 해외여행을 꿈도 꾸지 못했다고 한다. 하지만 나에겐 팬데믹은 그저 과거의 헤프닝이 되었고 이따금씩 그들과 안식월 계획에 대해 이야기할 때마다 "저는 아프리카를 여행할 거예요! 무조건!"이라고 말했었다. 목표를 입 밖으로 꺼내면 현실이 된다더라.

그렇게 지금 나는 안식월 D-1을 맞이하고 있다. 고맙게도 나의 안식월이 있는 해 2024년은 공휴일이 꽤 많다. 추석 연휴와 개천절 그리고 한글날, 5일의 '빨간 날'이 있는 9월을 일찌감치 점 찍어 두었고 주말을 포함해 총 37일의 휴가 기간을 만들어내는 데 성공했다. 그리고 극적으로 공휴일 지정이 된 국군의 날이 추가되어 총 38일이 되었다! 평범하기 그지없는 대한민국 직장인에게 38일 간의 휴가는 그 가치를 감히 매길 수도 없이 소중하고 감사하다.

유행병 걱정없이 해외로 여행을 갈 수 있는 시기, 공휴일이 많은 달, 책임져야 할 가정이 없는 미혼남 신분, 정말이지 온 세상이 나를 위해 돌아가고 있는 것만 같다. 이것은 꼭 무탈하고 순조로운 아프리카 여행이 되라는 하늘의 계시일까? 그래야만 한다.

D-0

02

혜화 고시원

"오늘 퇴근은 아프리카로."

나는 13년 차 프로 자취생이다. 역마살이 낀 건지 도통 한 곳에 오래 머물지 못했던 생활 탓에 국내는 물론 캐나다, 아부다비 등 해외 생활도 해보았고 빌라, 오피스텔, 하숙집 등 거주의 종류도 아주 다양하게 경험해보았다. 그만큼 집을 구하고 옮기는 데는 아주 도가 터 있는 사람이다. 그런데 이번 안식월을 앞두고는 상황이 조금 달랐다. 서울로 상경을 해 온 후로 가장 오래 머물렀던 신촌의 자그마한 전세 집의 계약 만료일이 7월이었는데, 9월부터 한국에 없을 내게 다음 거주지를 미리 계약하고 지낸다는 것은 낭비라는 생각이 들었다. 알다시피 대한민국의 수도 서울은 거주비가 상당히 비싸기에 한 달이라는 시간을 그저 날려 버리기에는 아무래도 사치 같았다. 고심 끝에 내린 결론은 '고시원에 머물자!'

사실 서울의 고시원도 만만하게 볼 가격은 아니었다. 방 안에 창문이 있고 없음에 따라, 샤워실이 있는지 또는 화장실이 있는지에 따라 월세가 40만 원부터 많게는 80만 원까지 천차만별이었고, 그나마 합리적인 곳을 찾는다 하더라도 나같이 1~2개월 단기 생활을 받아주는 곳이 많지는 않았다. 무려 2주간 손품, 발품을 팔아 마련하게 된 혜화 고시원. 나름대로 괜찮은 컨디션이었지만 한여름에 에어컨도 내가 컨트롤할 수 없는 2평짜리 좁은 방인 터라, 전쟁 같은 직장에서 사회생활을 하고 돌아와 지내려니 프로자취러인 나에게도 쉽지만은 않은 시간이었다. 그리고 퇴소할 때쯤 나타난 손가락 두 개 크기만 한 대왕 바퀴벌레는… 아직도 내 머리 위에서 기어 다니고 있는 것만 같다….

그래도 시간은 어찌어찌 흘렀고 출국을 앞두고 있는 나는 짧은 시간 미운 정 고운 정이 박힌 고시원을 비웠다. 여행 배낭만 덩그러니 남은 2평짜리 방을 보고 있자니, 나 참 궁상맞다는 생각이 들기도 한다. 하지만 해냈다는 뿌듯함과 내 앞길에 아프리카만이 남았다는 사실이 참 설렌다. 어느 미모의 연예인 말마따나 럭키비키[2]다!

아 참, 그런데… 나 이제 돌아갈 집이 없다. 아프리카 여행에서 중도 포기를 하든, 끝까지 완주를 하든, 한국에 다시 발을 딛는 순간, 나는 홈리스(Homeless)다. 어쩔 수가 없네, 오늘 퇴근은 아프리카로 해야지.

2 어떤 연예인의 유행어로, 상황이 어떻든 간에 난 참 운이 좋다는 긍정적인 자세를 뜻하는 말

5년간의 서울살이가 배낭 단 2개로 압축됐다.

50개국 여행자가 추천하는 여행 꿀템

1. 빨랫줄

장기 여행이나 휴양지 여행을 할 때, 그리고 눈과 비 또는 모래가 많은 곳을 여행할 때면 가져간 옷가지들로는 일정 감당이 되지 않을 때가 분명 있을 것이다. 그렇다고 세탁소를 찾아 맡기자니 여행에서 가장 소중한 돈과 시간을 모두 써야 하는 불상사를 맞이해야 한다. 간혹 숙소에서 세탁 서비스를 제공해주는 경우도 있지만 빨래의 양이 많지 않을 때는 서비스를 요청하기 모호할 수 있다. 이때를 위해 빨랫줄을 가져가자! 다O소 여행 코너에 가면 양 끝에 흡착판이 달린 고무 빨랫줄이 있다. 흡착 기능은 기대에 못 미칠 수 있으나 수축력이 훌륭해 기둥, 문고리, 가구 등에 묶어 사용한다면 꽤나 근사한 건조대로 사용할 수 있을 것이다. 특히 도미토리 2층 침대를 사용하게 된다면 기둥과 기둥을 엮어보자. 널어 둔 빨랫감들이 커튼 역할도 해주어 프라이빗한 공간 연출도 가능해진다. 유사시에는 노끈으로도 사용할 수 있어 이모저모 배낭여행자들에게 적극 추천하는 아이템이다.

2. 손목 밴드 지갑

해외여행을 할 때 가장 걱정되는 것 중 하나로 단연 소매치기를 꼽을 수가 있다. 숙련된 소매치기범은 아무리 조심을 하더라도 눈깜짝할 새에 내 소중한 짐을 훔쳐버릴 수 있다. 지갑이나 카드를 도난당한 여행을 상상해보라. 이보다 더 끔찍한 경험이 없다. 그렇다면 더욱 정교한 방법으로 소매치기를 예방해야 할 텐데, 이를 위해 추천하는 아이템이 있다. 마찬가지로 다O소 여행 코너에서 찾을 수 있는 손목 밴드 지갑이 그것이다. 겉보기에는 단순히 손목 보호를 위한 밴드 정도로 보인다. 그러나 자세히 보면 조그마한 지퍼가 달려있고 이것을 열어보면 카드는 물론 한 번 접은 지폐와 동전 수십 개는 족히 들어가는 주머니가 마련되어 있다! 그 누구도 이것을 훔쳐야겠다고 생각하지 않을 법한 완벽한 지갑이다. 심지어 해외에서 교통 결제 혹은 카드 결제를 할 때는 국내와 달리 카드를 결제 단말기에 꽂거나 긁지 않고 단지 탭(tap)하여 결제를 일으키는 NFC 기능을 사용하는 경우가 대부분인데 이때는 카드를 지갑에서 꺼낼 필요도 없이 손목을 단말기에 가져다 대기만 하면 그만이다. 가끔 이를 신기해하며 당최 그것이 무엇이냐고 묻는 점원들의 놀란 눈을 볼 수 있는 것은 덤.

3. 새콤O콤

다른 캐러멜이나 캔디는 안 된다. 정확히 새콤O콤이다. 이 엄청난 아이템이 여행에 주는 효과는 두 가지다. 첫째, 각성 효과. 리조트나 호텔에서 느긋하게 시간을 보내는 휴식이라면 모르겠지만, 일반적으로 여행은 분명 강한 체력을 요한다. 정신없이 일정을 소화하다 보면 당이 떨어지는 순간이 올 텐데, 이때 캐러멜과 캔디는 간편하게 나를 충전시켜 줄 아이템이 될 수 있다. 그런데 당에 더해 약간의 신맛까지 겸한다면? 이 작은 군것질거리가 순간적으로 정신을 깨우는 합법적 각성제가 되어 줄 것이다. 두 번째가 핵심인데, 꽤 효과적인 '선물' 기능을 한다는 것! 50여 개 나라를 돌아다니며 정말 다양한 국가 출신의 사람들과 소통했다. 그리고 그들에게 도움을 받아 보답해주고 싶거나 교류의 기회가 찾아왔을 때면 종종 새콤O콤을 몇 알 건네기도, 때에 따라 한 줄 전부를 선물하기도 했다. 경험상 이 요물 같은 캐러멜은 의외로 절대 실패하지 않는 선물이다. 한국과 달리 나이가 지긋하신 어르신 분들도 초콜릿 같은 디저트 류를 즐겨 먹는 해외 문화 특성상 새콤O콤 역시 남녀노소를 가리지 않는 인기 아이템이었고, 옆 사람까지 군침을 흘리게 만드는 특유의 강렬하고도 익숙한 향이 '나'라는 사람 혹은 '한국'이라는 키워드를 강하게 각인시켰다. 심지어 에티오피아에서 만난 어느 카페테리아 사장님은 수입 사업을 해보고 싶다며 진지하게 컨택 포인트를 물어보는 통에 곤란한 적이 있었을 정도. 게다가 상당히 가볍고 부피도 작아 짐을 꾸리는 데 부담이 없기 때문에 생각이 난다면 꼭 한번은 챙겨 가보는 것을 적극 추천한다.

2장

케냐

D+1

01 나이로비

"여기 위험할까?"

장장 23시간의 여정 끝에 첫 여행지 케냐의 수도 나이로비에 도착했다. 나이로비 공항은 대중교통이 없다시피 하다는 얘기를 먼저 접했기 때문에 현지 유심을 연결하자마자 우버를 불렀다. 우버는 워낙 보편화되어 있는지라 나를 도심까지 데려다 줄 기사님과는 어렵지 않게 매칭이 되었지만, 문제는 어떻게 기사님을 만날지였다.

"나 공항 주차장에 도착했어 너는 어디에 있니?"
"음, 나 여기가 어딘지 모르겠어. 시계탑 바로 아래에 서 있고 내 앞에는 커다란 글씨로 주차장이라고 되어 있는 건물이 보여!"
"시계탑? 이곳엔 시계탑이 많아. 어느 시계탑을 말하는 거야?"

이것저것 보이는 것을 설명했지만 우리 둘은 지구 반대편에 서 있는 것처럼 만날 수 없었다.

"내 앞에 광고판이 있는데, 아스널 풋볼 플레이어들이 있어!"
"그리고 나는 이곳에 유일한 아시아인이야."
"빨갛고 커다란 배낭을 매고 있는데 혹시 내가 보이니?"

한참을 얘기한 끝에 도저히 답이 없겠다 싶어 지나가는 현지인을 무작정 잡아 세웠다.

"미안한데, 내가 지금 어디에 서 있는지 설명 좀 해 줄래?"

그들은 영문도 모른 채 나를 위해 얼마간 통화를 했고 덕분에 20여 분 만에 기사님 찾기 미션을 끝낼 수 있었다.

우여곡절 끝에 우버를 타고 차선이 없는 특이한 도로를 얼마간 달려 시내로 들어섰다. 처음 마주한 나이로비 시내의 모습을 정의하자면, 매연과 무질서의 끝판왕 정도랄까. 생소한 풍경과 강렬한 사람들을 보고는 살짝 겁이 나기도 했다. '혼자 걸어 다녀도 괜찮냐.'라는 내 질문에 우버 기사님은 '위험하지는 않지만 너의 안전을 위해 숙소 문 앞까지 데려다 줄게.'라는 다소 모호한 대답으로 나를 혼란하게 만들었다.

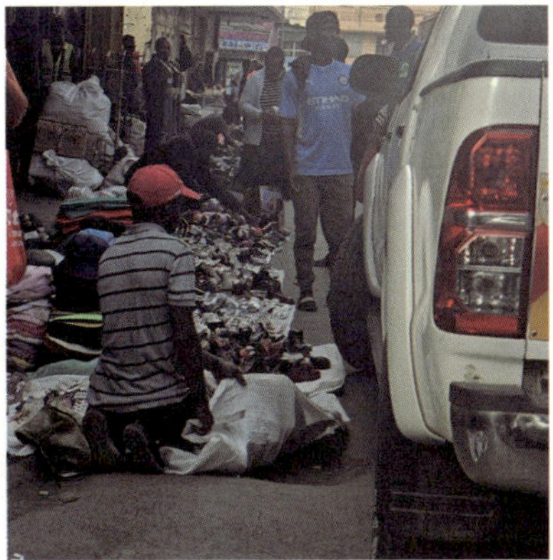

낯선 인종에게 보내는 지나친 관심이 조금은 위험할 수도.

첫날의 일정은 그저 숙소에 잘 도착하는 것이었다. 다음 날부터 2박 3일간의 사파리 투어가 예정되어 있기도 했고 해가 지면 위험하다는 말을 워낙 많이 들은 터라 무리하지 않기로 계획했기 때문이다. 하지만 막상 숙소에 도착하고 보니 일몰까지 남은 2시간 남짓이 조금 아깝다는 생각이 들었다. 잠깐의 고민 끝에 근처 로컬 식당에서 밥만 간단히 먹고 돌아오기로 마음먹었다.

숙소로 오는 길에 차 안에서 보았던 진짜 로컬 식당이 떠올랐다. '피시 앤 칩스'라는 이름의 식당. 아프리카 땅 한가운데 위치한 나이로비에 생선 요리라니. 약간의 기대감과 긴장을 안고 들어가보니 피시는 없고 오븐에 구운 치킨과 감자튀김이 있을 뿐이었다. 어쩌겠어, 디스 이즈 아프리카다!

주방마저 철창으로 막아놓았다.

기대했던 피시는 없었지만 오븐에 바싹 구운 치킨은 꽤나 만족스러운 맛이었다. 호기심에 시도해 본 이름 모를 빨간 소스도 입맛에 꼭 맞았다. 로컬 식당에 대한 믿음이 생긴 바람에 내일 있을 투어를 대비한 간단한 먹거리를 좀 사고 싶다는 생각이 들었다. 하지만 구글맵에서 찾은 '안전해 보이는' 마트는 꽤나 거리가 있었고 시간은 벌써 일몰을 20분 남짓 남겨두고 있었다.

"나 빵을 좀 사고 싶어, 내일 아침으로 먹고 싶거든. 혹시 가까운 베이커리나 마트를 알려줄 수 있어?"

숙소 건물을 지키고 있는 가드에게 대뜸 물어봤더니, 다소 난처한 표정을 짓는다.

“가는 길이 꽤 복잡해, 네가 잘 찾아갈 수 있을지 모르겠어.”

가드의 걱정에도 불구하고 무슨 자신감인지 괜찮다며 길을 알려 달라고 말을 하고는 한참 설명을 듣는데, 정말 모르겠다. 복잡한 건 둘째치고 결코 안전한 여정일 것 같지 않았다. 점점 어두워지는 내 표정을 읽었는지 가드가 갑자기 옆에 서 있던 누군가를 불러 얘기를 나눴다.

“이 친구를 따라가봐. 얘가 널 훌륭한 베이커리로 데려다 줄 거야.”

예로부터 모르는 사람 따라가지 말라고 어른들이 그러지 않았나. 그렇지만 나 혼자 가는 것보단 몇 배는 나은 선택지 같아 따라가기로 했다. 그렇게 본인을 마기라고 소개한 친구를 따라 점점 어두워지는 나이로비 시내를 10여 분이 넘도록 걸었다. 말이 10분이지 기분으론 30분은 족히 되는 것 같았다. 마기는 내가 잔뜩 겁먹은 것을 눈치챘는지 걸음걸음마다 살뜰히 챙겨가며 가이드 역할을 해주었다.

“여기 지나갈 수 있겠어?”
“잘 따라오고 있지?”
“오른쪽 차 조심해!”

친절한 마기 뒤를 새끼 오리처럼 졸졸 따라다닌 덕분에 곧 깔끔해 보이는 마트 안 베이커리에 도착할 수 있었다. 연신 고맙다는 말을 건네면서 빵 몇 개를 주문한 후 마기가 고른 초코 머핀을 가져와 사주었다. 작은 답례에 조금은 감동했는지 길 위에 서서 서로가 서로에게 고맙다는 말을 몇 번이나 주고받았는지 모르겠다. 아프리카에서는 대가 없는 친절은 없다고 들었는데 초코 머핀을 손에 꼭 쥔 마기는 분명 기대를 안 한 눈치였다.

숙소로 돌아가는 길은 마기가 함께하지 않았지만, 케냐의 친절함을 느껴서였을까? 겁내지 않고 금방 돌아올 수 있었다. 긴장이 풀렸는지 피곤이 급격히 몰려왔지만 기분만큼은 최상이었다.

'뭐야, 케냐는 생각보다 더 따뜻한 곳이었어!'

괜히 긴장했지만 괜한 긴장이었나 보다.

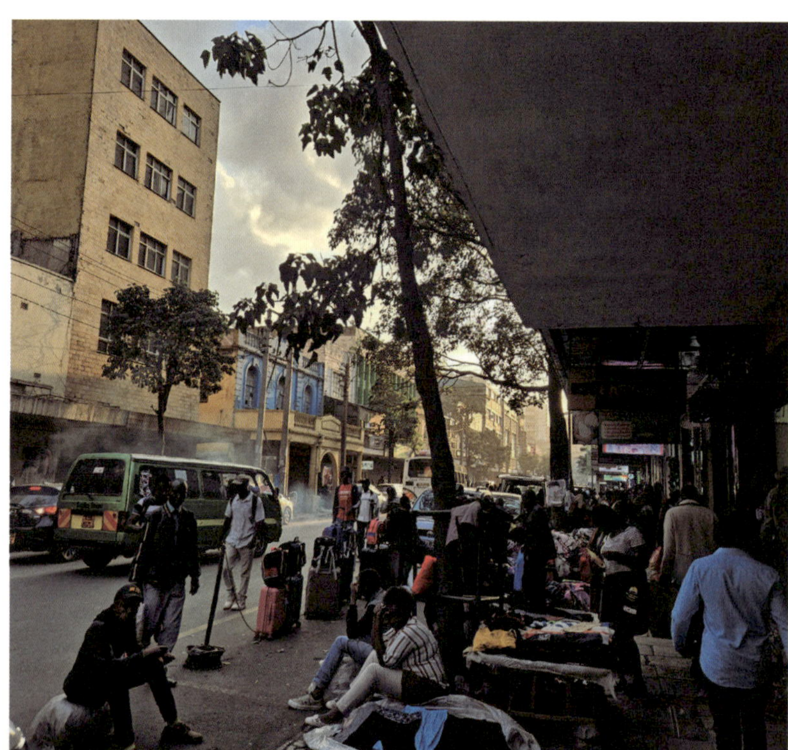

D+2

02 마사이마라[1]

"사파리 초원으로!"

드디어 사파리에 간다. 이번 여행의 핵심이자 아프리카를 대표하는 여행지 사파리. 사파리만을 보러 이곳에 오는 사람들도 있을 정도다. 정확하게는 케냐의 마사이마라 국립 공원을 투어하는 것, 일반적으로 사파리는 케냐에서 출발하는 마사이마라와 탄자니아에서 출발하는 세렝게티로 나뉜다. 시기에 따라 동물들이 대이동을 하기 때문에 여행을 언제 가는지에 맞추어 선택해서 가면 되겠다.

현지 투어사 직원이 아침부터 숙소로 데리러 와주었다. 다만 숙소가 위치한 곳은 아주 번잡한 시내 한복판이라 얼마 동안 걸어야 했다. 어김없이 부산스러운 나이로비 시내를 지나 외곽에서 마주한 랜드크루저. 저 거대한 차가 나와 2박 3일간의 사파리 투어를 함께 한다고 했다. 사실 진짜 야생의 포식자들을 마주하러 가는 것이기 때문에 안전에 대한 걱정을 할 수밖에 없었는데 커다란 랜드크루저를 눈으로 확인한 순간, 이건 뭐 사자 호랑이 할아버지가 와도 괜찮겠다 싶었다.

우리 랜드크루저 그룹은 다양한 배경의 여행자들로 가득 찼다. 폴란드 커플 그렉과 클라우디아, 혼자 아프리카를 여행 중인 대만 골드미스 클레어, 올해 결혼 예정이라는 남매처럼 똑 닮은 중국인 커플, 그리고 하루 늦게 합류한 런던 신사 제프. 보통 이렇게까지 꽉 채워 투어하지 않는 편이지만 다들 유쾌하고 매너 좋은 친구들이어서 그랬는지 나는 우리 그룹이 참 마음에 들었다.

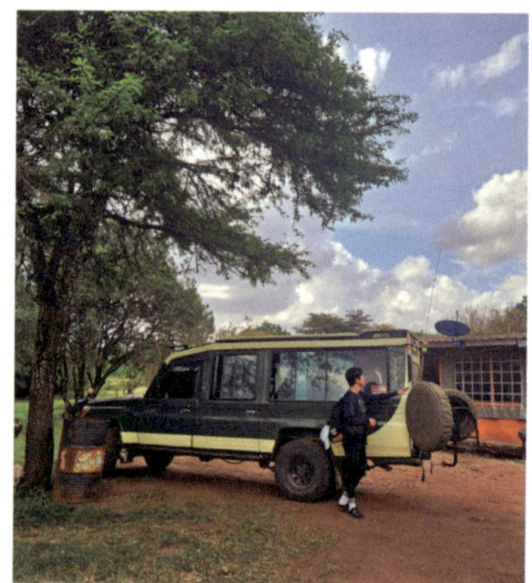

웬만한 군용 차량에 버금간다.

나이로비 시내에서 마사이마라까지는 꽤 먼 거리를 이동해야 한다. 가는 동안 창 밖으로 보이는 케냐의 시골 마을을 눈에 담을 수 있었지만 시골길인 만큼 쉽지만은 않은 9시간을 버텨내야만 했다. 차량 기사이자 투어 가이드인 존은 대자연 속의 울퉁불퉁 비포장도로가 나오자 '프리 마사지!'라며 아프리카인 특유의 너스레를 떨었다. 덕분에 우리의 다국적 그룹원 모두는 미소 지으며 마사이마라 공원으로 향할 수 있었다.

몇 시간의 울퉁불퉁 프리 마사지를 견뎌낸 후 마침내 베이스캠프에 도착했다. 캠프에는 꽤나 튼튼해 보이는 텐트가 십여 개 정도 모여 있었고, 텐트 내부엔 화장실과 샤워실까지 갖춰져 있었다. 가격이 두세 배는 차이가 나는 럭셔리 투어를 이용하면 모든 것이 마련된 리조트에 머물 수 있지만 고작 배낭여행객인 나에게는 꿈에서도 만나기 힘든 가격인지라 큰 기대를 하지 않고 텐트를 선택했었다. 하지만 이 정도면 정말 훌륭하다! 적어도 사파리의 주인들인 야생 동물들이 무서운 하울링으로 날 겁박하지는 않을 것 같다는 안정감이 들었다.

가이드 존이 공지해 주길, 짐을 풀어 놓고 늦은 점심을 먹은 뒤, 첫 번째 사파리 게임 드라이브를 떠난다고 했다. 꽤나 만족스러운 텐트는 저녁에 다시 돌아와 감탄하기로 하고 공동 식당인 어느 가건물로 발걸음을 옮겼다. 식사 메뉴는 여행자 배려라고는 찾아볼 수 없는 진짜 현지인들의 음식이었는데, 의외로 입맛에 너무 잘 맞아 깜짝 놀랐다. 날리는 쌀밥, 정체를 알 수 없는 소스에 버무려진 콩, 흐물흐물한 야채볶음, 군데군데 탄 자국이 있는 닭구이. 비주얼은 조금 포기해야 했지만 음! 이 정도면 3일 동안 밥 걱정은 안 해도 되겠다.

그렇게 식사를 마친 후 설레는 마음으로 아프리카 아니 지구가 자랑하는 대자연 사파리로 들어갔다!

사파리도 식후경!

여행 전 이곳저곳에서 찾아봤던 정보에 따르면 사파리 게임 드라이브는 가이드의 역량이 매우 중요하다고 했다. 광활한 초원 속에서 흩어져 있는 동물들을 빠르게 찾아내는 시야, 포인트를 발견했을 때 재빠르게 움직여 시야 좋은 곳에 먼저 차를 대는 순발력, 적시에 흥미로운 이야기를 해주거나 동물과 관련한 재미난 일화를 들려줄 수 있는 지식 등. 그런 면에서 가이드 존은 꽤나 열정적으로 우리 그룹을 이끄는 듯해 만족했다. 물론 비교군이 없기 때문에 만족하는 것일 수도 있지만 말이다.

아무튼 우리는 존과 함께 마사이마라 국립 공원 초입에 도착해 잠시 차를 멈췄다. 존이 입장 티켓을 구매하기 위함이었다. 그 사이 원주민 복장을 한 기념품 팔이 상인들이 차를 둘러싸고 창문 너머로 다양한 수공예품을 들이댔다.

"텐 돌라 텐 돌라."

과하다 싶을 정도로 들이대는 상인들에 우리는 정신을 차리기가 썩 힘이 들었다. 특히 앞자리에서 창문을 열고 있던 클레어가 가장 고통을 받았다. 사실 수공예품 10달러는 결코 비싼 금액은 아니었다는 걸 투어가 다 지나고 난 후에야 알게 되었다. 하지만 기념품에 의의를 두지 않아 아쉽지는 않았고 그저 '텐 돌라'라는 밈이 생긴 것이 재미난 점이었는데 우리 그룹은 기회만 생기면 서로에게 '텐 돌라'라는 멘트를 내뱉으며 돈을 달라는 시늉을 하는 손을 슬며시 내밀었다. 나중엔 가이드 존마저 '텐 돌라' 밈에 합류하기도 했다. 나는 이를 '텐 돌라 인페르노(10달러 지옥)'라 불렀다.

창문이 열려 있을 땐 저 손이 차 안 깊숙한 곳까지 들어 왔다.

국립 공원 입구 혹은 텐 돌라 인페르노를 벗어난 지 얼마 지나지 않아 우린 곧바로 야생 동물을 발견할 수 있었다. 원숭이, 가젤, 누, 얼룩말 등 초입인 관계로 포식자 또는 대형 동물은 아니었지만 살면서 쉽게 볼 수 없는 TV 다큐멘터리로만 접했던 야생 동물들을 마주할 수 있음에 상당히 신이 났다. 벌써 이렇게 많고 다양한 동물이 있다면 마사이마라 초원 깊숙한 곳에는 도대체 어떤 엄청난 것들이 기다리고 있을까.

설레는 마음을 주체 못 하고 연신 감탄사를 내뱉으며 휴대폰 카메라를 들이밀던 참에 존이 들고 있던 무전기가 돌연 분주해졌다. 정확히 이해할 수는 없는 현지 언어였지만 무언가 대단한 것이 나타난 것임을 직감할 수 있었다.

"사자야! 사자가 있대! 내가 너희들을 사자가 있는 곳으로 데려다줄게. 조금만 견뎌!"

다급한 존이 우리를 긴장시키며 랜드크루저 속도를 높여갔다.

사자 포인트로 달려가는 와중에도 꽤 많은 동물들을 만났다.

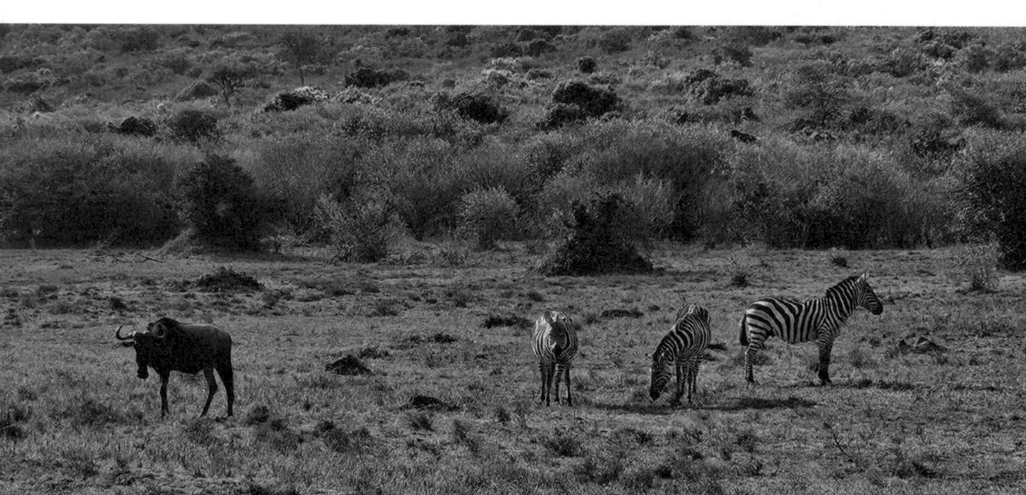

곧 도착한 포인트에는 정말 야생 암사자가 나무 밑에 숨어 몸을 눕히고 있었다. 하지만 이미 다른 그룹들이 좋은 자리는 선점하고 있어 우리는 망원경을 통해서 겨우 사자의 존재만을 확인할 수 있을 뿐이었다. 나 역시 사자를 눈앞에서 보고 싶은 마음이 하늘을 찌르고 있으면서도 망원경을 가지고 왔던 터라 멀리서나마 관찰하고 있었는데 망원경을 챙겨오지 못했던 폴란드 커플은 참지 않았다.

"존! 우리도 가까이 가보면 안 될까?"
"걱정 마. 내가 이 무리들 중 가장 가까이 너희를 데려다 줄 거야."

그저 허풍인 줄 알았던 존이 돌연 차를 돌려 멀찍이 떨어져 있던 의문의 지프차 앞으로 갔다. 그곳엔 총을 든 레인저(혹은 군인)들이 타고 있었는데 몇 분간 존과 대화를 나누더니 고개를 끄덕였다. 나는 이 끄덕임이 아주 엄청난 것임을 직감할 수 있었다. 그리고 곧 존이 이끄는 우리 랜드크루저는 공원 관리인의 허가 아래 야생 사자의 코앞으로 차를 댈 수 있었다! 정말 그 누구보다도 가장 가까이였다.

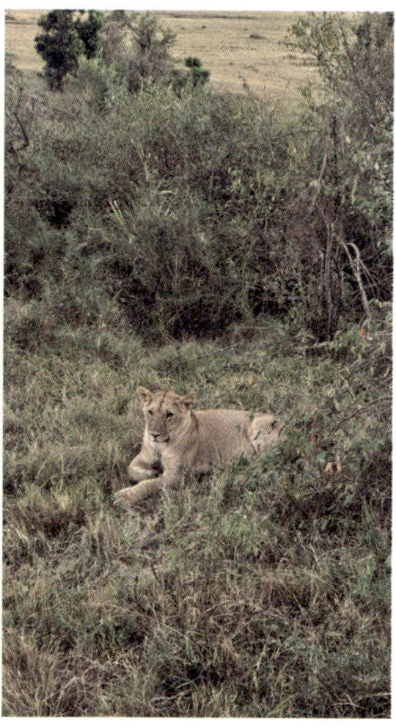

귀여워 아니 무서워 근데 귀여워…

눈앞에서 야생 사자를 보다니! 게다가 동물 보호인지 우리의 안전을 위해서인지 아무 소리도 낼 수 없었기에 긴장은 두 배, 세 배였다. 그리고 또 그만큼 신남과 설렘이 가중되었다. 가까이 가본 결과 그곳에는 네 마리의 암사자가 휴식을 취하고 있었다. 그들은 배가 부른 탓에 우리가 가까이 가도 큰 위협을 가하지는 않았다. 덕분에 더욱 가까이 그리고 과감하게 관찰할 수 있었다.

나는 아마 이 첫 만남을 영원히 잊지 못할 것 같다. 뒤에서 더 이야기하겠지만, 사자는 2박 3일 간의 마사이마라 게임 드라이브 중 꽤 자주 접할 수 있는 편에 속하는 동물이다. 그러나 야생에서 동물의 왕이라는 사자를 처음 눈앞에서 마주했던 그때의 감정은 어떻게 표현할 방법이 없어 아쉬울 지경이다. 그저 감탄만 기억날 뿐.

'코리안 스탠다드 직장인인 내가 지금 마사이마라에서, 바로 눈앞의 야생 사자를 보다니, 이게 지금 현실이 맞는 걸까?'

D+3

마사이마라[2]

02

"진짜 동물의 왕국."

설렘인지 긴장인지 이유는 알 수 없는 두근거림을 뒤로하고 첫날의 게임 드라이브는 짧고 강렬하게 마무리되었다. 장거리 이동으로 인해 진입이 늦어진 탓에 해는 저 초원 너머로 지나가고 있었고 비가 올 듯 먹구름이 찾아왔기 때문이었다. 하지만 기대했던 사자를 일찌감치 만나서 그런지 이른 투어 종료가 오히려 기분 좋은 내일을 상상하게 만들었다.

사파리 야생 한복판에 있지만 어쩐지 따뜻한 베이스캠프에는 캠프파이어가 마련되어 있었다. 고된 일정을 끝내고 난 후 간단한 마실 거리를 들고 와 같은 처지의 여행자들과 담소를 나누는 공간이라고 했다. 여행지에서 새로운 인연을 만나고 그들의 이야기를 듣는 것을 즐기는 나는 피곤함을 뒤로하고 활활 타는 장작 근처에 자리잡았다. 그렇게 잉글랜드에서 왔다는 중년의 부부, 포르투갈 출신 형제와 서로의 여행 이야기를 나누며 시간을 보냈다. 그들은 마사이마라 이틀 차였는데 여전히 상기된 얼굴로 나의 이틀 차를 응원해주었다.

"밤하늘을 봐, 풀문(보름달)이야. 이것은 좋은 신호임에 틀림없어! 너는 분명 Big 5 모두를 만나게 될 거야!"

다음 날 아침, 가벼운 조식을 먹기 위해 일찍 눈을 떴다. 마사이마라 현지의 음식은 꽤나 입맛에 잘 맞았기 때문에 아주 이른 아침에 일어났음에도 맛있게 즐길 수 있었다. 그리고 기분 탓이겠지만 인스턴트 커피도 케냐의 커피라고 하니 어쩐지 더 맛있는 기분이 들었다. 물론 여전히 비주얼은 형편없었지만 말이다.

두번째 게임 드라이브를 위해 출발하기 전, 그룹원들을 기다리며 텐트 주변을 잠시 걷고 있었는데 무언가 검은 물체가 날 쳐다보는 것만 같은 기분이 들었다. 왠지 조금은 오싹했지만 그럴 리 없다고 굳게 믿었다. 이곳까지 야생 동물들이 들어온다면 이곳은 관광업을 영위할 수 없지 않은가?

오산이었다! 내가 잠을 청했던 텐트 뒤편에 야생 원숭이 다섯 마리가 산책 중인 나를 빤히 바라보고 있었다. 그들은 내가 정말 아프리카 사파리에 와 있다는 것을 다시 한번 상기시켜 주었다. 한편으로는 그들이 육식 동물이 아님에 감사하며 놀랍고도 신기하고, 무서우면서도 설레는 감정이 끓어올랐다.

공격하진 않겠지?

마사이마라 국립 공원의 1차 관문인 텐 돌라 인페르노를 지나 본격적인 게임 드라이브가 시작되었다. 이틀 차에 처음 마주한 동물은 흑멧돼지. 만화영화 〈라이언킹〉에서 품바라는 이름으로 잘 알려진 동물이다. 품바의 베스트 프렌드 티몬이 보이지 않아 아쉬웠지만 어릴 적부터 그림으로만 봐왔던 품바를 실물로 볼 수 있어 새삼 좋았다. 존이 말해주길 세상에서 가장 못생긴 동물 Top 5가 있는데 흑멧돼지는 하이에나, 와일드비스트(누)와 함께 그중에서도 삼대장이라고 했다. 나머지 2개는 부족한 영어 실력 탓에 잘 이해하지 못하였는데 일단 나는 아니었다. 참 다행이다(?).

존은 거친 초원 위를 운전하면서도 이런 식의 소소하지만 흥미로운 이야기를 곁잘 해주었다. 그의 이야기를 듣다 보면 어느새 새로운 동물 무리가 보였고 우리는 이를 따라 구경하고 사진 찍기를 반복하며 게임 드라이브를 즐겼다. 그중 특히 기억에 남는 이야기는 얼룩말과 누의 공생 관계였다. 사파리 먹이 사슬 최하단에 위치한 이들은 포식자들의 위협에서 살아남기 위해 그들이 가진 장점을 극대화하며 협업하고 있다고 했다. 시각이 우수한 얼룩말과 후각이 뛰어난 누는 늘 함께 무리를 지어 다니며 각자가 감지한 위협을 공유한단다. 개인주의가 날이 갈수록 강화되는 현실을 반성하게끔 만드는 이야기가 아닐까 싶었다.

부지런히 움직인 덕에 우리 그룹은 오전에만 사자, 기린, 코끼리, 독수리 그리고 치타까지 온순한 초식 동물들을 제외하고서도 꽤나 많은 야생 동물들을 발견할 수 있었다. 모든 육상 동물 중 가장 빠르다는 치타의 전광석화 같은 달리기를 기대하지 않았다면 거짓말이겠지만 치타는 마사이마라 내에서도 개체수가 20마리 남짓밖에 되지 않아 치타를 눈으로 직접 본 것만으로도 행운이었다. 존은 치타를 발견한 자신을 셀프 칭찬했다. 그리고 치타는 다른 동물들과 싸우다 죽지 않게끔 개체수 유지를 위해 항상 프로텍션들이 주변을 맴돌며 보호하고 있기 때문에 사실 프로텍션들이 타고 있는 트럭을 발견하면 그 근처에는 꼭 치타가 있다는 영업 비밀을 알려주었다.

기린이 나 봤다! 코끼리가 인사했다!

언제 어디서 무엇이 나타날지 모르는 야생의 사파리를 한껏 즐기다 보니 어느덧 점심시간이 되어 있었다. 초원을 달리는 포식자만큼이나 기대했던 것이 바로 점심식사 시간이었다. 게임 드라이브 중의 식사는 정갈한 식당을 찾아가는 대신 사파리 초원 한가운데 돗자리를 펴고 앉아 런치 박스를 먹는 코스였기 때문이다. 정말 초원 아무 곳에 아무렇게나 차를 대고 옹기종기 모여 앉아 런치 박스를 열어 허기를 채웠다. 위험하지 않냐고? 물론 위험하다! 하지만 이런 경험을 또 언제 해볼까!

실제로 한 나무 밑에 자리를 잡은 어느 투어 그룹이 한동안 휴식을 취하고 일어났을 때 표범 한 마리가 같이 나무 위에서 몸을 일으키는 바람에 모두가 급히 대피했다는 섬뜩한 이야기를 존이 풀어 놓았고, 나는 그를 잠깐 미워했다. 하지만 우리의 런치 포인트에는 확실하게 아무것도 없음을 확인하고 이내 자리를 잡고 앉았다.

사파리 초원 야생의 현장에 그대로 노출되어 있다는 생동감은 이내 감탄으로 바뀌었다. 그곳은 내 생애 가장 그림 같은 현실이었다. 캐나다 레이크 루이스, 볼리비아 우유니 사막, 아부다비 오아시스 그리고 아이슬란드 오로라까지 그간 멋진 풍경들을 꽤나 다양하게 경험했지만 이번엔 느낌이 좀 달랐다. 이전의 그림 같은 현실은 아름다움이 주제였다면 사파리의 그림은 비현실이 주제인 것만 같았다.

"이게 가능한 일이야? 내가 여기에 서 있다는 것을 믿을 수 없을 정도야!"

베이스캠프에서 싸주었던 런치 박스의 구성은 간단했다. 밀가루 외엔 다른 재료를 찾아볼 수 없는 빵과 과자, 당을 채워줄 과일 몇 개와 물. 하지만 무엇을 바라겠는가, 놀라움을 멈출 수 없는 초원의 풍경과 약간의 긴장감이 입맛을 확 끌어올려주었기에 하나도 남김없이 도시락을 클리어할 수 있었다.

"존, 런치 박스 너무 맛있어! 오늘은 럭셔리 레스토랑이 부럽지 않을 것 같아."

조금의 과장을 섞어 존에게 한마디 건넸고 신나는 기분을 표현하기 위해 나무 근처를 방방 뛰어다녔다. 그랬더니 존이 하는 말.

"너 지금 가젤 같아, 표범의 런치 박스가 되기 전에 얼른 출발하자."
"어…??"

다행히 안전한(?) 나무에 자리했지만 한 마리의 가젤이 될 뻔.

02

D+3

마사이마라[3]

"믿을 수 없는 장관, 사파리."

다소 아슬아슬했던 점심식사 후 다시 출발한 게임 드라이브, 얼마 지나지 않아 사자 가족을 발견할 수 있었다. 여섯 마리나 되는 대가족이 모여 있었는데 모두 배가 잔뜩 불렀는지 그늘 아래에서 널브러져 휴식을 취하고 있었다. 그 덕에 존은 안심하라며 어제보다 더 가까이 다가가주었다. 아무리 자주 보인다는 사자라지만 동물들의 왕이라는 사자를 눈앞에서 보고 있노라면 도저히 입을 다물 수 없다. 그리고 사진 찍기를 멈출 수가 없다.

저게 잠만보[3]인지 사자인지.

3 <포켓몬>이라는 애니메이션에 나오는 잠만 자는 환상의 동물

사자 가족을 지나 코끼리, 기린 그리고 또 하나의 Big 5인 버팔로도 마주했다. 앞으로 남은 Big 5 동물은 코뿔소와 표범. 눈이 빠져라 이들을 찾으며 우리 그룹은 케냐와 탄자니아의 국경으로 향했다. 국경 부근에는 케냐의 마사이마라와 탄자니아의 세렝게티를 아우르는 작은 강이 흐르고 있는데 이곳에서 또 다른 풍경을 마주할 수 있었다.

강가에서 만나는 야생 동물들은 어쩐지 더 위험해 보였다. 존 역시 강가를 구경할 때는 총을 들고 있는 레인저를 꼭 따라다니라고 했다. 우리 그룹은 본인을 야콥이라고 소개한 레인저를 따라 케냐 사이드의 강가를 얼마간 걸었고 곧 뷰 포인트에 다다를 수 있었다. 그곳에서 내려다보는 강줄기에는 커다란 송곳니를 자랑하는 하마 무리와 악어들이 득실대고 있었다. 뭐랄까, '숨이 멎을 듯 압도된다.'라는 말이 어울렸다. 우리에게 귀여운 이미지로 친숙한 하마는 상상을 초월할 정도로 거대했고, 오히려 옆을 지나가는 악어가 귀여워 보일 정도였다. 동물의 왕은 사실 하마가 아니었을까.

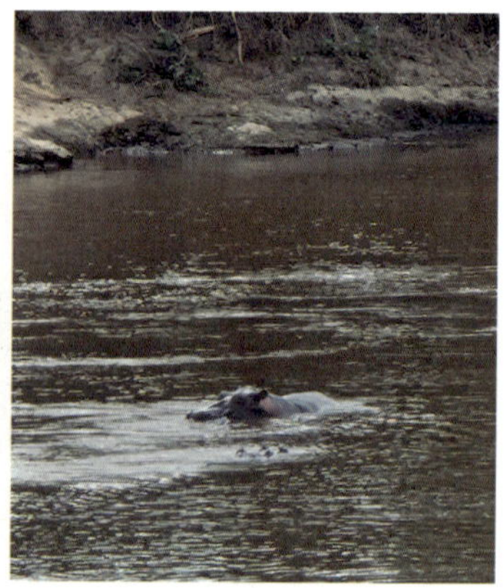

머리만 빼꼼 내밀고 있을 때는 몰랐지, 하마가 그렇게나 큰 줄을.

짧은 강가 트레킹을 끝내고 케냐-탄자니아 국경선에 들러 인증샷도 남긴 후 랜드크루저의 방향을 베이스캠프 쪽으로 향했다. 해가 질 시간이 얼마 남지 않은 이유겠지만 하루 종일 비포장도로를 운전한 존이 부쩍 피곤해보이기도 했다. 그래도 돌아가려면 몇 시간이 걸리는 거리였고 또 다른 풍경과 동물들을 볼 수 있으리라 생각하던 찰나였다.

"하이에나! 하이에나!"

다급한 목소리의 폴란드 레이디 클라우디아의 외침에 존은 차를 세우고 랜드크루저의 지붕을 다시 열어주었다. 정말이었다. 우리가 지나온 길 근처로 하이에나 한 마리가 뛰어다니고 있었다. 하이에나는 잘 알려져 있듯 야행성이기 때문에 낮에만 투어를 하는 게임 드라이브에서 마주하기 정말 어려운 동물이라고 했다. 게다가 우리가 본 친구는 홀로 광활한 초원을 뛰어다니고 있었는데 원래 하이에나는 무리를 지어 다니는 동물이다. 그래서인지 존은 랜드크루저에 탑승한 채로 이렇게나 가까이 마주치는 것은 정말 럭키한 일이라고 설명해주었다.

이후로도 클라우디아의 활약은 계속되었다. 포식자가 먹고 남은 고기를 먹어 치우며 청소부 역할을 한다는 자칼, 핑크색 목을 자랑하는 타조를 발견하는 한편, 얼룩말 위에 이름 모를 새가 앉아 쉬고 있는 모습도 말해주며 엄청난 눈썰미를 자랑했다. 게임 드라이브 끝물에는 가이드인 존보다 오히려 클라우디아가 훨씬 더 많은 동물들을 발견했던 것 같았다. 피곤한 존을 뒤로 하고 여전히 유쾌한 우리 그룹은 서로 부쩍 친해져 농담을 주고받으며 사파리를 즐기고 있었다.

"우리 팀에 존 말고 또 다른 레인저가 있나 봐!"
"팁! 유 캔 기브 미 팁!! 텐 돌라 텐 돌라~"

비록 게임 드라이브가 끝날 때까지 남은 Big 5인 코뿔소와 표범은 보지 못했지만 더 의미 있는 모습을 마주하기도 했다. 바로 버팔로와 누 떼가 동시에 강을 건너는 모습이었다. 어렸을 때 동물이 나오는 다큐멘터리나 시청각 교육 자료에서 자주 보았던 장면 말이다. 겉보기엔 웬만한 육식 동물보다 강해 보이는 검은 물체 수백 마리가 동시에 강을 건너는데 정말 장관이라는 말밖에 나오지 않았다. 불과 4일 전만 해도 사무실에 앉아 컴퓨터 모니터만 바라보고 있던 내가 TV에서만 보던 자연의 신비를 눈앞에서 마주하다니. 아직도 믿기지가 않는다.

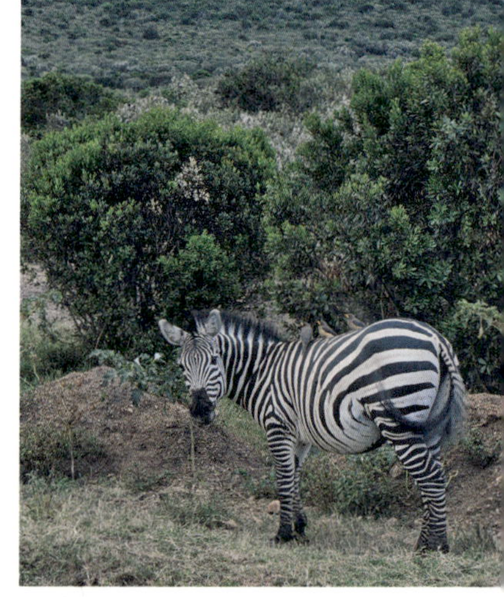

Big 5가 아니어도 좋아!

숙소 텐트로 돌아온 우리 그룹은 피곤한 몸을 이끌어 식당에 모여 여태껏 찍은 자신의 A컷 사진들을 서로에게 자랑하며 밤늦게까지 이야기꽃을 피웠다. 내일 아침엔 오늘보다 더 일찍 일어나 또 하나의 색다른 경험을 하기로 한 날인데도 말이다. 지금 생각해보면 사실 조금은 웃긴 모습인 것 같다. 하루 종일 같은 랜드크루저를 타고 같은 풍경을 보며 같이 찍은 사진을 서로 자랑하다니. 하지만 이때만큼은 누구 하나 지지 않고 자신의 사진과 경험담을 공유했다. 아마 아직 감동이 채 가시기도 전이지만 데이터가 터지지 않아 어디 다른 곳에 자랑할 수가 없었기 때문이 아닐까, 아니면 말해주어도 믿지 않을 것 같았기 때문일까.

D+4

03

마사이 빌리지

"안녕, 마사이족!"

간밤의 꿈에서도 나는 사파리를 탐험했는지, 한껏 무거워진 눈을 일찍이 부비며 나갈 채비를 했다. 그새 적응해 버렸던 텐트에서 체크아웃까지 해야 했기에 꽤 분주한 아침이었지만 힘들지 않았다. 왜냐하면 오늘 아침에는 마사이마라의 동물들을 뒤로하고 사람들을 만나러 가는 날이기 때문이다. 왜 있지 않나, TV 속 다큐멘터리를 보면 마주했던, 우리가 원주민이라고 불렀던 그들 말이다!

마사이족, 남녀 평균 키가 177cm에 달하는 장신의 부족. 늘 빨간색 망토를 두른 채 장대를 짚고 다니며 하늘 끝까지 닿을 것만 같은 대단한 점프를 한다는 그들. 브라질 아마존에 있다는 조에족(뽀뚜루라는 원뿔 모양 나무 장신구를 뚫린 입에 장식하기로 유명하다)과 함께 한국에서 가장 유명한 Top 2 원주민 부족. 이들을 만날 수 있다는 점이 내가 세렝게티가 아닌 마사이마라를 선택했던 두번째 이유이기도 했다. 아프리카 땅을 밟은 지 불과 4일 만에 이들을 만날 수 있다니, 아프리카로 퇴근한 나를 다시 한 번 칭찬했다.

베이스캠프를 얼마간 떠나오니 멀리서 봐도 키가 무척이나 큰 마사이족 청년이 우리를 기다리고 있었다. 존은 좋은 시간 보내고 오라며 인사를 건네고는 랜드크루저를 몰고 떠나버렸다. 동아프리카 한복판의 원주민 부족 거주지에 덜컥 남겨져 있다는 사실이 어쩐지 겁이 조금 나기도 했다.

이대로 끌려가서 노예로 팔리면 어떡하지?

우리를 인도했던 청년은 본인이 여기 부족을 다스리는 부족장의 아들이라고 했다. Son of Chief, 실세 중의 실세 청년이 미소를 지으며 유창한 영어로 인사를 건네 왔다. 영어 이름은 피터란다.

"우리는 너희를 무척이나 환영해. 고향집에 온 것처럼 편하게 있으렴. 궁금한 것이 있다면 무엇이든 물어봐도 좋고 기억하고 싶은 것이 있다면 무엇이든 촬영해도 좋아. 지금 이 순간만큼은 너희도 마사이족이야."

아프리카 마사이족 원주민의 영어 실력에 한 번 놀라고, 너무나 따뜻한 환대에 두 번 놀랐으며, 무표정일 때와는 달리 온화함이 느껴지는 정겨운 미소에 세 번 놀랐다. 그리고 곳곳에 보이는 천진난만한 아이들과 평온한 표정의 소들을 보고 있자니 겁 먹었던 내가 창피하기도 했다. 그리고 이곳이 금방 좋아졌다. 곧이어 피터는 마을의 또 다른 청년들을 얼마간 불러왔다. 대부분 키가 크고 말랐었는데 어쩐지 건강해 보인다고 느꼈다. 이들은 우리를 그늘진 곳에 세워 놓고는 무언가를 준비했다.

"훟! 훙뫄~ 엥마 훟마~"
"아가얌마 리빈야 마랴깔람마."

한글로는 도저히 표현할 수 없는 난생 처음 들어보는 언어로 노래를 불러주며 이내 또 알 수 없는 몸짓의 춤을 추기 시작했다. 왠지 웨이브를 타고 있는 듯한 춤이었는데 점점 더 관객인 우리들 앞으로 다가오고 있었다. 너무 신기하고 즐거웠다. 뜻은 알 수 없겠으나 무척이나 환영 받고 있다는 느낌이

들었다. 약간의 과장을 더해 표현하자면 개인주의가 팽배한 한국 사회에 찌든 내가 투명하게 정화되는 기분이었다. 입가에 미소가 절로 지어졌다. 형용할 수는 없지만 어쩐지 따라할 수 있을 것만 같은 음과 율동이 반복되었고 나는 어느새 마음속으로는 이들과 함께 춤을 추고 있었다. 마침 그러던 참에 피터의 반가운 영어가 들렸다.

"여기로 와. 우리와 함께 하자."

빨간 전통 의상까지 빌려 입고는 금방 이들과 동화되었다.

내가 더 점프 잘한다!!

한바탕 춤과 노래로 환대를 받은 후 피터가 이끄는 마사이 빌리지 워킹 투어를 떠났다. 피터의 아버지가 부족장으로 있는 이 마을은 250여 명이 함께 지내는 작은 커뮤니티였는데, 피터네 빌리지 외에도 근방에 이런 커뮤니티들이 여러 곳 있었다. 중심지에 위치한 학교에는 각 커뮤니티에서 온 1천여 명 가까이 되는 아이들이 기숙사 생활을 하며 공부하고 있다고 했다. 아프리카 원주민의 기숙 학교라니 궁금함을 참을 수 없어 가볼 수 있냐고 물어봤지만 학교 정책상 부모님들도 출입을 할 수가 없단다. 아이들이 학습에 집중할 수 있도록, 그리고 부모의 보호에서 벗어나 홀로 설 수 있도록 하기 위함이라고 했다. 아쉬워하는 우리들을 위해 피터는 마사이족 가정집을 보여주겠다며 주거지로 우리를 이끌었다.

마사이 빌리지를 걷는 내내 정겨운 고향의 냄새가 나곤 했는데 주거지에 도착해서야 이 이유를 알게 됐다. 종종 킁킁대는 우리를 보며 피터는 익숙하다는 표정으로 마사이족의 전통 가옥은 소똥을 이용해 만들어진다고 설명해줬다. 얼마나 많은 똥이 필요할까 싶었지만 재료(?)는 사방팔방에 널려있어 걱정이 없다고 했다. 이러한 소똥하우스는 만드는 데만 3개월이 걸리고 9년간 머무르다 다른 곳으로 이동하는 식으로 삶을 살아간다고 한다.

집 내부로도 들어가볼 수 있었다. 몸을 구기며 들어가야 할 만큼 좁고 손바닥만 하게 뚫어 놓은 창문 구멍으로 햇살 한 줌이 겨우 들어오는 어두운 동굴 같은 집이었다. 내가 방문했던 집의 크기는 4~5평 정도 될까 싶었다. 이곳에서 엄마, 아빠 그리고 아기 천사 4명이 같이 지낸다고 했다. 아무리 숙소 컨디션에 연연하지 않는 나라지만, 이런 곳에서 생활한다는 게 도저히 믿기지 않았다. 하지만 곧 집주인의 구조 설명을 듣고 나니 부엌, 주방, 화장실, 심지어 게스트룸까지 구비된 정말 멋들어진 집이라는 생각이 들기도 했다.

노래와 춤, 마을 구경, 불지피기 체험과 핸드메이드 마켓 구경까지 마치고 나서야 마사이 빌리지 투어가 끝이 났다. 픽업을 와 있다는 존을 만나러 돌아가는 길에 하교하는 아이들을 만나 과자도 나눠주곤 했다. 과자는 곧바로 선생님 손으로 넘어갔지만 근엄한 선생님의 지도 아래 주변의 아이들 모두에게 공평하게 하나씩 돌아가는 모습을 보고 다시 한 번 미소 지으며 마사이족 그리고 마사이마라와 작별 인사를 했다.

2박 3일간 짧게나마 자연 속에서 마사이마라 초원의 동물들과 마사이족을 경험하며 어쩌면 이기적인 생각일 수도 있겠지만, 이들이 앞으로도 늘 순수함을 잃지 않고 자연과 어우러지며 살아가길 바란다는 간질간질한 생각을 했다. 지금도 나는 문명의 혜택을 받아 글을 쓰고 있지만, 아프리카는 계속 이렇게 아름답게 있어주길!

마사이족 안녕! 마사이마라 안녕!

3장

탄자니아

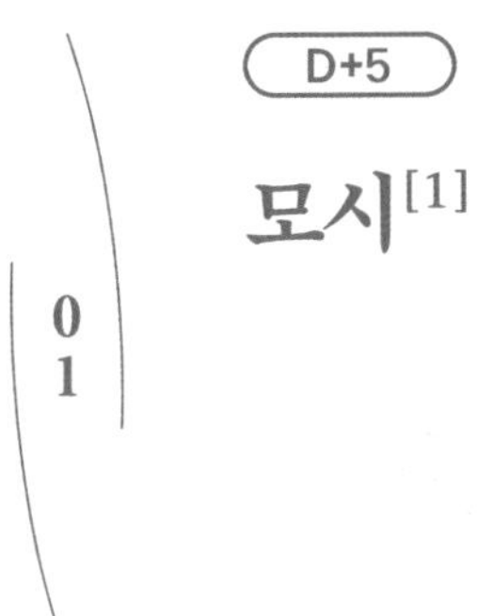

모시[1]

"탄자니아 도착, 고난 시작?"

원래는 마사이마라 투어에서 쌓아 온 피로를 나이로비에서 하룻밤 풀어내고, 탄자니아로는 아침에 떠나려고 했었다. 하지만 자연의 힘을 양껏 받아와서 그런 건지 피로하지 않은 상태였기에 그날 새벽을 꼬박 새어 가는 버스 편을 급히 찾았다. 시간도, 숙박비도 아낄 수 있는 아주 현명한 선택이었다. 더구나 구글링을 통해 알아봤던 새벽 버스는 칠흑의 어둠을 달리는 와중에도 마음 놓고 잠을 청할 수 있을 정도로 꽤나 거대하고 편안했다. 물론 살균 소독 기계에 들어온 것처럼 시퍼런 조명은 적응하기 조금 어려웠지만 말이다.

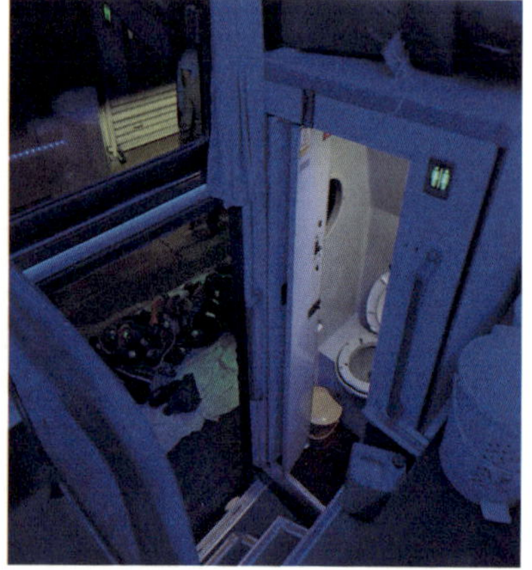

살균 소독 조명이지만 화장실까지 구비된 럭셔리한 버스.

아프리카 대륙에서의 육로 이동치고는 그리 길지 않은 시간을 달려 도착한 탄자니아 국경 부근의 작은 도시 모시. 모시를 경유한 이유는 딱 하나였다. 쳄카 온천(혹은 쳄쳄 온천)을 가기 위해서! 쳄카 온천은 라오스의 라군 혹은 멕시코 칸쿤의 세노떼와 닮아있는 모습의 아름다운 자연 수영장이다. 온천수가 올라와 주변의 푸르른 나무들과 어울리는 연못이 된 곳이다. 온천이라고는 하지만 따뜻하지는 않았고 딱 물놀이하기 좋은 적당한 온도를 유지하고 있어 이곳을 지나가는 여행객들에게 색다른 경험을 제공하고 있다. 나는 워낙 물놀이를 좋아하는 데다 라군과 세노떼에서의 행복했던 경험을 잊지 못해 이곳을 들르기로 했다.

모시에는 새벽 어둠이 한창인 시간에 도착했기 때문에 선택을 해야 했다. 터미널 노숙을 하며 아침을 기다리거나 체크인을 받아주는 숙소를 찾아 잠깐이라도 편히 쉬거나. 고민은 오래가지 않았다. 터미널은 이름이 무색할 만큼 그저 버스가 잠시 주차할 수 있는 공터일 뿐이었고 그곳에는 택시 삐끼, 노숙자 그리고 정체를 알 수 없는 젊은 남자 무리들이 즐비했다. 때문에 안전을 위해 숙소를 잡을 수밖에 없는 상황이었다.

커다란 가방을 앞뒤로 맨 피부색이 다른 이방인을 향해 계속해서 뭐라뭐라 말을 걸어오는 이들을 뚫어내며 사전에 검색해 두었던 호스텔로 향했다. 무섭지 않았다면 거짓말이겠지만, 이보다 더한 공포의 멕시코 여행도 해낸 나의 촉을 믿고 도보 이동을 택했다. '이들은 왠지 신체적 위협을 가하지는 않을 것 같아.' 그렇게 십여 분을 앞만 보고 걸어 도착한 호스텔. 하지만 시간이 너무 늦은 탓일까, 굳게 닫힌 문만이 나를 차갑게 밀어내고 있었다. 낭패다! 곧바로 휴대폰을 꺼내 다른 호스텔을 검색하기 시작했다. 다행히 케냐에서 구매한 유심 데이터가 탄자니아에서도 느리게나마 터졌다. 덕분에 금새 찾아낸 다음 호스텔은 다행히도 문이 열려 있었다.

"잠을 깨워 죄송하지만, 혹시 지금 바로 묵을 수 있는 방이 있나요?"

"지금 체크인하면 10시간도 채 못 있다가 방을 비워야 하는데, 그래도 괜찮아?"

"문제 없어요! 내일은 예약한 방이 있거든요. 단지 지금 잠시 머무를 수 있는 방이면 돼요."

"좋아, 4인실이 하나 남아 있는데 그냥 이곳을 내어 줄게. 내일 아침엔 조식도 제공하니 나와서 꼭 먹어."

극적으로 찾은 호스텔이었지만 넓은 방에 핫샤워도 할 수 있고 무려 조식도 준다. 당시 상황에서는 이보다 더 좋을 수 없었다. 아주 작은 고난이 있었지만 이번에도 훌륭하게 해낸 나를 셀프 칭찬하며 잠시 눈을 붙였다.

굳게 닫힌 문, 막상 들어가기에도 무섭겠다.

※ 배낭여행을 하다 보면 따뜻한 물이 나오지 않는 경우가 제법 있다. 그렇기 때문에 늘 샤워를 따뜻한 물로 할 수 있을 것이란 안일한 생각을 버려야 한다. 일명 '핫샤워'가 되는 숙소는 아주 훌륭한 조건의 숙소임을 꼭 기억하자.

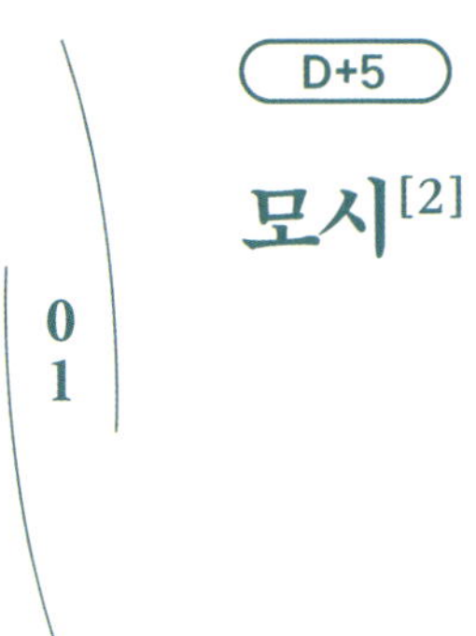

D+5

01

모시[2]

"해피, 험블, 피스!"

분명 인터넷 검색으로는 첼카 온천으로 가는 공용 버스가 있다고 했다. 모시에서 '보마응곰베'라는 작은 마을까지 버스를 타고, 그곳에서 툭툭 기사와 흥정해 가면 된다고 했단 말이다. 그런데 그 어디에도 버스가 없다. 갈 곳을 잃고 두리번거리는 배낭여행객은 삐끼들의 타겟이 되기 십상이고 그것은 여간 귀찮은 일이 아닐 수 없다. 버스를 어떻게든 찾아야만 했다.

"나 너가 어디로 가고 싶은지 알아. 첼카 온천! 그렇지? 그곳에 가는 버스는 오전에만 있어. 지금은 버스를 타고 갈 수 없다고."

아니나 다를까. 삐끼가 등장했는데 그가 하는 말이 귀에 쏙 박혔다. 느긋하게 일어나 조식을 먹고 빨래까지 하고 나온 내 탓일까. 방법이 없어졌다.

"내가 길을 알아, 나 저기 보이는 투어 에이전시에서 일을 한 사람이라 신원도 확실해. 내가 도와줄까?"
"고맙지만 괜찮아, 내가 직접 갈 수 있어. 툭툭을 타고 갈 거야."

의외였다. 단 한 번의 젠틀한 거절에 그냥 돌아서는 게 아닌가! 이때까지 봐왔던 삐끼들과는 뭔가 달랐다. 정말 투어 에이전시의 직원처럼 보였고 날 도와주려 말을 걸었던 것으로 보였다. 어쩌면 내가 순수한 현지인들의 호의를 지나치게 경계했던 것이었을 수도? 그렇지만 버스가 없다는 정보는 얻었고, 툭툭을 흥정해 가면 그만이라 생각하고 넘기며 지나가는 툭툭을 불러 세웠다.

"툭툭! 나 쳄카 온천에 갈 거야, 그곳에 갈 수 있어? 혹은 보마응곰베까지만이라도 부탁해."
"노 잉글리시!"

…큰일이다. 영어가 전혀 안 통한다. 다른 툭툭을 잡아보아도 마찬가지였다. 지도를 보여주고 번역기를 돌려보아도 어떻게 된 일인지 가지 않는다는 손짓과 '노 잉글리시'만 반복할 뿐이었다. 나중에 알게 되었는데 쳄카 온천 왕복, 그리고 내가 그곳에서 시간을 보내는 동안 다른 손님을 받지 않고 나를 기다려야만 하는 현지 사정상 수지가 맞지 않는다고 했다. 오직 쳄카 온천에 가려고 온 모시인데 정말 큰일이다.

"이 툭툭을 타고 가자, 내가 사정을 말해 두었어. 쳄카에서 놀고 돌아오기까지야. 그리고 내가 동행할게. 이 툭툭 기사가 길을 잘 가고 있는지, 돈을 더 달라고 하진 않는지 내가 체크해 줄게. 이것은 무료야. 나에게 아무것도 주지 않아도 돼. 그저 툭툭 비용만 내면 되고 직접 흥정해도 좋아."

사라졌었던 아까의 삐끼가 어느새 내 옆으로 나타나 솔깃한 제안을 해왔다. 정말로 돈을 주지 않아도 되는지, 팁이나 가이드비를 달라고 하지 않을 것인지 세 번, 네 번 확인하고는 이 제안을 받아들이기로 했다. 그의 눈빛은 진심이었다. 투어 에이전시에서 일했던 경험이 너무 좋아 이런 상황에서 꼭 도움을 주고 싶었단다. 케냐에서 만났던 마기가 떠올랐다. 아프리카 사람들은 정말 순수하고 친절한데! 내가 너무 긴장했나 보다. :)

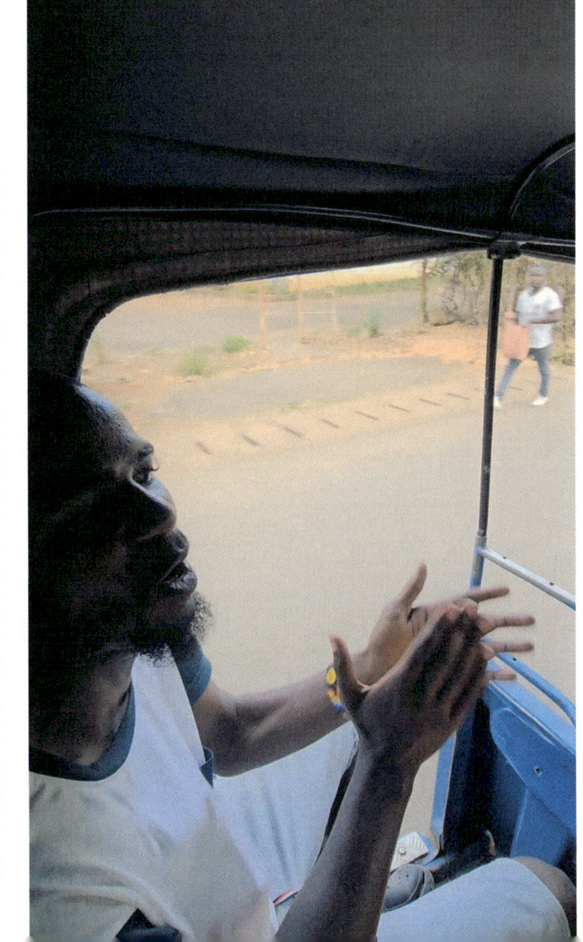

동석한 그는 내가 그토록 듣고 싶어 했던 현지인의 〈잠보 브와나〉를 개사해 불러주기도 했다.

〈잠보 브와나〉

잠보, 잠보 브와나 (안녕하세요, 안녕하세요 손님.)

하바리 가니, 음주리 사나 (잘 지내세요, 아주 좋아요.)

와게니, 와카리 비슈와 (외국에서 오신 분들, 반가워요.)

케냐 예투, 하쿠나 마타타 (우리 케냐는, 아무 문제 없어요.)

삐끼의 이름은 데빗이라고 했다. 데이비드의 준말이라 생각했는데 'Debit' 그 데빗이란다. 이름이 '인출하다'라니… 뭐, 내 이름도 예사롭지는 않으니 그럴 수도 있지! 영어를 하지 못해 말이 없는 툭툭 드라이버와 영어를 잘해서인지 말이 너무 많은 데빗. 범상치 않은 우리 그룹은 아프리카 시골의 비포장도로를 장장 세 시간 동안 내달렸다. 정말 허리가 부서질 것만 같았다. 좁아터진 툭툭이 정돈되지 않은 모래길에서 쉴 새 없이 흔들리는 바람에 어찌나 어깨를 박아댔는지 나중에 보니 멍이 들어 있었다. 하지만 고생 끝에 마주한 쳄카 온천의 장관은 이 고통을 한순간에 씻어내기에 충분했다!

정수기에서 가져온 듯한 맑은 물, 멋들어지게 어우러진 푸른 나무숲, 물놀이 하기에 결코 모자람 없는 깊은 수심과 어디선가 내게 은근히 다가오는 닥터 피시 떼. 그리고 익숙한 듯 자연을 놀이터 삼아 놀며 행복한 얼굴을 보이고 있는 아프리카 친구들까지. 이곳은 분명 천국임이 틀림없다! 앞서 언급한 라오스 라군, 멕시코 세노떼와는 또 다른 매력이었다. 아니, 고생 끝에 마주한 결실이라 그런지 그 이상이라고 생각한다. 한국에서 미리 준비한 방수백이 말썽을 부려 여권과 현금, 휴대폰까지 다 젖어버리는 사건이 있었지만, 끊임없이 행복했고 내게 주어진 두 시간이 세상 무엇보다 짧게만 느껴졌다.

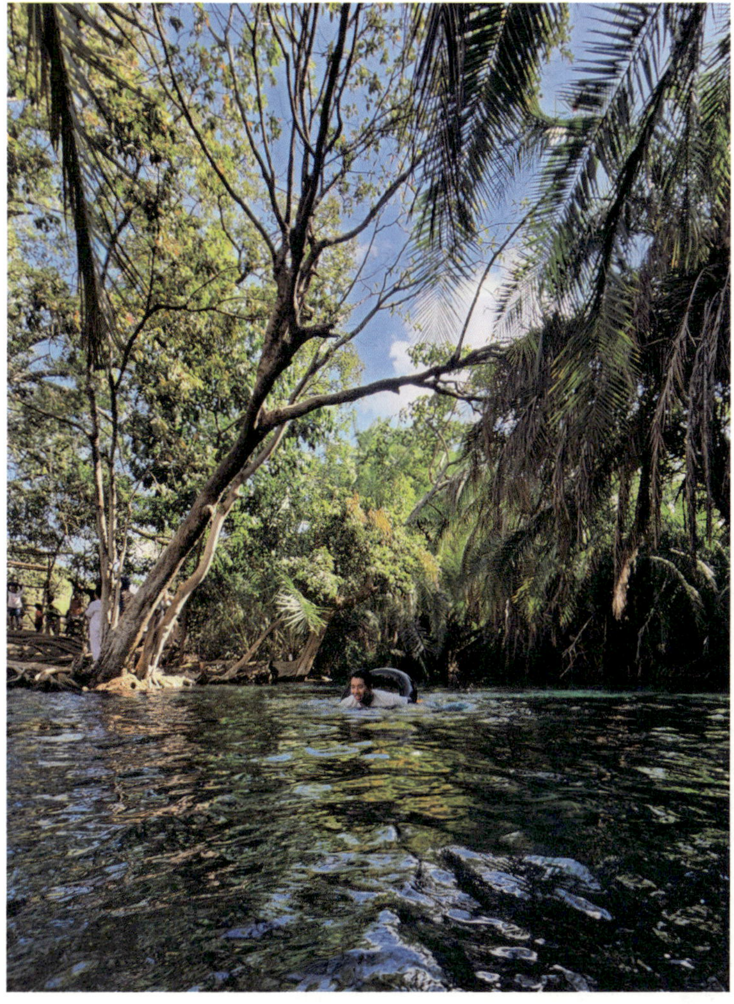

모시에서 마주한 두 번의 난관은 싹 다 잊은 지 오래.

2초 같았던 두 시간을 보낸 후 한껏 업된 기분에 드라이버와 데빗에게 콜라와 맥주를 선물했다.

"기다려줘서 고마워, 나 여기 너무 좋아. 반드시 또 오고 싶어!"

"언제든지 환영이야, 내일도 함께 와 줄 수 있어. 말만 해. 해피, 험블, 피스!"

'해피, 험블, 피스!'는 데빗이 밀고 있는 유행어인 듯 했다. 인생을 살아가는 데 이 세 가지만 가지고 있으면 된단다. 내일은 모시를 떠나는 날이라 돌아올 수 없다며 아쉬워하고 언젠가 데빗이 한국에 방문한다면 일정 전체를 가이드 해 주겠노라 약속했다. 그렇게 우리는 또다시 세 시간 동안 울퉁불퉁 비포장도로 대장정을 하고서 모시 시내로 돌아왔다. 무척이나 피곤했지만 기분만큼은 하늘을 나는 듯 행복하고 평화로웠다. 지금 상태라면 나는 인생을 살아가는 데 필요한 세 가지를 다 갖춘 것만 같다. 해피, 험블, 피스!

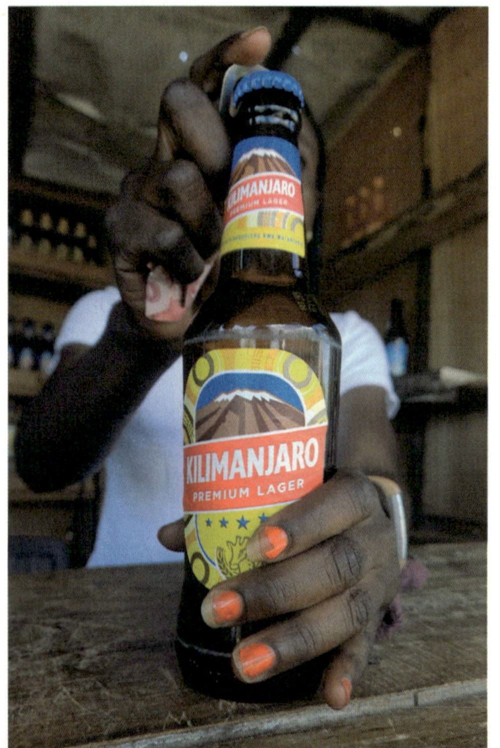

사실 모시는 킬리만자로 트레킹을 위한 거점 도시로 더 유명하다.

D+6

다르에스살람

02

“배신과 사기.”

모시 버스 터미널은 복잡하기로 유명하다. 수십 개의 버스 회사가 장터 같은 곳에서 가판을 세워놓고 호객을 하고 있는 형국이다. 호객꾼들은 본인의 소속이 딱히 없어도 아무 회사에 데려가 소개만 해주면 수수료를 받아가는 듯했다. 질서와 체계는 눈 씻고 찾아봐도 찾을 수 없는 곳이다. 그러던 와중에 미리 인터넷으로 찾아 놓았던 후기 좋은 버스 회사가 보이지 않았다. 아무래도 휴무일인 듯했다. 변수는 늘 존재하지만 이번엔 대안이 없었다. 말 그대로 원점의 상태에서 혼란을 틈타 괜찮은 버스를 구해야만 했다. 다음 목적지인 다르에스살람까지는 무려 10시간이 넘게 걸리기 때문이다. 결국 다시 데빗을 찾았다.

“내일 아침 일찍 다르에스살람으로 가는 버스가 필요해. 가격이 조금 비싸더라도 의자가 편했으면 좋겠어.”

“음, 내가 둘러봤는데 이 버스가 좋겠어. 새벽 6시 출발, 럭셔리 버스, 지정 좌석. 딱 맞는 조건이지?"

데빗이 나를 '자다'라는 버스 회사 가판으로 끌고 가 예약을 도와주었다. 너덜너덜한 파란색 종이에 아무렇게나 휘갈겨 쓴 예약 확인증을 받았다. 아직 약간의 의심이 남아있던 내 눈빛을 읽었는지 데빗과 버스 호객꾼이 저기 멀리 주차되어 있는 자다 럭셔리 버스를 가리켰다. 주변의 다른 버스에 비해 컨디션이 훌륭한 편이었다. 저 정도면 10시간의 대장정을 견딜 수 있을 것 같았다.

또 한 번 여정의 끝까지 도움을 준 데빗이 고마웠다. 그에게 소정의 답례를 해주고 싶었다. 사실 그와 함께 저녁을 같이 먹고 싶기도 했지만 쉼없이 쏟아내는 수다를 더는 견딜 수 없는 컨디션이었다. 그래서 나름대로 좋은 마음을 담아 약간의 팁을 건넸다.

"오, 노우 마이 프렌드…."

데빗의 눈빛이 돌변했다. 바라지 않았던 팁에 감동해서? 아니다. 분명 크게 실망한 표정을 짓고 있었다.

"나 오늘 하루 종일 너에게 도움을 주었어. 너도 나에게 도움을 줘야 해. 나는 배가 고프고 집에는 와이프와 아이들이 있어. 이건 너무 적어."

아, 경계를 푼 내 잘못이다. 대가 없는 호의는 없다고 그렇게 되뇌었는데도 말이다.

“내 말 들어봐, 데빗. 분명 내가 너에게 대가를 지불해야 하는지 세 번, 네 번 물어봤고 너는 그렇지 않다고 말했어. 그래서 동행을 했던 거야. 내가 너에게 무언가를 줘야 할 의무는 없어.”

“나를 위해가 아니라 내 가족을 서포트해줘. 내 가족들이 나를 기다리고 있어.”

“단지 너의 친절이 고마웠기 때문에 작은 선물을 해주고 싶었던 것뿐이야. 그런데 내 호의를 무시하고 네게든 가족에게든 돈을 더 달라고 하는 건 거짓말이야. 난 이 거짓말을 용납할 수 없어.”

“그렇지만 내가 너를 도와준 만큼 너도 나를 도와야 해. 이곳 사람들은 모두 그렇게 살아. 그러니 서포트 미.”

“이것은 서포트가 아니라 강요야. 그리고 난 배낭여행자잖아. 이곳 사람들이 모두 너처럼 거짓말을 하고 산다고 편견을 가지고 싶지 않아.”

“난 하루 종일 너를 서포트했다고, 너도 서포트 미.”

‘서포트 미(나를 도와달라)’ 실랑이는 30분이 넘도록 이어졌다. 처음부터 팁을 요구했으면 적정 가격에서 협상을 했을 것이다. 그런데 그렇지 않았다. 데빗은 분명 대가는 필요 없다고 했고 좋아서 하는 친절이라고 했다. 나는 그가 거짓말을 했다는 사실이 너무 괘씸했다. 하지만, 평소 같았으면 절대 양보하지 않았을 테지만, 유독 피곤한 날이었던 탓에 조금의 서포트를 더해주고 그를 보낼 수밖에 없었다.

"나는 이제 탄자니아를 싫어하게 될 거야. 탄자니아의 첫인상을 네가 망쳤어, 데빗. 처음부터 팁을 요구했다면 이렇게까지 화나지 않았을 텐데, 사기꾼의 나라 같으니!"

아… 이래서 이름이 Debit이었나보다.
나는 그의 인출 통장이었을 뿐.

뒤통수를 맞은 아픔을 식힐 여유도 없이 일찍 잠자리에 들었고, 또 곧바로 일어나 다시 버스 정류장으로 향했다. 어제 예약한 버스의 출발 시간은 6시였지만 무슨 일이 벌어질지 모르는 아프리카이기에 일찌감치 도착하여 대기했다. 여전히 어두컴컴한 새벽 5시를 겨우 넘긴 이른 시간이었다.

새벽에도 많은 사람들. 그리고 내가 신기한지 계속 흘겨보았다.

이게 무슨 일일까, 내가 예약한 버스가 오지 않는다. 다른 수많은 버스 회사의 호객꾼들이 자기네 버스를 타라며 유혹할 뿐. 연착이 된 게 아닐까, 오는 길이 막히지는 않았을까 걱정하며 찾아간 자다 버스의 티켓 오피스는 당연하게도(?) 문이 닫혀 있었다.

“자다! 다르에스살람! 버스 네임 자다!”

모시 현지인들은 도저히 영어를 이해하지 못했기에 버스 회사 이름과 목적지를 외쳐대며 버스가 언제 오는지 묻고 다녔다. 번역 어플을 꺼내 그들의 문자를 휴대폰 액정에 띄워 보여주며 도와달라 부탁하기까지 이르렀다. 그러나 돌아오는 말은 반드시 둘 중 하나, ‘잘 모르겠어. 그냥 기다려봐. 다르에스살람 가는 버스들은 모두 이곳에서 정차해.’ 혹은 ‘나와 함께 가자, 네가 예약한 것보다 저렴하게 태워 줄게.’ 그렇게 두 시간여를 눈치보고 묻고 쫓아다니며 기다렸다. 물론 결과는 허탕이었다. 나는 사기를 당했다. 데빗, 이 나쁜 놈.

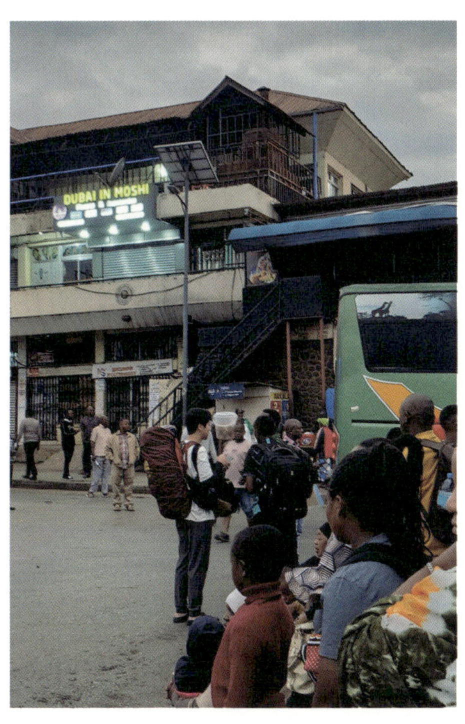

앞뒤 합이 25kg 쯤 되었을 배낭을 멘 채로…

사기를 당했음을 직감한 채 혼란해 하고 있던 차에 어디선가 강렬한 코끼리 무늬 옷을 입은 청년이 다가와 영어로 말을 걸어왔다.

"친구! 나 이 사람을 알아, 나를 따라와."

호객꾼이든 지나가던 시민이든 영어를 할 수 있는 사람은 아주 귀했기 때문에 일단 그를 따라 나섰다. 그 코끼리 가이는 나를 데리고 파란 옷을 입은 앳되어 보이는 어린 남자애를 찾아 얼마간 대화를 나눴다. 그리곤 파란 옷 아이는 이 상황을 두고 '부킹 엑시던트(예약 사고)'라며 자다 버스는 나이트 버스(야간 버스)라 아침엔 오지 않는다고 말해주었다. 반드시 오늘 다르에스살람에 도착해야만 하는 일정이라 대안을 찾아달라 부탁했다. 게다가 야간에는 자다 버스가 정말 오는 게 맞는지 확신도 없지 않은가.

"저 버스를 타고 가자. 자리를 마련해 줄게. 5분 뒤 출발할 거야. 티켓은 다시 사지 않아도 돼."

코끼리 가이가 움켜쥐고 있던 종이를 잠시 동안 살펴보더니 내게 로얄익스프레스라는 버스를 타라고 알려주었다. 좌석 번호까지 써주면서 말이다. 다만 로얄익스프레스는 이름만 고급스러울 뿐, 컨디션이 썩 별로였다. 출발을 재촉하는 현지인들과 이상한 냄새가 가득한 버스였다. 하지만 나에겐 선택지가 없었다. 다르에스살람에 갈 수만 있다면 다행이다. 혹시 몰라 승객 대여섯 명에게 '다르에스살람?'이라며 내가 옳은 버스를 탄 것이 맞는지 확인했다. 맞단다. 아무렇게나 맡겨버린 짐이 조금 걱정이 되었지만 코끼리 가이가 안전한 버스라며 날 안심시켜주었다.

그렇게 정신없이 버스는 출발했다. 창밖에는 아까 보았던 파란 옷 남자아이의 뒷모습이 보였는데 뒤에 써진 글자가 안도감 덕에 잠시 잊고 있던 내 분노를 다시 불러 일으켰다. 'Jader Luxury Coach' 파란 옷 아이가 바로 자다 호객꾼이었다. 잊지 않겠다 데빗, 자다, 블루가이.

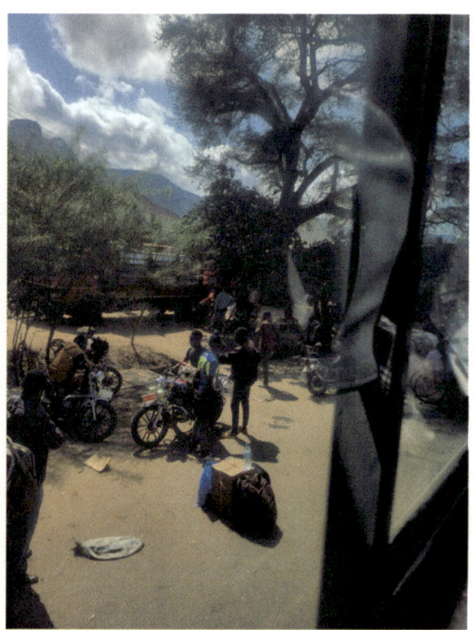

'진짜' 아프리카를 경험할 수 있었던 버스 이동기.

우여곡절 끝에 시작된 버스 이동은 정말이지 우주 여행을 하는 줄 알았다. 이동 시간 10시간 30분. 뒷자리 아주머니는 어찌나 붙임성이 좋은지 하염없이 전화 통화를 해댔고 앞에서는 잡상인이 들락날락하며 큰소리를 내며 물건을 팔았다. 옆자리의 아기들은 이동 중간중간 본인들의 불편함을 대찬 울음소리로 표현했고 에어컨이 없어 버스 안은 계속 후덥지근했다. 심지어 내 좌석 옆에는 공용 쓰레기통이 비치되어 있었다. 남미를 여행할 때 12시간+13시간 버스를 연달아 탄 기억이 있는데, 이때보다 족히 스무 배는 더 힘들었다. 그런데 어쩌겠는가, 나는 사기를 당했고 그럼에도 날 구제해준 코끼리 가이 덕에 무사히(?) 다르에스살람으로 향하고 있다. 이것만으로도 감지덕지다.

동아프리카는 빨리빨리의 민족인 우리와 정반대의 문화를 가지고 있다. '뽈레 뽈레' 스와힐리어로 '천천히 천천히'라는 뜻인데, 트러블이 있거나 문제가 생겼을 때마다 그들은 '뽈레 뽈레~'라며 나를 위로했었다. 아프리카에 왔으니 아프리카 문화를 따라야지 않겠나. 마음을 다잡으며 셀프로 뽈레 뽈레 위로하며 10시간 30분을 버텨 다르에스살람에 도착했다.

다르에스살람은 8차선 고속도로는 물론 버스 전용 차로도 있었다. 케냐의 나이로비만큼 북적북적한 도시였지만 훨씬 쾌적하고 발전된 도시라는 느낌이 확 들었다. 곧장 숙소로 달려가 몸을 씻고 다르에스살람에서 가장 유명한 중식당을 찾아가 그리웠던 아시안 푸드를 원없이 먹어댔다. 이렇게 하지 않으면 고단했던 오늘 하루가 남은 여행 내내 떠오를 것만 같았다. 맛있는 것을 먹으며 깨끗이 잊고 내일부터는 휴양지에서 물놀이를 해야 한다.

03

D+7

잔지바르 능위[1]

"잔지바르 입성."

오늘도 역시 새벽 기상을 했다. 이제는 일상이 된 것 같은 부지런한 삶. 동아프리카의 대표 휴양지인 잔지바르 섬으로 가는 페리를 타기 위함이었다. 페리 터미널엔 아니나 다를까 호객꾼들이 바글바글했다. 자신의 페리를 타라고, 짐을 들어 주겠다고, 길을 안내해주겠다고 끊임없이 달려들었다. 하지만 나는 어느새 웬만한 호객 전쟁에서는 상처 입지 않는 강한 배낭여행자가 되어 있었다. 텐 돌라 인페르노와 모시 버스 터미널에서의 경험으로 단단해졌기 때문.

"노 터치! 아 캔 두!"

사전 정보에 따르면 외국인에게는 60달러나 하는 VIP 티켓을 강매한다고 했다. 일반 좌석은 현지인만이 탈 수 있다며. 하지만 운이 좋았던 건지 절반 가격에 일반 좌석을 구매할 수 있었다. 그리곤 VIP 좌석에 앉아 갔다. 이렇게 잔지바르에서 운이 좋으려고 모시에서 그렇게도 힘이 들었나 보다. 덕분에 아주 편하게 잔지바르에 도착! 입도세를 지불하고 밖으로 나온 내 눈앞에는 또 하나의 천국이 펼쳐져 있었다.

한 걸음마다 호객 한 번씩.

발을 디딘 스톤타운이라는 마을은 조금 이따 여행하기로 하고 세계 10대 해변 중 하나라는 능위로 곧장 이동하는 일정이었다. 능위는 스톤타운에서부터 '달라달라'라고 불리는 작은 마을버스로 두 시간을 더 들어가야 하는 곳인데, 잔지바르 북쪽 끝에 있는 작은 마을이기 때문에 이곳 스톤타운에서 먼저 유심 구매와 환전을 해야 했다. 눈에 불을 켜고 달려드는 바자지(=툭툭)

기사들 중 가장 싼 값을 부르는 이를 잡아 유심 구매와 환전을 할 수 있는 곳으로 데려가 달라고 했다. 다행히 이곳 사람들은 영어를 아주아주 잘했다. 기사님은 한곳에 은행과 통신사가 같이 있는 꽤 거대한 건물 앞에 나를 데려다 주었다. 그렇게 가장 먼저 들른 곳 Vodacom, 동아프리카에서 가장 크다는 통신 회사다. 크고 유명한 만큼 데이터가 잘 터지고 서비스도 좋겠지라는 생각은 잔지바르에서 가장 잘못한 생각으로 기억하게 되었다.

영화 〈주토피아〉의 나무늘보는 이곳의 직원들을 모델로 삼았던 것이 틀림없다! 손가락 마디 끝까지 기를 모아 움직이는 건지, 보고 있자면 속이 터져 자동으로 발이 동동 굴러질 정도였다. 키보드 타이핑, 휴대폰 터치, 종이 서류 작성까지 뭐 하나 거를 타선이 없을 정도로 느렸다. '일 처리를 못 한다'의 문제가 아니라 행동 하나하나가 정말 나무늘보처럼 굼떴다. 이렇게까지 느리게 움직이는 사람 아니, 생물은 태어나 본 적이 없다. 혹여나 더 느려질까 차마 화를 내지는 못하겠고, 이따금씩 휴대폰을 가져와 내가 대신 번호를 입력해주며 한 단계 한 단계 넘어갔다. 10GB 플랜 유심 하나를 맞추고 나서 시계를 보았을 때는 상담을 시작한 지 두 시간하고도 30분이 더 지나있었다.

뻘레뻘레의 극치였던 유심과 달리 코리아를 좋아한다는 직원 덕에 환전은 속전속결로 끝마칠 수 있었다. 다만 '오징어게임'이 실제로 한국에 존재하는 줄 알고 있던 탓에 오해를 푸느라 잠시 동안 열변을 토하고 나오긴 했다. 나보고 오징어게임에 참가해 봤냐고 묻더라.

스톤타운에서의 할 일을 모두 마치고 달라달라가 모여있는 정거장으로 향했다. 이름도 외형도 귀여운 달라달라 버스는 이곳 잔지바르의 유일한 대중교통이다. 물론 택시와 바자지는 여전히 존재하지만 소득 수준이 그리 높지 않은 현지인들에게는 그림의 떡일 뿐이기에 달라달라는 늘 사람들로 꽉 차 있었다. 나는 앞뒤로 메고 있는 거대한 배낭들과 빨래감이 잔뜩 들어 찬 손가방까지 홀몸으로 볼 수 없어 달라달라 자리를 잡는 데 애를 먹었다. 그러다 겨우 찾아낸 자리도 버스의 가장 뒤에 있는 가운데 자리. 일명 일진 자리였다. 날씨는 덥고 가방은 무겁고 자리는 좁고 버스는 마구 흔들렸다. 능위로 가는 두 시간 동안 나는 불한증막 사우나에서 완전 군장을 하고 얼차려를 받는 군인의 모습과 닮아 있었다.

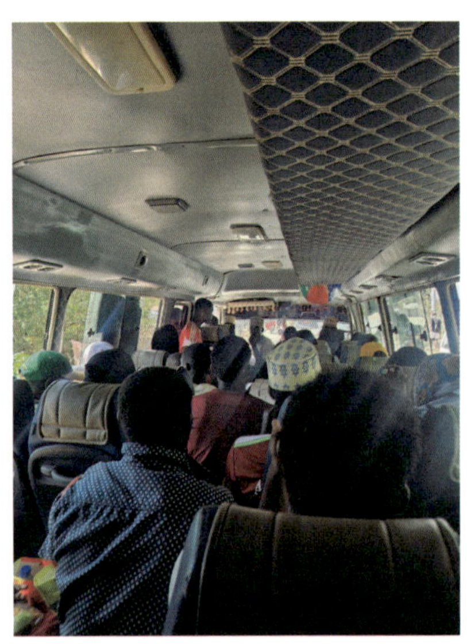

북적북적 시장통인 달라달라 버스 안.

시장통 같은 달라달라에서의 고역을 견디다 목적지까지 겨우 두 정거장만을 남겨두었을 때 비로소 휴대폰을 확인할 여유를 가질 수 있었다. 그래도 능위로 가는 동안 하교 중인 귀여운 학생들, 땀을 비 오듯 흘리는 내가 안쓰러웠는지 배낭 하나를 들어주겠다던 젊은 커플, 세계 각국의 인사말을 등에 새겨 넣은 청년 등이 내게 소소한 기억들을 안겨주기도 한 재미난 시간이었다. 물론 다시는 달라달라를 타지 않으리라 다짐했지만 말이다. 택시 만세 바자지 만세.

어렵게도 도착한 능위 비치는 왜 사람들이 하나같이 칭찬을 아끼지 않는 세계적인 해변인지 단박에 이해할 만한 풍경을 자랑하고 있었다. 에메랄드빛 바다와 뛰노는 사람들, 행복한 표정의 관광객 그리고 그들이 편히 들러 즐길 수 있도록 한껏 뽐내고 있는 해변의 식당과 바. 무엇 하나 빠지지 않고 아름다웠다. 잠시 동안의 풍경 감상을 마치고 수많은 호객꾼 삐끼들과 신명나는 흥정 대결을 펼쳤다. 내일 새벽 잔지바르에서 맞이할, 가장 기대하는 투어인 돌핀 투어를 위해서.

"브로! 원래 35달러인데 내가 25달러까지 디스카운트 해줄게, 굿 프라이스 굿 프라이스!"

아프리카에서 호객꾼들이 '굿 프라이스'를 외친다면, 그것은 보통 그들에게 좋은 가격이지, 나에게 좋은 가격이 아니다.

"아니야, 내 친구가 어제 네가 말하는 것과 같은 옵션으로 했는데 15달러였대. 나도 15달러에 해줘."

나도 아프리카에서 살아남기 위해 배운 거짓말 스킬을 뽐냈다. 삐끼의 표정이 일그러졌지만 개의치 않았다. 심지어 15달러는 말이 안 된다며 내게 영업하는 것을 포기하고 멀리 사라졌지만 괜찮았다. 여기엔 수많은 업체와 삐끼들이 즐비했기 때문이다. 근거 있는 자신감으로 또 다른 호객꾼들을 찾는 둥 노을을 구경하는 둥 시간을 보내고 있었더니 어느새 아까 그 배 나온 삐끼 아저씨가 다시 찾아와 소곤소곤 말을 걸어왔다.

"브로, 내 보스가 허락했어. 15달러에 해줄게. 대신 그 누구에게도 가격을 말해주면 안 돼. 알겠지? 절대로!"

그럼 그렇지, 나는 처음 불렀던 호가에서 단 1달러도 올리지 않고 내가 원하는 가격을 관철시켜 투어를 예약했다! 왜인지 뿌듯한 기분이 들기도 했다. 그러면서도 예약 확인서를 두 번, 세 번 체크하고 금액을 지불했다. 모시에서의 악몽을 두 번 다시 경험하고 싶지 않았다. 내일 새벽엔 반드시 배가 있어야 한다. 나를 돌고래들에게 데려다 주어야만 한다. 제발!

내가 본 해변 노을 중 무조건 Top 3 안에 든다.

03

D+8

잔지바르 능위[2]

"점프 점프! 룩다운 룩다운!"

휴양지에 온 이상 무조건 해야 할 여행 지침이 있다면 단연 조식 챙겨 먹기가 있을 것이다. 이른 아침 돌핀 투어를 위한 미팅이 약속되어 있었지만 그보다 더 이르게 일어나 조식을 챙겨 먹었다. 어차피 바다에 들어가면 인간 미역이 될 것이 뻔하니 양치만 대충 하고 투어에 참가한다는 마인드. 이곳에서 꽤 유명하다는 잔지바르 산 아보카도를 주문해 먹었다. 음, 내 취향은 아니다. 역시 나는 써니 사이드업, 아니 '겨란 후라이'가 더 좋나 보다.

생각보다 많은 양의 조식을 남기지도 않고 부랴부랴 입에 욱여넣고 나오는 바람에 미팅 장소로 뛰어가는 길에 배앓이를 조금 했다. 하지만 아파할 시간이 없었다. 돌고래는 이른 아침 일찍, 짧은 시간 동안만 수영 실력을 뽐내고 깊은 바다 속 어딘가로 다시 숨어 들어간다고 했다. 얼른 준비물을 챙겨 다행히도 모습을 드러내어 준 보트에 몸을 싣기 바빴다.

"헤이! 너 예약 확인서에 적힌 가격이 이상해. 추가금을 내야 해. 현금 가져왔니?"

어제는 보지 못했던 보트의 선장이라는 자가 조용히 다가와 손을 내밀며 이상한 소리를 해댔다. 이게 무슨 소린가, 어쩐지 흥정이 너무 쉽더라니! 하지만 여기서 돈을 더 낸다면 그야말로 호구다. 데빗 놈과 파란 옷 놈에게 당하면서 깨달은 게 있었단 말이다.

"그 가격이 맞아, 내가 분명 여러 번 확인했고 너의 보스가 허락했어. 못 믿겠다면 보스에게 전화해봐."

"난 이 보트의 선장이야. 내 배를 타려면 나에게 허락을 받아야지."

"그럼 잔금은 보스에게 받아, 보스의 말이 틀렸다면 그때 내가 보스에게 줄게."

너무도 당돌하게 대응했던 걸까? 선장은 잠시 고민에 빠져 있었고, 그 사이 나는 같이 투어를 떠날 다른 여행객들에게 그들도 추가금을 내지 않았음을 확인했다. 투어비 역시 크게 차이 나지 않았다.

"우선 지금 출발해야 해. 일단 타지만 넌 혼자 놀게 될 거야."

선장의 협박 아닌 협박을 받았지만 개의치 않았다. 드넓은 자연의 돌고래를 구경하고 바다 수영을 하러 가는데 누군가와 같이 놀 것은 또 뭐람?

약간의 트러블이 지나간 후 파도를 가르며 깊은 바다로 들어가고 있던 찰나, 돌고래다! 진짜 돌고래가 나타났다. 배 안의 사람들은 분주하게 스노클 장비를 착용하고 돌고래가 수영하는 푸른빛 바다로 뛰어들 준비를 했다. 나 역시 이들을 따라 부랴부랴 장비를 챙겼다. 돌고래가 보이면 지체하지 말고 바로 뛰어들어 곧장 아래를 바라보라는 가이드의 말도 곱씹었다. 다만 변수는 속도였다. 사실 막연히 귀여운 돌고래들과 교감하며 유유자적 수영할 줄로만 생각했었다. 이것은 대단히 큰 착각이었다. 야생의 돌고래들은 인간들을 비웃기라도 하듯 엄청난 속도로 나타났다 사라지길 반복했다. 아주 멀리 달아나는 것은 또 아닌 것으로 보아 아마 돌고래들이 오히려 우릴 가지고 노는 듯했다.

"저기! 배 오른쪽이야! 점프 점프!! 룩다운 룩다운!!"

가이드의 다급한 외침에 냅다 몸을 바다로 던졌다. 1초는 지났을까, 돌고래를 놓친 건 둘째치고 나에게 당면한 문제를 둘이나 발견했다. 첫째, 스노클 장비에서 물이 샌다! 숨을 참아도 고글 속으로 물이 차오른다. 둘째, 촬영을 할 수가 없다. 야심 차게 준비한 방수팩 속 휴대폰 카메라를 들 여유가 없다. 바다 속 우사인 볼트들인 돌고래들은 영상 촬영은커녕 눈으로 보기에도 벅찼다. 배 위로 다시 올라가 이 문제에 대해 고민하려 했다.

"점프 점프!!! 헤이 점프! 룩다운!!"
"…???!!!!"

그렇게 대여섯 번의 점프와 룩다운을 반복했고 나는 녹초가 되었다. 얼마나 많은 바닷물을 마셨는지 모른다. 일단 들이대고 보는 카메라에는 돌고래가 찍혔는지 앞사람의 오리발이 찍혔는지는 나중 일이다. 그런데도 기분은 최고였다! 눈으로는 돌고래를 수도 없이 봤고 나는 분명 그들과 함께 수영도 했단 말이다. 자랑할 만한 증거가 없을 뿐. 다음 기회가 또 있다면 내게 딱 맞는 스노클 장비와 팔목에 딱 붙는 액션캠을 반드시 챙겨 가리라. 우리 배는 체력이 다한 투어 멤버들을 태우고 산호초가 가득한 잔잔한 바다로 이동했다. 파도와 점프가 난무해 정신 없던 곳을 벗어나니 이제야 잔지바르 바다색이 눈에 들어왔다. 그 아름다움을 어떻게 형용해야 할까, 그저 천국에도 바다가 있다면 이런 모습이지 않을까. 그렇게 천국의 바다에서 원없이 스노클링을 즐겼다. 너무 깨끗했던 탓인지 물고기들은 많이 없었지만 특이한 모양의 불가사리들을 잡고 열대과일을 먹으며 행복한 시간을 보냈다. 누군가 아프리카를 간다면 여행 컨셉에 관계없이 잔지바르는 반드시 가보길 추천하겠다.

그래도 꼬리를 어렴풋하게나마 찍었다.

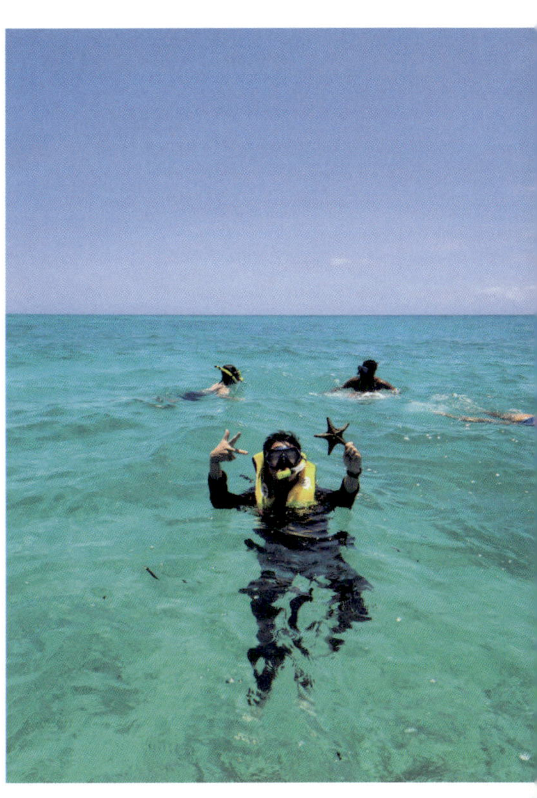

돌고래 대신 불가사리를 실컷 볼 줄이야.

04

D+9

잔지바르 스톤타운[1]

"니하오, 칭챙총."

아침부터 스톤타운으로 이동하기 위해 분주히 움직였다. 스톤타운에서 이곳 능위로 올 때는 분명 수십 대의 달라달라 버스가 승객을 기다리고 있었는데 타이밍이 좋지 않았던 탓일까? 능위 정류장에는 단 한 대도 보이지 않았다. 버스를 찾으려 잠깐 두리번대던 정말 잠깐의 찰나에 거대한 짐덩이를 온 몸에 두른 길 잃은 아시아인을 본 호객꾼들이 몰려왔다. 택시, 벤, 바자지. 이 동네 교통수단 드라이버들은 다 온 것 같았다. 개중 가장 저렴한 가격을 부른 바자지를 타고 스톤타운으로 두 시간을 달려 내려왔다. 아침에 기분 전환 삼아 세팅했던 헤어스타일은 5분을 채 버티지 못하고 바람맞은 방랑자 머리로 변신했다.

큰맘 먹고 예약한 수영장이 있는 고급 호텔에 체크인 시간보다 이르게 도착했다. 눈앞에 잔잔히 펼쳐진 부티 나는 수영장 안으로 당장이라도 풍덩 빠져버리고 싶었지만 다음을 기약하고 짐만 맡긴 채 밖으로 다시 나왔다. 잔지바르에 오면 꼭 들러야 한다는 프리즌 아일랜드로 가야 했기 때문이다. 유년기의 공룡이 이렇지 않았을까 싶은 거대한 크기의 거북이들이 떼를 지어 쉬고 있다는 섬, 원래는 실제로 감옥 터로 사용했다던 섬 프리즌 아일랜드. 보트를 타고 들어가야 했기에 해변에 있는 보트 선장들과 흥정을 했다. 50달러로 시작한 프리즌 아일랜드행 보트 가격을 3만 실링(12달러 수준)까지 내려 탑승했다. 현지인 3인 가족과 동승했는데 내가 흥정한 가격이 더 싸다고 했다. 나는야 프로 흥정꾼!

프리즌 아일랜드 선착장은 파도가 굉장히 셌다. 조그마한 보트들이 하염없이 출렁이는 중에 가장 낮은 파도가 칠 때쯤 타이밍을 칼같이 맞춰 육지로 뛰어올라야 했다. 나이가 지긋하신 어르신 분들이 종종 넘어지시는 장면을 목격하기도 했다. 쉽지만은 않은 입도 길이었다. 하지만 무사 도착 후 계단을 얼마간 올라갔을 때 보이는 풍경만큼은 타의 추종을 불허했다. 개인적으로 능위의 해변보다 아름답게 느꼈다. 바다 색이 포카리와 뽕따를 섞은 느낌이라면 이해가 될까?

이렇게나 푸른 바다라면 넘어져 빠진대도 행복할 수도?

프리즌 아일랜드에 서식하는 거북들은 물속을 유영하는 바다거북은 아니고 육지거북이라 했다. 활동량이 적어서 그런지 몸집이 정말 공룡만 했다! 등껍질의 무늬로 나이를 가늠할 수 있고 관리 편의를 위해 누군가가 대략의 나이를 적어둔 것을 볼 수 있었다. 대부분의 거북들은 100살이 훌쩍 넘었다. 200살이 넘은 거북도 심심치 않게 보였다. 크지 않은 섬 전역에 거북들이 쉬고 있었기에 컴팩트하게 많은 거북을 볼 수 있었다. 곳곳에 서 있는 표지판에는 먹이를 주지 말라고 쓰여 있었지만 자연에서 나는 나뭇잎을 주워다 먹이는 것은 허용되는 듯했다. 나도 하나 떼어 건네 보았는데, 배가 고픈 건지 엄청나게 잘 먹었다. 장난기가 발동한 나머지 줄 듯 말 듯 거북을 놀렸더니 분노에 찬 콧바람을 쒹익쒹익 내뱉더라. 미안하면서도 너무 웃겨 몇 차례 더 놀렸더니 고개를 돌려 다른 곳으로 가려고 했다. 나는 주변의 나뭇잎 중 가장 크고 싱싱한 것을 골라 발 앞에 두고 만찬을 즐기도록 배려해주었다. 워낙 작은 규모인 탓에 한 시간이 지나 조금 지루해지려던 찰나, 같은 보트를 탔던 현지인 가족들이 그만 돌아가는 것이 어떻냐고 물어왔다. 땡큐다! 나도 더위에 지쳐 물놀이가 다시 하고 싶어졌거든! :)

거북은 정~말 크고 날씨는 정~말 덥다. 당 충전 필수!

스톤타운으로 돌아와 곧장 해수욕을 즐기러 바다를 찾았다. 섬 남쪽에 위치한 스톤타운에는 상가니 비치라는 딱 하나의 해변만이 있는데 능위, 캔드와 등 갖가지 매력의 해변이 펼쳐져 있는 잔지바르 북부와는 사뭇 달랐다. 솔직히 말해 근처에 위치한 커다란 페리 터미널과 모래사장과 맞닿은 5성급 호텔을 제외한다면 관광지가 맞나 싶을 정도로 특별할 것이 없었다. 오히려 현지인들로 가득한 탓에 이방인인 내가 느끼기에 조금은 겁이 나는 분위기였다. 실제로 해수욕을 즐기고 있는 나를 신기한 듯 노골적으로 쳐다보기 일쑤였고 '니하오', '차이나'라며 괜히 말을 걸어오기도 했다. 수많은 경험을 통해 무지에서 오는 반응은 인종 차별이 아닐 수 있음을 알았기 때문에 그저 무관심으로 일관하고 있었지만 참을 수 없는 사건이 있기도 했다.

"니하~ 니하~ 칭챙총! 칭챙칭챙~"

"유 차이나! 칭칭챙챙~"

어느 젊은 청년 무리에서 유독 한 아이가 쉬지 않고 소리치고 있었다. 단순히 니하오, 알 유 프롬 차이나 정도의 말이라면 무시를 했겠지만, 우스꽝스러운 표정을 지으며 의미 없는 말을 반복하다니, 이건 확실한 인종 차별이라는 생각이 들었다.

"Hey, what you mean, what you want?"

목소리를 낮게 깔고 기분 나쁜 표정을 지으며 쳐다봤다. 참나, 인종 차별 당사자는 돌연 친구 등 뒤로 숨더니 나를 빼꼼 쳐다보더라.

"미안해 브로, 내가 친구에게 그러지 말라고 말할게. 너의 시간을 망치게 해서 정말 미안해."

그들 중 한 청년이 가슴에 손을 얹는 제스처를 취하며 내게 사과를 건네왔다. 그러곤 정말 친구를 잘 타일렀는지 이후로는 칭챙총 소리가 들리지 않았다. 그렇게 특별할 것 없는, 오히려 트러블이 있었던 스톤타운에서의 짧은 물놀이를 마치고 숙소로 돌아왔다. 인종 차별에 대해 딱히 화가 나지 않는 편이라 그런지 몰라도 당시를 돌이켜봤을 때 상가니 비치도 나쁜 기억이 있기 보다는 나름대로의 매력이 있다고 생각이 든다. 아프리칸들로 가득 찬 특별할 것 없는 해수욕장에서 다른 피부색을 하고 놀아보는 경험을 어디서 또 하겠는가. 그리고 어쩌면 인종이 다르다는 이유로 '사람을 구경'한 것은 그들이 아니라 나일지도 모른다. 그저 우리는 서로 다름을 신기해했을 뿐이지 않을까.

숙소로 돌아가는 길에 아직 준비가 한창인 나이트마켓에도 잠시 들렀다.

여행에서 마주하는 오해와 진실 : 인종 차별

동아시아인으로서 해외에 나가 있다 보면 어렵지 않게 '니하오(ni hao)', '차이나(china)', 혹은 '치노(chino)'라는 말을 들을 수 있다. 이런 중국을 연상케 하는 류의 말은 높은 확률로 인종 차별이 아닐 수 있다. 물론 예외는 있을 수 있겠지만, 그들은 정말 아시안에 대해 무지할 뿐이며 중국인이 아닌 사람들에게 중국인 대우를 하는 것이 무례한 일임을 인지조차 하지 못하는 경우가 많다. 차이나가 아니라고 말하거나 무관심한 반응을 보이면 이내 '곤니치와(konnichiwa)'라거나 '아리가토(arigato)'로 바꿔 부르는 것만 보아도 그렇다.

생각해보면 우리도 어릴 적 서양인의 외형을 한 이방인을 보면 무작정 '하이(hi)', '헬로우(hello)'라고 하지 않았던가. 한국인에게 냅다 중국어를 사용하는 것이 기분 좋게 들리지 않는 것처럼, 불어에 강한 자부심을 가지고 있다는 프랑스인에게 곧장 영어로 말은 거는 행위도 그들에게 썩 유쾌한 상황은 아닐 것이다. 혹자는 이를 두고 "영어는 만국 공통어니까 문제될 것 없다."라고 하겠지만, 모르긴 몰라도 그 시절 우리가 그들에게 영어로 인사를 건넨 것은 영어가 공용어로써 기능함을 알았기 때문만은 아니었을 것이다. 오히려 중국어가 전 세계 사용자 수

1위의 언어라고 한다.

우리에게 중국 연상 단어를 외치며 다가오는 이들이 결코 문제가 없다고 말하고 싶거나 옹호하려는 것이 아니다. 단지 소중한 여행에서 기분 상하는 일을 구태여 만들지 말자는 취지임을 이해해 주었으면 좋겠다. 그러니 해외에서 위와 같은 말을 듣거든, 괜히 화낼 필요 없이 그저 '무지(무식)한 사람이구나~' 정도로 생각하고 넘어가는 편이 좋겠다. 혹 한국인임을 꼭 알려야겠다고 생각이 들 땐 "No, I'm Korean." 정도로 대응하자.

만약 단순 오해가 아닌 실제로 인종 차별을 당했다 하더라도, 앞선 일화처럼 그 자리에서 강하게 대응하는 것은 큰 주의를 요한다. 그들을 도발해 봤자 외지에서의 약자는 바로 우리이기에 불리함은 우리 몫이다. 화가 나더라도 특별한 반응을 하기보다는 무시를 하는 것이 좋으며, 정도가 지나치다면 주변의 도움을 구해보는 것도 방법이 될 수 있다. 홀로(혹은 소수의 인원으로) 강경 대응을 한다면, 어쩌면 큰 사고를 당할지도 모르기 때문이다. 여행은 언제나 안전이 최우선임을 명심하자!

D+10

04

잔지바르 스톤타운[2]

"흰 천과 바람만 있으면 어디든 갈 수 있어."

잔지바르에 오면 꼭 해야 할 일 Top 2를 꼽으라면, 돌고래 투어와 블루 사파리(혹은 사파리 블루)가 있겠다. 오늘은 블루 사파리를 하러 가는 날. 블루 사파리는 사실 사파리 블루에서 파생된 것이다. 사파리 블루는 잔지바르의 푸르른 바다에서 스노클링을 하고 멋진 풍경의 섬에서 고급스러운 씨푸드를 즐기는 여행인데, 동남아 여행에서 흔히 볼 수 있는 호핑 투어와 비슷한 느낌이라고 하면 이해가 쉬울 것이다. 다만 꽤나 긴 시간 동안 호화로운 여행을 즐기는 만큼 금액대가 높았기 때문에 많은 사람들이 쉽게 즐길 수 있는 것은 아니다. 그래서 생긴 것이 블루 사파리! 교묘하게 이름을 바꾸어 놓은 이것은 새로운 투어라기보다 단순히 사파리 블루의 하위호환 버전이라고 했다. 하지만 가난한 배낭여행객이자 물놀이라면 환장하는 나로서는 가격이 저렴하다면 다운그레이드일지라도 개의치 않았다. 아니 오히려 더 좋았다. 사파리 블루는 못 하지만 블루 사파리라도 결코 지나칠 수 없는 액티비티라 생각했기에 여행 계획 단계부터 꼭 하려 했던 투어였다. 그런데 이 투어를 예약하는 과정이 참 쉽지가 않았다.

어제 상가니 비치에서, 숙소로 돌아가던 중 잠시 머무른 나이트마켓에서 블루 사파리를 흥정하는 호객꾼을 만나려 했다. 아프리카는 늘 호객꾼, 삐끼, 사기꾼, 그리고 구걸하는 이들이 있었기 때문에 개중 한 명과 딜을 하려 했다. 그런데 웬걸! 아무도 보이지 않는다. 왜 늘 보이던 익숙한 것은 꼭 찾으려면 어디 가고 없는 걸까. 숙소의 리셉션에서 연결해주는 투어사는 사파리 블루만 운영을 하고 있다고 했고, 오픈채팅방을 수소문해 연락해본 투어 에이전시는 남는 자리가 없다고 했다. 그 다음 날은 내가 다른 곳으로 이동을 해야 했던지라 다른 선택지는 없었다. 상가니 비치와 나이트마켓을 서성이며 호객꾼이 내게 말을 걸어와 주길 바랄 수밖에. 한 명, 정말 딱 한 명이 었다. 내게 말을 걸어온 사람. 그런데 그의 모습이 심상치가 않았다. 비니 위에 비스듬히 끼운 헤드셋과 힙한 그림이 그려진 나시 티, 시선을 강탈하는 핑크색 백팩, 그리고 건들건들한 양아치 걸음걸이.

“Yo~ 브로, 너 뭐 찾아? 돌고래 투어 할래? 아니면 프로즌 아일랜드? 말만 해.”

“음, 블루 사파리 투어를 찾고 있긴 한데…”

“블루 사파리? 내가 좋은 가격으로 해줄 수 있어. 나만 믿어 브로. 55달러 어때? 브로 아주 운이 좋은 거야.”

“35달러!”

“뭐…??”

조금은 탐탁치 않은 첫인상이었기에 길게 얘기하고 싶지 않았다. 오픈채팅방에서 공유된 최저가로 곧장 질러버렸더니 건들건들하던 핑크백 보이는 할 말을 잃은 채 휘둥그레진 눈으로 날 바라봤다.

"35달러가 아니면 가지 않을래."
"어… 잠시만. 보스에게 물어봐야 해. 기다려줄 수 있어?"

내가 너무 확고해 보였던 걸까, 건들건들 핑크백 보이는 갑자기 순둥이가 되었고 한껏 주눅이 든 채로 보스에게 허락을 구하고 있었다. 나중에 알게 되었는데 그는 이제 막 20살이 된, 그저 힙합 음악을 좋아하는 순박한 시골 청년일 뿐이었다. '양아치로 봐서 미안해 핑크백 보이!' 잠시 후 보스와도 잠깐의 흥정이 있었지만 결국 35달러로 합의를 보았다. 픽업&픽드랍 그리고 보트 등 모든 것이 포함된 가격임을 두 번 세 번 확인했고 어느새 친절해진 핑크백 보이와 하이파이브를 하며 투어 예약을 마무리했다.

핑크백 보이를 만나기 전엔 이렇게나 멋진 노을도 만났지.

이른 새벽부터 픽업 택시를 타고 출발지에 도착하니 보트 선장님이 기다리고 있었다. 그의 이름은 '아브라 (음)롸 부와부와'. TV에서 가끔 아프리카에 관한 예능 또는 다큐멘터리를 할 때면 특이한 발음의 아프리칸 이름을 듣곤 했는데 실제로 들어보니 너무 신기하고 재미있지 뭐람! (음)롸 부와부와 선장님도 이를 아는지 자신의 이름을 많이 불러 달라며 오늘을 즐기라고 말해주었다. 우리의 유쾌한 '아브라 (음)롸 부와부와' 선장님 덕에 우리 보트 그룹은 서로 자기소개도 하며 신나게 투어를 시작했다.

러시안 커플
헝가리 가족팀
요르단×팔레스타인 조합의 청년들

10명이 조금 넘는 인원이었다. 나도 이들에게 한바탕 웃음을 선물해주기도 했다. 아니, 라이프 재킷을 입으려 집어 올렸더니 손가락 두 마디 크기의 바퀴벌레가 스멀스멀 기어 다녔단 말이다. 으아아악! 소리쳤더니 그 모습이 재미있었는지 모두가 폭소를 터뜨려버렸다. 그러곤 다 함께 라이프 재킷을 탈탈 터는 시간을 잠시 가지며 가까워졌다.

보트는 약속된 스노클링 포인트에 멈췄다. 그곳엔 이미 다른 보트들이 커다란 원을 그리며 닻을 내리고 있었는데 자연에 펼쳐진 가상의 원형 수영장 안에서 투어를 떠나온 여행객들이 너도나도 물고기를 따라다니며 스노클링을 즐기고 있었다. 바다는 맑고 푸르렀다. 다만 동남아시아라는 훌륭한 대안이 근처에 있는 동아시아인에게는 조금은 아쉬운 스노클링 포인트로 기억에 남는다. 형형색색의 열대어들이 활개치고 사람을 겁내지 않아 다가오던 동남아 호핑 투어를 경험해보았다면 잔지바르의 블루 사파리는 살짝은 아쉽게 느껴질 것이다. 하지만 맑디맑은 인도양에서 유유자적 수영하는 것도 무척이나 귀중한 경험이다. 이 경험을 헛되이 보내고 싶지 않은 나머지 아침에 먹은 조식이 모두 소화될 정도로 첨벙대며 놀았다.

스노클링을 하는 동안에도 바다 위에 둥둥 떠 있었던 보트가 처음 정착한 곳은 아주 작은 모래 섬이었다. 영어로는 샌드뱅크라고 했는데 간조 시간에 잠깐 동안만 하얀 모래를 드러내고 만조가 되면 물에 잠겨 모습을 숨기는 곳이라 모래 섬보다는 샌드뱅크가 어쩐지 더 어울리는 이름이라 생각했다. (음)롸 부와부와 선장님이 우리 보트 그룹임을 표시하는 깃발을 모래 더미 위에 대강 꽂아 넣고는 미리 챙겨온 과일들을 손질해주었다. 수박, 바나나, 파인애플. 그리 유별나지 않은 종류였지만 어마어마한 양으로 승부를 보는 타입이었다. 그리고 선장 옆에서 그를 보좌하던 한 청년이 커다란 블루투스 스피커를 툭 하고 내려놓더니 적당히 빠른 비트의 댄스 음악을 틀었다. 푸른 바다와 모래사장, 수북하게 쌓여 있는 과일과 신나는 음악이 조화되니 샌드뱅크는 어느새 여느 대도시의 클럽이 부럽지 않은 무대로 변신했다.

잠깐의 휴식을 취한 후 샌드뱅크를 떠나 한 곳의 스노클링 포인트에 잠시간 다시 머물렀다. 바다 속 풍경은 사실 특별할 것 없었지만 구멍이 송송 나 있는 특이한 돌에 둘러 쌓인 잔잔한 연못 같은 포인트가 꽤 예뻤다. 둘러싼 돌을 벗어나면 보트를 뒤집을 듯 거칠게 파도가 치고 있었는데 이것 역시 기억에 쏙 남는 모습이기도 했다. 짧게 스노클링을 즐기고 또 한 번 이동한 곳은 어느 외딴 섬. 이곳에서 씨푸드 런치를 먹는다고 했다.

무한 리필 과일 더미.

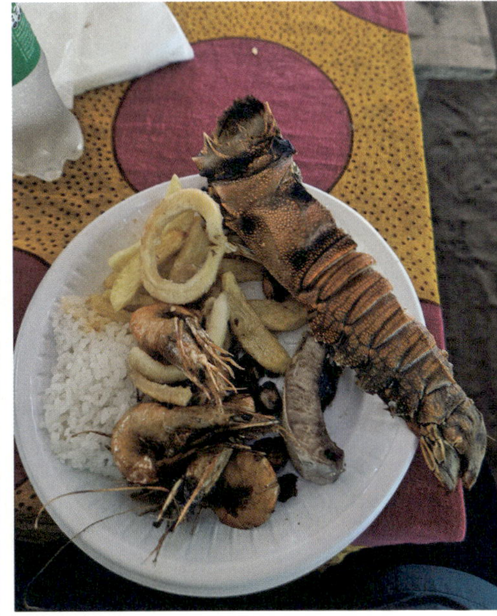
제공되는 해산물, 랍스터도 준다!

이 런치 이벤트에서 사파리 블루 투어와 이를 모방한 블루 사파리의 차이를 확실히 체감할 수 있었다. 사파리 블루 투어로 섬에 도착한 사람들은 멋들어진 건물의 레스토랑에 들어가 씨푸드 뷔페와 무제한 맥주, 음료를 즐겼으나 블루 사파리는 겨우 자리잡은 천막 아래 수십 명이 옹기종기 모여 앉아 보트마다 챙겨온 해산물을 구워 줄 뿐이었다. 탄산음료를 여유롭게 챙겨 주긴 했지만 맥주는 별도로 사먹어야 했다. 그렇지만 아무렴 어때! 사파리 블루와 블루 사파리의 투어비 차이가 어마어마하다. 이걸 생각하면 짝퉁 투어인 블루 사파리지만 신혼 여행도 아니고 배낭여행을 하고 있는 내게는 이마저 행복하기만 하다.

다시 스톤타운으로 돌아가기 위해 보트에 올랐는데 (음)라 부와부와 선장님과 보트 크루들이 분주하게 움직였다. 선미에 달려있던 모터를 떼어내고 어쩐지 둘둘 말려 있던 천을 펼치기 시작했다. 또 어디서 꺼내 왔는지 기다란 장대 노가 비치되었고 크루들이 일사분란하게 각자의 위치로 자리했다. 5분쯤 지났을까? 우리를 빠르고 편하게 이동시켜주던 보트가 순식간에 무동력 돛단배로 변신해 있는 모습을 발견할 수 있었다.

여행을 많이 하면서도 항상 느끼는 것인데, 시간이 지나 과거의 여행을 돌이켜보면 늘 가장 기억에 남는 것은 대단히 기대했던 랜드마크나 한참을 준비했던 무언가가 아니라 어쩌다 우연히 경험한 혹은 아무것도 모르는 상태에서 마주한 아주 사소한 일이다. 스톤타운 여행에서의 베스트 장면을 꼽으라면 단연 돛단배를 타고 바람을 등지며 무동력 항해를 했던 때라고 말하고 싶다. 이리 보면 해적선 같기도, 저리 보면 중세 시대를 배경으로 하는 게임 속 이동 수단 같기도 한 돛단배는 인간의 힘이나 기계의 힘을 단 하나도 기대지 않고 바람만을 탄 채 빠른 속도로 물살을 갈랐다. 나만 이 기분을 느낀 것이 아닌 듯한 점은 무동력 항해 내내 그 누구도 시끄럽게 떠들거나 지루해하지 않고 바람과 파도 그리고 풍경과 분위기를 즐기고 있었다는 것이다. 세상에는 수많은 종류의 요트, 서핑 보트 등이 있겠지만 아마도 그 어떤 것보다도 잔지바르 근해를 떠다니는 돛단배의 아름다움을 따라갈 수 없을 것만 같다. 문득 '꽃보다 멋진 지후 선배'가 잔뜩 멋있는 척을 하

며 금잔디에게 했던 말이 떠오른다.

"흰 천과 바람만 있다면, 어디든 갈 수 있어."

사진전에 출품해야 하나!

D+11

05

잔지바르 파제

"충전과 힐링의 동아프리카 마지막 날."

잔지바르에서의 마지막 날. 원래는 스톤타운에서 하루 더 머물며 재충전의 시간을 가지려 했다. 큰맘 먹고 질러버린 호텔 수영장에서 많은 시간을 보내지 못하기도 했고 유명하다는 맛집도 아직 가보지 않았기 때문이었다. 호텔 조식을 먹으며 어떤 동선으로 스톤타운을 거닐지 고민하던 중 문득 아쉬운 마음이 들었다. 오늘이 아프리카 여행 중 마지막으로 물에서 노는 날인데. 능위만큼 예쁜 바다가 있다는데….

그렇게 급하게 파제로 가기로 했다. 파제는 잔지바르에서 능위 다음으로 아름답다는 해변이다. 스톤타운에서 바자지를 타고 한 시간을 조금 넘는 거리에 위치해 있는데, 아주 조용하면서도 다양한 즐길 거리가 있는 매력적인 곳으로 알려져 있다. 다만 시간이 넉넉하지 못한 여행객들에게는 베스트 해변인 능위, 잔지바르의 중심 스톤타운에 어쩔 수 없이 우선순위가 밀리는 모양새였다. 나 또한 그랬었지만, 체력이 허락하는 한 최대한 알차게 여행하고

자 하는 마음이 들었고 파제에서의 꽉 찬 하루를 급히 준비했다.

노상의 충격이 고스란히 엉덩이에 전해지는 바자지를 타고 파제 해변 바로 앞에 위치한 근사한 호텔에 도착했다. 하지만 내가 예약한 방은 오션뷰 객실은 아니고 불법 증축을 한 것으로 추측되는 호텔 옆 가건물, 그 중에서도 철문을 두 번이나 따고 들어가야 하는 가장 구석진 곳에 위치한 룸이었다. 그럼에도 호텔 손님인 것에는 변함이 없기에 최대 수심이 2m가 넘는 수영장 2개와 그 앞에서 운영 중인 칵테일 바, 그리고 해변을 바라보고 있는 썬베드는 얼마든지 이용할 수 있었다. 지금 생각해도 참 이렇게나 극락과 고역을 금방금방 넘나들 수 있구나 싶다. 그래도 이 정도면 배낭여행객이 간혹 행하는 우당탕탕 돌발 여행 중 가장 최상위 클래스의 사치가 아닐까.

어깨에 짊어진 짐을 아무렇게나 내던지고 얼른 바다를 구경하러 나왔다. 파제 해변은 느긋하게 힐링하기에 아주 적합해 보였다. 길게 뻗은 해안선과 여유로이 썬베드에 몸을 뉘인 관광객들이 조화를 이루었다. 심지어 온 정신과 귀를 시끄럽게 하던 호객꾼, 삐끼들도 많이 없었고 식당, 카페의 직원들은 상당히 친절했다. 진작 파제에 올 걸 그랬다. 내가 막 해변에 나왔을 때는 간조 때라 수영하기가 모호했기 때문에 근처 카페에 앉아 맥주를 마시며 경치를 구경했다. 아무것도 하지 않았는데도 즐거웠고 가만히 있기만 했는데도 힐링이 되는 시간이었다.

뷰 하나는 정말 기가 막힌 파제 해변.

간단히 맥주를 즐긴 후 호텔 수영장에서 잠시 물놀이를 하고 있으니 곧 만조 시간이 다가오는 듯했다. 파도가 정말 강했고 그래서인지 금방 물이 들어찼다. 혹여 간조 때 멀리 나가 수영을 즐기고 있었다면 자칫 위험할 뻔했을 것이다. 해수욕 기대에 얼른 물이 들어차길 바랐었지만, 집어 삼킬 듯 철썩이는 파도를 보니 생각이 싹 달라졌다. 파제 바다는 수영하기엔 마땅치 않은 듯했다. 파도만 본다면 누군가는 여기서 군대식 훈련을 해도 될 것만 같았다. 그래도 아쉽지 않았다. 파제는 바다와 해변을 그저 바라만 봐도 좋았고 뒤에는 호텔 수영장도 있기에 호화로운 휴식 시간을 가지는 것으로도 만족스러웠다. 잠시 동안 오늘이 잔지바르에서 보내는 마지막 날임을 잊을 수 있었다.

파제는 야경도 아주 장관이었다. 아니 사실 아무것도 없다. 휘황찬란한 불빛이나 대단히 멋들어진 절경이 펼쳐져 있진 않다. 그런데도 여백의 미라고 해야 할까, 혹은 새하얗게 자기주장을 하던 밝은 보름달 때문일까, 사람 마음을 설레게 하는 야경을 뽐내고 있었다. 마침 또 한번의 간조 때가 있었던 덕분에 이렇게도 멋있는 야경을 보며 해변을 걸을 수 있었다. 스톤타운과 다르게 인적이 드문 고요한 해변을 거닐었고 싱숭생숭한 마음에 여러 생각을 했던 것 같다. 그리고 앞으로의 남부 아프리카 여행이 더 흥미롭고 안전하기를 소원해 보았다.

'아! 또 오고 싶다, 동아프리카.'

'얼른 보고 싶다, 남아프리카!'

한적한 바다의 야경, 카메라에 다 안 담겨서 슬플 뿐이다.

4장

잠비아&짐바브웨&보츠와나

01. [D+12] 잠비아 루사카
02. [D+13] 잠비아 리빙스톤
03. [D+14] 빅토리아 폴스
04. [D+15] 보츠와나 쵸베

D+12

잠비아 루사카

01

"첫인상 빵점!"

힐링 천국 휴양지 잔지바르를 떠나 잠비아의 수도 루사카에 도착했다. 아프리카 여행을 계획하기 전까지는 잘 알지 못했던 미지의 나라였는데 공항 문밖을 나선 지 한 시간이 채 되지 않아 내가 이곳에서 무탈한 여행을 할 수 있을지, 더 나아가 살아남을 수 있을지 걱정이 되기 시작했다. 첫째, 너무 덥다. 그늘이라고는 찾아볼 수 없는 광활한 평지에 따가운 직사광선이 그대로 내리쬔다. 아프리카라고 하면 떠올릴 수 있는 덥고 황량한 곳, 이곳이 진짜 '아프리카'였다. 둘째, 이곳은 사기가 판을 친다. 공항에 위치한 유심 오피스, 환전 사무소, 택시까지 누구 하나 다를 것 없이 사기를 치고 있다. 그동안 쌓은 여행 경험으로 호객과 사기라면 어느 정도 면역력을 가지고 있다고 생각했는데, 이곳 잠비아의 사기는 차원이 다르다. 내가 사기를 당하고 있는 줄도 모른 채 상황이 흘러가고 있다. 그 어느 때보다도 정신을 똑바로 차리고 긴장하고 있어야만 했다.

비행기에서 내려 짐을 찾은 후 가장 먼저 찾은 곳은 환전 사무소. 카드 결제가 가능했던 케냐과 탄자니아와는 달리 잠비아는 '콰차'라는 화폐를 사용하는 현금 사회였다. 배낭 깊숙한 곳 여기저기에 분산된 달러를 꺼내기엔 공항이라는 장소는 적절하지 않아 우선은 지갑에 있는 85달러를 환전하기로 마음 먹었다. 이는 당시 매매기준율 상 2,200콰차 이상의 가치를 가지고 있었는데, 수수료를 제하고 이리저리 생각했을 때 2,000콰차 정도를 받아도 괜찮을 것 같다며 나름대로 너그럽게(?) 생각하고 있었다. 그런데 이게 웬걸, 나에게 돌아온 돈은 고작 1,800콰차. 매매 기준율 대비 한국 돈 2만 원 정도의 금액이 증발한 셈이다. 적잖이 당황했지만 어쩌겠는가, 이곳은 공항 내부에 위치한 공식 환전 사무소였고 별다른 방법이 없었다. 믿을 수밖에. 잠시 사무소 의자에 앉아 화폐 분배를 하고 있었다. 배낭여행객이다 보니 늘 소매치기에 노출되어 있기 때문에 돈을 적절히 분배해 숨겨두는 것이 습관되어 있었다. 그러던 중 사무소 직원이 날 부르는 소리가 들렸다.

"미안해, 여기 200콰차 더 가져가."

아? 내가 앞에서 돈을 만져 대고 있으니 찔렸나 보다. 내 눈을 피하며 200콰차를 더 건네 줬다. 이거 내가 그냥 밖으로 가버렸다면 그대로 200콰차를 떼인 거였다. 소름이 돋았다.

유심 카드 오피스도 별반 다르지 않았다. 데이터 플랜 가격을 지불하고 났더니 이번엔 SIM카드 값을 달라고 했다. 종종 보증금 개념으로 공(空) SIM카드 값을 받는 나라가 있기에 의심 없이 돈을 건넸다. 다만 방금 환전을 하고 온지라 내게는 큰 단위의 화폐밖에 없었다. 큰돈을 내밀었더니 하는 말 '노 체인지, 유 캔 고.' 그냥 가란다. 무슨 일일까, 이들이 서비스가 좋아 내게 편의를 제공한 것이라곤 생각이 들지 않았다. 아마 SIM카드 값은 공식적인 비용이 아니라 직원의 커미션 혹은 뽀찌 같은 개념이지 않을까. 실제로 오피스 이곳저곳에 붙어 있는 가격표에는 SIM카드 가격이 기재되어 있지 않았다.

사실 환전과 유심 사건, 여기까진 사기라고 생각하지 않았다. 그저 실수겠지, 호의겠지, 해프닝이겠지, 하며 이것 또한 여행이라 생각했다. 특별한 것이라 생각했던 잠비아 초입을 즐기며 얼른 시내로 넘어가기 위해 택시를 찾았다. 이곳에는 우버와 같은 개념인 어플 'Yango(양고)'가 있다는 걸 미리 공부했기에 다운로드를 받아 두었었다. 양고는 생각보다 간편했고 금방 나를 시내로 데려다 줄 택시가 배정되었다. 심지어 가격도 무척이나 저렴했다. 177콰차! 한화 만 원이 채 안 되는 금액이었다.

"미안한데 차에 문제가 생겼어. 나는 너와 함께 못 가지만 걱정하지마, 나 대신 여기 내 친구가 널 데려다 줄 거야. 이 차에 타면 돼!"

양고에 배정된 젊은 여성 드라이버는 차가 갑자기 고장이 났다며 중년의 남성 드라이버에게 나를 인계했다. 차량의 컨디션은 애당초 기대를 하지 않았기 때문에 금액만 같다면 문제가 없다고 생각하던 찰나,

"양고는 너무 싸서 우리는 네고를 해야 해, 이곳 루사카에서는 모두가 이렇게 가격을 맞춘다고. 20달러에 널 데려다줄게."

“20달러면 520콰차란 소리야? 말도 안 돼! 두 배가 넘는 가격이야. 이 가격이면 네 차에 타지 않았을 거야.”

“우리는 이미 고속도로에 진입했어. 그럼 이 도로 중간에 넌 내려야 할 수밖에 없어. 400콰차로 해줄게. 어때?”

“말도 안 돼. 난 177콰차로 알고 탔어. 200콰차, 더 이상은 안 돼.”

한참을 실랑이한 끝에 결국 250콰차로 합의했다. 양고에 뜬 금액 이상으로 절대 내고 싶지 않았지만 더운 날씨에 계속해서 헛소리를 듣고 있자니 내 소중한 여행에 짜증만 가득할 것 같아 그나마 올린 것이었다. 그런데도 기사는 중간에 주유소에 들러 주유비 100콰차를 나보고 내라고도 했다. 정말이지 한순간도 안심할 수가 없다. 화가 잔뜩 난 상태로 주유소에 멈춰 논쟁했고 결국 ‘나의 최종 지불액은 250콰차이며, 목적지에 내려서는 주유비를 결제한 남은 돈 150콰차만 잔금으로 지불할 것’임을 대여섯 번이고 반복해서 확인한 후 주유를 해주었다. 숙소에 도착했을 때, 나에게 50콰차짜리 지폐가 없다는 것을 발견한 데다 아직 억울함이 가시지 않아 100콰차만 더 내려고 했다. 실은 양고 어플에 너를 신고할 것이라는 협박 아닌 협박도 했다. 하지만 기사는 눈 하나 깜빡이지 않고 어디에선가 돈을 빌려와 내게 50콰차 지폐를 건네며 체인지가 있으니 200콰차를 달라고 했다. 징하다는 생각밖에 들지 않았다.

‘환전, 유심, 택시. 잠비아 첫인상은 빵점이다!’

보란 듯 번호판까지 찍었지만 사실 어떻게 신고하는지 몰랐지롱.

숙소 침대에 누워 쉬면서 이 전쟁 같은 잠비아 입국 사가를 잊고 싶었다. 그러나 숙소 역시 녹록치 않았다. 배낭여행객이 많이 간다는 후기 많은 백패커스 두 곳은 침대 시트에 베드버그의 흔적이 고스란히 남아 있었고, 그나마 컨디션이 괜찮아 보이는 호스텔 한 곳에서는 숙소비를 내고 짐을 푸는 순간 베개 아래에서 유유히 기어 다니는 베드버그를 두 눈으로 목격하고 말았다. 다행히 환불은 받았지만 사전에 알아본 숙소가 모두 투숙 불가 상태가 되어 버렸다. 지칠 대로 지친 나머지 그냥 호텔에 가기로 마음 먹었다. 그런데 가격이 너무나 사악했다. 평소 숙박비로 잡아 둔 예산보다 3~4배 이상 비싼 가격이었다. 이왕 이렇게 된 거 내일 아침에 가야 할 버스 터미널과 가장 가까운 고급 호텔에 가야지 하며 발걸음을 옮겼다. 호텔의 이름은 '이지 스테이'. 결코 이지한 여행이 아니었는데 말이다.

내일 이른 새벽부터 리빙스톤으로 가는 장거리 버스를 타야 했기에 예매를 위해 버스 터미널로 곧장 향했다. 호텔에서 터미널까지는 걸어서 10분 정도가 걸리는 가까운 거리였다. 그곳은 정돈된 차도와 신호등 체계 그리고 근처에 보이는 커다란 건물들로 보아 모시나 나이로비보다 안전해 보였다. 그런데 티켓 오피스 직원의 말이 심상치 않았다.

"내일 새벽 터미널에 와야 해. 호텔 리셉션에 택시를 불러달라고 하는 편이 좋겠어."
"응? 괜찮아, 여기 걸어서 10분밖에 안 걸려!"
"이곳은 상당히 위험해. 꼭 택시를 타고 오렴."

의심병이 도진 나머지 이것 또한 택시 판매를 위한 사기가 아닐까 싶어 지나가는 사람들을 붙잡고 물어보고, 호텔 리셉션에도 물어보고, 근처 마트 직원에게도 물어봤다. 그럼에도 돌아오는 대답은 통일된 답변 하나.

"Yes, Very dangerous. You MUST take a taxi. Ask your hotel reception."
(많이 위험하니 반드시 호텔의 도움을 받아 택시를 타고 가세요.)

이곳은 도대체 어떤 곳일까? 그제야 조금 무서움이 느껴졌다.

낮엔 분명 그다지 위험해 보이지 않았는데.

D+13

02

잠비아 리빙스톤

"알 유 레디?"

아직은 태양빛이 도달하지 않은 깜깜한 새벽, 양고를 이용해 택시를 불렀다. 걸어서 고작 10분 거리, 차로는 2분쯤? 택시가 잡히긴 할까 싶던 찰나 허름한 소형 승용차 한 대가 곧 도착한다며 콜을 잡아주었다. 여전히 딱히 위험해 보이지 않는 거리를 달려 터미널에 다다랐다. 역시 내가 너무 겁을 먹었던 건가 보다고 생각하며 주섬주섬 택시비를 꺼내고 있었다.

"알 유 레디?"

대뜸 준비가 되었냐는 기사의 질문이 있고 난 후 차가 멈췄는데, 내가 무슨 끔찍한 좀비 영화 속 주인공이 된 줄 알았다. 다 해어진 옷을 입은, 하나같이 맨발을 한 홈리스 무리가 초점을 흐린 채 다가와 돈을 달라고 들러붙었다. 이곳은 실로 위험하기 짝이 없었다!

“여기서 내려야 하는 거지? 버스는 어디에 있어? 나 버스까지 달려가야 할 것 같아.”

“내가 같이 가줄게, 가방 잘 챙겨. 그리고 절대 이들에게 말을 걸지 마.”

“응! 그럴게, 정말 고마워!”

주차장 바로 앞에 있던 버스 터미널 티켓 오피스와 달리, 버스 정거장은 차에서 내려서도 꽤나 깊숙하게 들어가야만 했다. 사실 실제 거리는 2~3분 거리였겠지만 좀비와 같은 홈리스들을 뚫고 지나가던 그 시간은 마치 20분, 30분인 것만 같았다. 특히 케냐와 탄자니아에서 보아왔던 홈리스들과는 달리 이곳 루사카의 좀비들은 상당히 공격적이었다. 나를 해할 것만 같은 눈빛과 무언가에 찌들어 있는 목소리, 그리고 서슴없이 해대는 신체 접촉. 남자라 다행이었지 내가 자그마한 아시안 여자였다면 분명히 무슨 사단이 났을 것이다. 다행히 인상 좋은 택시 아저씨가 끝까지 함께 걸으며 가방에 손을 대려는 이들에게 경고를 해주었고 홈리스들로부터 나를 보호해주었다. 너무 고마운 나머지 양고에서 책정해준 택시비는 22콰차였지만 30콰차를 줘야겠다고 생각했다. 그런데 내게는 10콰차 지폐 2장과 50콰차 지폐 1장이 있었다.

“혹시 체인지 있어? 네게 팁을 주고 싶은데 빅머니밖에 없어.”

“걱정 마, 20콰차면 충분해. 안전한 여행이 되렴!”

가이드까지 해줬으면서 심지어 요금을 덜 받아간다. 잠비아에서 만난 첫 번째 천사였다.

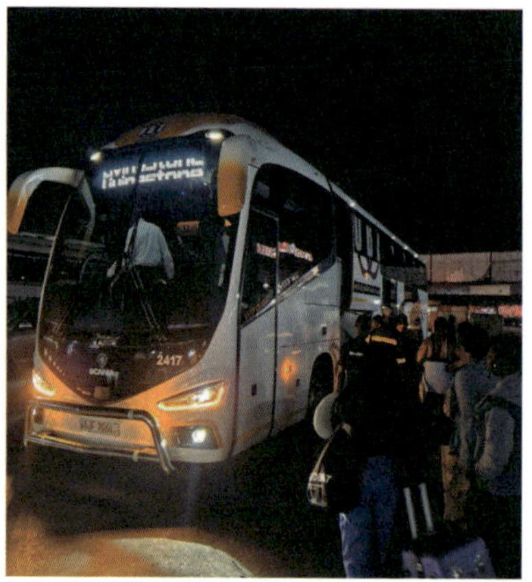

그나마 정거장 근처는 위험해 보이지 않았다.

버스의 컨디션은 아주 좋은 편이었다. 푹신한 좌석과 에어컨이 있었다. 물론 버스 내 화장실에서는 그리 쾌적하지 않은 냄새가 나긴 했지만 이를 예상하고 화장실에서 먼 좌석으로 예매를 했기에 괜찮았다. 장거리 버스를 탈 때면 보통 출발 직전까지 버스 밖에 서서 스트레칭을 하는 편인데, 여긴 짐을 싣자마자 들어가 숨었다. 왜냐면 너무 무서웠거든.

루사카에서 리빙스톤까지는 버스로 9시간이 걸리는 장거리 코스다. 잠시 화장실을 들르기 위해 정차했던 단 한 번을 제외하고 버스는 내내 도로를 달렸다. 꽤나 힘든 여정일 줄 알았지만 이 시간 동안 마치 배터리가 뽑혀버린 로봇처럼 세상 모르고 쿨쿨 잠을 잤다. 아마 새벽부터 너무 긴장을 했던 탓이 아니었을까. 일찍부터 움직인 덕에 리빙스톤에서의 시간을 벌었지만 첫날의 일정은 간단했다. 투어 예약하기. 리빙스톤은 잠비아, 짐바브웨, 보츠와나 세 나라가 맞닿아 있는 국경지이자 관광지다. 이곳에는 세계 3대 폭포

중 하나로 유명한 빅토리아 폭포가 메인으로 자리잡고 있고, 보츠와나의 사파리도 꽤 유명한 투어 상품이다. 짧은 여행 기간 안에 많은 것을 하고 싶기도 하지만 예산이 한정적이었고 무엇보다 정보가 많이 없었다. 투어사를 이용해야 할 때도 있고 택시를 타고 직접 가야 하는 경우도 있었다. 이 복잡한 일정 짜기는 호스텔 로비에 앉아 장장 세 시간 동안 부지런히 찾은 후 어느 정도 마무리가 되었다. 사전에 큰 틀의 계획은 세우고 왔음에도, MBTI 중 마지막 글자가 대문자 J임에도 이 정도였다. 누군가 리빙스톤에 간다면 그냥 마음 편하게 일정을 넉넉히 잡고 여행하시길.

버스에서 내려다본 한적한 리얼 아프리카.

계획이 어느 정도 마무리되고 나서야 비로소 숙소와 리빙스톤 일대를 둘러볼 여유가 생겼다. 이번에 잡은 숙소는 전 세계의 배낭여행객들에게 저렴하고 컨디션이 좋으며 위치까지 훌륭한 곳으로 꽤나 유명했다. 그래서인지 정말 다양한 나라에서 온 사람들이 저마다의 여행을 즐기고 있었는데 아프리카임에도 불구하고 흑인보다 백인이 더 많아 이곳이 아프리카 한복판임을 잠시간 잊게 만들어 주었다. 간간이 일본인과 한국인들도 드나드는 것을 보아 어쩐지 반가운 마음도 들었다. 평소와 같았으면 나홀로 여행객으로 보이는 누군가에게 말을 걸고 밥을 같이 먹거나 친구가 되었겠지만 루사카에서부터 이어진 피로에 지쳐 그냥 마트에 들러 간단히 배만 채우기로 마음 먹었다. 숙소 근처 대형 마트에서 오늘의 저녁과 내일 점심을 해결할 만한 빵과 음료를 쇼핑을 하던 도중 갑자기 마트의 모든 불이 꺼졌다. 정전이었다. 캄캄한 마트에서 휴대폰 라이트에 의지하며 다소 당황한 기색을 비추고 있었는데 이곳 현지인들은 대수롭지 않은 듯 전혀 동요하지 않고 쇼핑을 이어가는 모습이 인상적이었다. 아마 자주 있는 일이겠지.

정전은 이번뿐만이 아니었다. 나중에 숙소로 돌아와 샤워를 하고 있을 때 숙소도 정전이, 게다가 심지어 단수까지 되어 아주 크게 곤란을 겪기도 했다. 휴대폰 라이트가 없었다면 샤워실을 빠져 나가지도 못했을 정도로 칠흑의 어둠이었다. 하필 바디 워시 거품을 몸에 잔뜩 끼얹은 상태였고 발 아래는 손빨랫감들이 물에 젖은 채 널브러져 있었다. 물탱크 바닥에 미세하게나마 남아있던 물인지 쫄쫄대며 몇 방울씩 떨어지는 물을 두 손을 고이 모아 받았다. 이를 반복하며 장장 한 시간 반 만에 샤워와 빨래를 마무리하고 나오기도 했다. 그리고 이는 이 숙소에 있는 동안 매 저녁 반복되었다.

아무것도 보이지 않는 정전된 숙소, 이곳에서 샤워도 해야 한다.

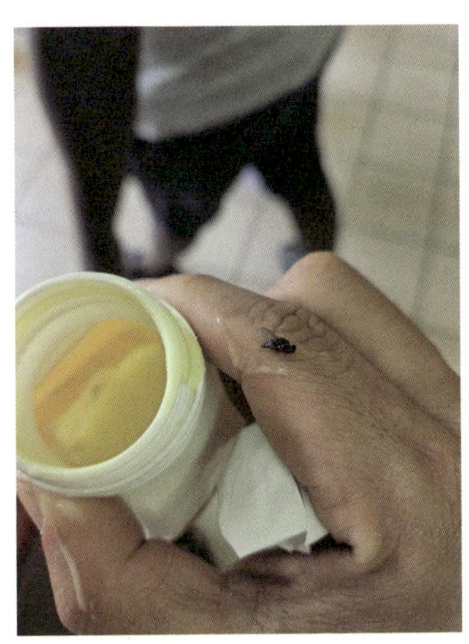

식사 대용으로 마셨던 요거트에서
파리가 씹히기도 했다!

위험과 친절, 안도와 당황, 신선함과 비위생.

대척점에 있다고 생각했던 이 단어들은 이곳 아프리카에서는 그 의미가 크게 다르지 않는 말일 수도 있다.

D+14

03

빅토리아 폴스

"악마의 수영장."

빅토리아 폭포는 이과수, 나이아가라와 함께 전 세계에서 가장 큰 Top 3 폭포 중 하나다. 그래서 '세계 3대 폭포'로 많이 알려져 있다. 2016년 나이아가라, 2019년 이과수를 먼저 경험했던 내게는 폭포 여행의 마지막 화룡점정이었다. 여행에도 커리어와 스펙이 있다면 세계 3대 폭포를 모두 봤다는 것은 아주 큰 이력이 될 수 있겠다. 하지만 이외에도 빅토리아 폭포에 꼭 가보리라 갈망했던 이유가 따로 있었다. 바로 악마의 수영장. 최대 108m에 달하는 높이의 폭포 상류 끝자락에 있는, 떨어질 듯 아슬아슬하게 물살을 즐길 수 있는 곳이다. 우연히 그곳의 사진을 접하게 되었을 때 육성으로 감탄의 소리를 내며 '꼭 가보고 싶은 장소 버킷리스트'에 기록해 두었었다. 악마의 수영장은 빅토리아 폭포의 물줄기가 잠시 줄어드는 건기에 오직 두어 달 동안만 출입이 허용되는 귀한 여행지다. 그래서 더 소중한 경험이 될 것이라 생각했었는데, 바로 오늘 이곳에 간다!

악마의 수영장은 그 위험성과 독특함 때문인지 반드시 투어사를 통해서만 접근이 가능했고 이 투어사는 딱 한 곳만이 존재한다. 이런 상황에 가격도 만만치 않았기 때문에 조금은 도끼눈을 뜨고 투어를 바라보기도 했다. 다만, 투어가 진행되자 의심은 깨끗이 사라졌다. 폭포수가 떨어지는 절벽 끝자락에 위치한 악마의 수영장에 가기 위해서는 작은 보트를 타고 가야만 했는데, 보트 드라이빙부터 스릴이 넘쳤다. 바위에 부딪힐 듯, 급커브에 배가 뒤집힐 듯 재미 요소를 가미해 운전을 해주신 덕분에 설레는 마음을 예열시키기에 충분했다. 보트가 더 이상 진입하지 못하는 곳에 다다라서는 히비스커스 웰컴티를 한 잔 마시며 몸과 마음을 다시금 다잡기도 했다. 일정 거리는 흐르는 강물 속에 들어가 수영을 해서 지나가야만 했고, 생각보다 물살이 세서 깜짝 놀랐다. 건장한 성인 남자인 나도 조금씩 몸이 밀려 돌을 꽉 잡고 있어야만 했을 정도다. 물론 동행하는 가이드가 앞뒤에서 안전을 책임져주고 있었기에 큰 걱정은 하지 않았지만 약간의 긴장을 가지기엔 충분했다.

반대편에서 찍은 악마의 수영장. 오른쪽 끝에 사람들이 보인다.

마침내 천둥과 같은 소리와 함께, 많을 때는 분당 수억 리터의 수량을 쏟아낸다는 빅토리아 폭포에 도착했다. 다리가 떨려왔다. 안전불감증인가 싶을 정도로 겁이 없는 편이지만 그 흔한 난간이나 지지대 하나 없이 절벽을 흐르는 폭포 끝으로 걸어간다는 것은 결코 쉬운 일이 아니었다. 투어에 동행했던 일본인 친구가 용기를 내 먼저 악마의 수영장으로 뛰어들었다. 긴장한 표정은 역력했지만 너무 행복해 보였고 가이드의 도움을 받아 잊을 수 없는 인생샷을 찍고 나왔다. 덕분에 겁을 조금은 내려놓을 수 있었고 다음 차례를 위해 물 속으로 들어갔다.

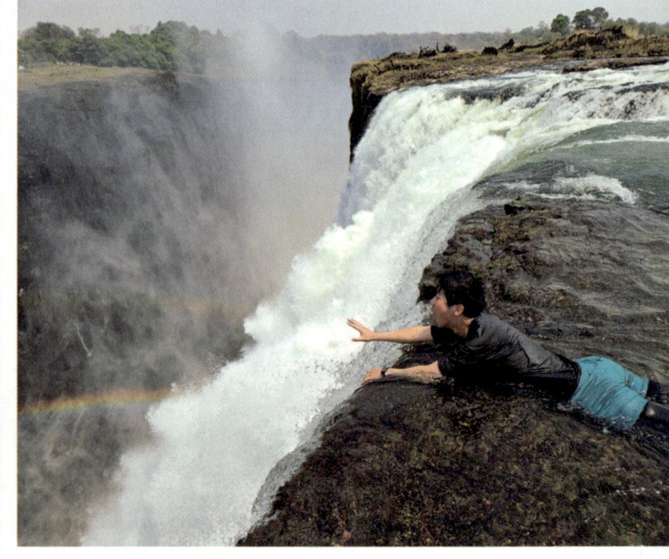

휩쓸리지 않도록 안전가이드가 발을 잡아준다.

여유로운 척, 안 무서운 척.

굉장히 짧은 시간이었지만 절대 절대 잊을 수 없는 경험이었다. 너무 신기하고 신났으며 짜릿했다. 가이드가 찍어준 사진과 영상은 외국인이 찍어준 것치고는 그 퀄리티가 훌륭했다. 두려움을 금세 잊어버린지라 다양한 포즈와 표정을 지어보았다. 떨어지는 척, 자는 척, 신나는 척, 놀라는 척, 하고 싶은 제스처는 다 해보았다. 나중에 휴대폰을 받아 보았을 때 물살에 밀려 옷이 올라가 뱃살이 까꿍 하며 인사를 한 탓에 대부분의 사진을 못 쓰게 된 것은 조금 아쉬웠지만 말이다. 순식간에 지나간 강렬한 경험이 끝나고는 투어에 포함된 브런치를 투어 그룹원들과 함께 했다. 꽤나 훌륭한 맛을 자랑했고 수영 후 찾아온 약간의 추위에 언 몸을 녹이기 아주 적합했다. 브런치를 즐기며 가진 잠시간의 여유 동안 뉴욕에서 왔다는 인스타를 사랑하는 미국 핫걸 무리의 호들갑에 같이 리액션해주며 악마의 수영장 투어를 마무리했다.

여권을 가져오지 않은 탓에 다시 숙소에 들러 짐을 챙긴 후 빅토리아 폭포로 돌아왔다. 빅토리아 폭포는 잠비아 사이드와 짐바브웨 사이드 두 루트가 있는데 짐바브웨 사이드가 그 웅장한 빅토리아 폭포 전체를 둘러보기에 더욱 적합하다. 다행히 두 나라는 짧은 다리 하나로 연결이 되어 있고 도보로도 충분히 넘어갈 수 있을 거리다. 다만 그럼에도 국경을 넘는 길이기 때문에 여권이 필요했다. 여권을 포함한 짐을 챙기는 것이야 금방이겠지만 폭포로 가는 교통 수단이 마땅치 않았다. 걸어가기에는 조금은 위험할 수도 있다는 후기를 본 적이 있었고 다른 방안을 찾기엔 시간이 넉넉하지 않아 택시를 타기로 마음먹었다.

리빙스톤에 도착한 첫날 버스 터미널에서 숙소까지 타고 왔던 택시 기사의 명함을 받아 놓은 것이 있었고 곧바로 전화를 해 약속을 잡았다. 첫날 내게 꽤 합리적인 금액을 제시해준 사람이라 왠지 신뢰가 갔었는데 폭포까지의 여정도 나름대로 저렴한 가격에 네고를 해주었다. 아프리카에서는 흔치 않은 친절 덕에 마음을 열게 되었고 통성명을 하며 드라이빙 내내 대화를 이어갔다. 그의 이름은 사이몬. 추후 나미비아로 떠날 때까지 잠비아, 짐바브웨 그리고 보츠와나 3개국 여행을 함께하게 된다.

사이몬은 택시에서 내려서까지 내 여행을 도와주었다. 잠비아 출국 사무소에서의 절차, 빅토리아 폭포 다리까지 길안내, 짐바브웨 입국 사무소에서 해야 할 일 안내, 그리고 소소한 배경을 이야기해주는 여행 가이드 역할까지, 딱히 요구하지 않았던 일도 곧잘 해주었다. 기억에 남는 것이 있다면, 사이몬은 보통 3일 동안 아무것도 안 먹는다고 했다. 짐바브웨에 가는 길에서도 14시간째 굶고 있던 중이었다. 돈이 없어서도 아니고 돈을 모으려는 것도 아니라 그냥 아무 이유 없이 그렇게 한단다. 그러다 훅 간다(?)며 간단하게라도 챙겨 먹으라고 말해보아도 '암 오케이' 괜찮다고만 말했다. 너무 놀라워하는 내게 잠비아 사람들은 대부분 그렇다고 했다. 믿거나 말거나겠지만 어쨌든 대단하다. 웃긴 건 너무 더워하는 사이몬에게 챙겨온 탄산음료를 좀 마시라고 건네 주었더니, 가져가서 한 모금 마시고는 안 돌려 주더라! 그렇게 부쩍 친해진 그와 얼마간 걸어 빅토리아 폭포 다리에 도착했다. 사이몬은 잠비아 사람이라 다리를 건너지 못해 이따 폭포를 다 보고 와서 숙소로 돌아갈 때 다시 만나기로 하고 헤어졌다.

잠비아와 짐바브웨를 잇는 빅토리아 폭포 다리 중간에는 아찔한 번지 점프대가 하나 있다. 괜스레 다가가 아래를 내려다보았는데 순간 다리가 풀릴 뻔했다. 기분상 발밑의 풍경은 스카이다이빙과 맞먹지 않나 싶었다. 표지판을 보니 높이가 무려 111m라고 적혀 있었다. 정말 악마의 수영장보다 수천 배는 무서웠다. 까마득한 높이와 무서움 때문인지 번지를 하는 손님이 거의 없었고, 직원은 내게 아주 저렴한 가격으로 네고를 해 주기도 했다. 시간만 많았다면 고민했을 것 같았다.

그리 멀지 않은 거리를 걸어 도착한 짐바브웨 출입국 사무소. 하지만 이곳에서 의외로 시간을 쓰게 되었다. 무비자 입국이 가능한 잠비아와는 달리 짐바브웨에 가기 위해서는 어느 형태로든 비자가 필요하다. 때문에 대부분의 여행자들은 잠비아와 짐바브웨를 자유로이 오갈 수 있도록 해주는 '카자비자'를 구매한다. 카자비자는 미국 달러 현금으로만 구매가 가능한데, 계산 실수로 현금을 덜 들고 오는 바람에 5달러가 부족하게 되었다. 근처에는 당연히도 ATM이 없었고 도움을 청할 한국인 여행객도 보이지 않았다. 5달러에 상응하는 잠비아 돈(150콰차)로 내면 안 되겠느냐며 사정했지만 사무소 직원은 단호했다. 내 뒤에 줄 서있던 호주인 투어 그룹에 빌리라느니 내일 다시 오라느니.

"제발 부탁할게. 나는 저 멀리 아시아에서 홀로 여행 중인 학생이고 내게 짐바브웨를 여행할 수 있는 날은 오늘뿐이야. 콰차로 남은 금액을 지불할 수 있게 해줄래? 부탁이야."

한 30분을 빌었던 것 같다. 결국에는 직원을 설득하는 데 성공해 짐바브웨로 무사히 넘어갈 수 있었다. 꽤 오랜 시간 읍소하는 나의 뒤에서 괜찮다며, 해결할 때까지 기다리겠다며, 묵묵히 기다려준 호주인 투어 그룹에게 이 글을 빌어 고마웠다는 인사를 하고 싶다.

어렵게 도착한 빅토리아 폭포의 짐바브웨 사이드는 트레킹 코스처럼 정돈되어 있었다. 기억은 잘 나지 않지만 대략 8개 정도의 뷰 포인트에서 폭포를 관망할 수 있었다. 건기였던지라 주변을 압도하는 수량을 보여주진 않았지만 충분히 위엄 있는 모습이었다. 뷰 포인트마다 달라지는 폭포의 모습을 하나하나 눈에 담고 사진에 담느라 시간 가는 줄을 몰랐다. 어찌나 자연 그대로의 모습인지 오며가며 사슴과 닮은 동물인 스프링복을 만나기도 했다.

빅토리아 폭포를 구경하며 왜인지 가슴속이 간질간질한 기분이 들었다. 며칠 전만 해도 평범한 직장인의 루틴한 하루를 보내다 훌쩍 아프리카로 떠나와 야생의 사파리를 떠돌기도, 푸른 빛의 인도양을 수영하기도, 그리고 지금 거대한 자연 속을 거닐고 있다는 게 믿기지 않을 정도로 행복한 탓이었다. 괜히 새벽도 아닌데 새벽 감성을 터뜨리며 느리게 느리게 걸었다.

우기에 왔다면 더 어마어마했겠지?

04

D+15

보츠와나 쵸베[1]

"지상 낙원? or 야생?"

보츠와나 여행을 하는 날, 익숙한 듯 해가 뜨지 않은 이른 아침부터 외출 준비를 했다. 장기 여행은 체력이 정말 중요함을 새삼 깨닫는다. 어제 마트에 들러 쟁여 놓았던 음료, 빵 그리고 사과를 챙겨 나갔다. 숙소 앞에는 사이몬의 택시가 또다시 날 기다리고 있었다. 잠비아와 보츠와나를 이어주는 카중굴라 대교까지는 택시를 타고서도 한 시간을 꼬박 가야 했기에 짐바브웨에서 돌아오는 길에 사이몬과 한 번 더 약속을 해 놓았었다. 역시나 썩 괜찮은 가격에 딜을 해준 그 덕에 보츠와나 국경까지의 왕복 여정을 사이몬의 택시와 함께할 수 있었다.

"사이몬, 어제도 아무것도 먹지 않았지? 내가 널 위해 빵을 사왔어. 지금 먹을 거라면 줄게! 대신 먹지 않고 챙겨가는 건 안 돼."

"오 고마워 친구! 그럼 당연히 먹어야지~"

미소를 띄우고 빵을 받아간 사이몬은 지금은 운전 중이니 위험하고, 날 내려준 다음 꼭 먹겠다며 말을 바꾸었고 결국 먹는 모습을 보이지 않았다. 어휴, 징하다.

한 시간이 지나 잠비아-보츠와나 국경에 도착했다. 사이몬은 어제에 이어 나와 동행해주며 길안내와 출입국 절차인 이미그레이션까지 하나하나 모두 도와주었다. 이 정도의 친절을 베풀고도 추가금을 요구하지 않다니, 아프리카 땅에서는 정말 귀한 사람을 만난 걸 거다. 보츠와나 현지에서 날 픽업할 차량 보냈다는 문자를 받고 잠시 기다리는 동안 사이몬과 이런저런 수다를 떨었다.

"사이몬, 너희는 잠비아인, 짐바브웨인, 보츠와나인을 구분할 수 있어? 나는 중국인, 한국인 일본인을 구분할 수 있는데! 100%는 아니지만 말이야."

"외모로는 구분할 수 없어. 다만 억양이 조금 달라. 냔자어(현지 언어)와 영어 모두 다른 억양으로 말해."

"아하! 그럼 케냐, 탄자니아 같은 동아프리카인은? 사실 내 눈엔 다 똑같은 아프리카인처럼 보이거든."

"케냐인, 탄자니아인은 외형으로 구분할 수 있어. 그들은 다르게 생겼어."

"정말? 우와 신기하다! 동남아시아인들과 동아시아인이 다른 모습인 것 같은 걸까?"

"헤이 조(Joe) 나는 아프리카를 벗어나본 적이 없어. 동아시아와 동남아시아의 차이가 무엇인지도 모른다고."

"아하! 미안해! 히히히. 그런데 그럼 왜 동아시아인을 보면 모두들 '니하오'

라고 하는 거야? 누군가는 이걸 인종 차별로 느끼기도 하거든"

"글쎄…."

"내가 너에게 아싼테!(동아프리카 스와힐리어 '고맙습니다')라고 하는 것과 비슷한 거라고 하면 이해가 될까?"

"아~ 이해가 되었어. 기분이 나쁠 수도 있겠구나, 너의 나라를 알리고 싶다면 말이야. 하지만 대부분의 아프리카인들은 차이를 몰라서 그런 거지 나쁜 의도는 없을 거야!"

"그렇구나, 그럼 다행이야~ 그럼 여기 언어로 땡큐는 어떻게 말해?"

"ㅈㅈㅈ지또모 꽝부리! 땡큐 베리 머치라는 뜻이야."

"뭐? 뭐라고…?"

"지코모 꽘비리! (Zikomo Kwambiri)"

두런두런 신기방기 이야기를 나누다 보니 저 멀리서 거대한 지프 트럭 한 대가 들어오는 모습이 보였다. 사이몬과는 투어가 끝난 뒤 다시 만나기로 하고 인사를 했다.

"사이몬!! 지코모 꽘비리!!"

잠비아, 짐바브웨, 보츠와나 세 국가의 국경이 접한 곳에서 투어가 시작된다.

보츠와나에 온 이유는 쵸베 사파리 투어를 하기 위해서였다. 쵸베 사파리는 광활한 육지 평야를 2~3박을 하며 돌아다녔던 마사이마라 혹은 세렝게티와는 또 다른 모습으로, 지프차를 타기도 하고 보트를 타기도 하며 길게 뻗은 쵸베 강줄기를 따라 사파리를 즐기는 투어다. 이곳을 들르는 여행자들은 잠비아와 짐바브웨에 온 김에 국경에 위치한 보츠와나도 경험하는 의미로서 쵸베 사파리에 온다고 했다. 하지만 지금 돌이켜보면 적어도 나에게만큼은 몇 시간의 쵸베 사파리가 마사이마라에서의 2박 3일보다 훨씬 더 기억에 남는다면 믿어줄까? 다시 여행기로 돌아와, 내게 다가온 투어 차량은 내가 마사이마라 때 다른 투어 그룹을 보고 기겁을 했던 양 사이드가 뻥 뚫린 트럭이었다! '아니 야생 동물을 보러 가는데? 옆에서 공격하면 어떡해? 저거 정말 안전할까?' 수십 번도 더 생각했었는데 결국 나도 그 차를 타고 먹이 사슬 최상위 포식자들을 만나러 가게 되었다. 상상의 나래를 펼치며 셀프 무서움을 장착하고 있을 무렵 투어 가이드의 힙한 인사가 들려왔다.

"모두들 안녕! 나는 오늘 이 그룹의 목숨을 책임질 가이드 음베아라고 해! 음베아는 어려우니, Just call me 'MB the Mega Byte'! 하지만 동물에 대한 지식은 테라바이트 브레인에 넣어 놨으니 걱정 마, 하하하."

내용보다는 기세로 웃기는 개그를 이따금씩 던지는 가이드 MB의 언변에 피식대다 보니 어느새 쵸베 사파리 게임 드라이브가 시작되었다. 입구에 들어선 지 5분도 채 되지 않아 짧은 나무 밑에 휴식을 취하고 있던 암사자 무리를 발견할 수 있었다. 마사이마라에서 아쉽지 않도록 많이 보고 왔지만 사자의 위엄은 여전히 새로운 감정으로 다가왔다. 이르게 마주한 사자에 더해 쵸베에서의 게임 드라이브는 전체적인 풍경 역시 마사이마라의 그것과 달랐다. 붉은 빛을 띠는 모래사막과 듬성듬성 나고 자람을 반복한 선인장 같은 나무들이 새로웠고 무엇보다도 끝도 없이 굽이굽이 펼쳐 흐르는 쵸베 강이 너무나 매력적이었다. 뭐랄까, 마사이마라보다 좀 더 '자연(Nature)' 같달까?

"이곳 쵸베에서 가장 많이 볼 수 있는 동물은 임팔라야. 사슴과 닮아 있는 여러 동물 중 어떤 친구들이 임팔라인지 알고 싶지? 엉덩이를 봐, 맥도날드 모양이 보일 거야! 재밌지? 그들은 포식자들에게 자주 잡아 먹히기도 하기 때문에 '패스트푸드 인 와일드'라고도 불려! 우린 샌드위치를 먹을 것이기 때문에 아쉽지만 다음에 먹어 보자고! 하하하하."

임팔라가 정말정말x999 많다.

육지에서의 쵸베 사파리 시간에는 사자, 임팔라를 비롯해 물을 마시러 나온 코끼리 가족, 표범이 나무 위에서 먹다 버린 임팔라의 사체, 블러 처리가 된 것처럼 흐린 무늬를 가진 기린 등을 만났다. 반나절 정도를 돌아다녔는데 마사이마라 때보다 컴팩트하게 동물들을 볼 수 있었던지라 가성비가 좋다고 느꼈다. 특히 나무에 걸려 있던 임팔라 사체는 섬뜩하면서도 진귀한 풍경이라 당최 잊을 수가 없었고. Big 5 동물 중 하나라는 표범을 직접 보지 못한 아쉬움을 이렇게라도 달랠 수 있어 다행이라 생각하기도 했다. 이번 아프리카 여행에서의 마지막 게임 드라이브를 눈에, 마음에 담아내며 덜컹거리는 지프 트럭에 기댔다. 그렇곤 얼마 뒤 또 다른 장소로 게임 드라이브를 간다는 투어 그룹과 작별 인사를 나누고, 어디선가 나타난 새로운 크루에 합류해 쵸베 강을 가로지를 보트 위에 올랐다.

코끼리조차 죽음을 피할 수 없는 자연 그 자체.

D+15

04

보츠와나 쵸베[2]

"그림 속을 향해하는 보트 사파리."

육지에서의 가이드 MB the mega byte를 떠나 보내고 보트에서 만난 수상의 가이드의 이름은 제이콥. 이번엔 또 캡틴 콥이라며 CC라 불러 달란다. 이 동네는 줄임말 작명법이 유행인가 보다. 나도 하나 만들까라고 생각하던 중 보트가 출발했다. 쵸베 강은 꽤나 깨끗한 수질이지만 절대 물 안으로 손이나 얼굴을 들이밀지 말라고 세 번, 네 번 신신당부했다. 그 안에 무엇이 있을지 아무도 모른다고. 그럴 만도 한 것이 피라냐와 전기뱀장어 심지어 악어까지 서식하는 무시무시한 사파리의 강이 바로 쵸베 강이다.

보트를 타고 하는 투어는 단순히 강을 떠다니며 멀리서 경치를 감상하는 것이 아니라 곳곳에 서 있는 육지 섬 근처로 배를 대고 그곳에 있는 여러 동물들을 관찰하는 액티비티였다. 게다가 물을 경계로 그들에게 다가가는 것이었기에 육지에서보다 훨씬 더 가까이 다가갈 수 있었다. 가장 놀라웠던 것은 버팔로를 불과 10m 내의 거리에서 보았던 것이다. 버팔로는 시력이 거의 없고 후각에 의존해 생활하기 때문에 근처에 생소한 냄새와 소리가 나면 거대하고 견고한 뿔로 우선 들이받는다고 책에서 본 적이 있었다. 혹시나 날 보고 달려들지 않을까 정말 숨죽이고 있었다. 물론 가까이서 본 버팔로는 그저 뿔 달린 검정색 순한 소였고 가만히 풀을 뜯으며 배를 채울 뿐이었다. 그러고 보니 사파리에서 만난 임팔라, 버팔로, 얼룩말, 기린 등 대부분의 초식동물은 하나같이 온종일 풀만 먹고 있었다. 먹고 자고 먹고 자고 세상 부러운 삶이 아닐 수 없다. 포식자의 위협에 노출되어 있지 않느냐고? 아니, 적어도 내가 본 사자들은 이들 역시 온종일 잠만 잔다. 실제로 하루 18시간을 아무것도 안 하고 누워만 있는다고 한다. 부럽기 짝이 없군.

앞서 육지 섬이라고 표현하긴 했지만 실제로는 강물 위에 겨우 떠있는 풀들의 모임이었다. 그런 불확실성의 환경에 임팔라와 기린, 버팔로와 코끼리 그리고 악어와 하마가 어우러져 공존하고 있다는 것이 너무나 신기했다. 저녁노을이 지고 있던 풍경과 어우러져 그 광경이 황홀하기까지 했다. 어쩐지 비현실적이었고 잘 그려진 명화 속에 내가 잠시 놀러 온 손님이 된 기분이었다. 동물들을 찾아 배를 돌려 가까이 갈 때마다 '자! 이번엔 이 그림으로 들어가보자!' 라는 느낌이라면 전달이 될까? 여하튼 쵸베 강 사파리는 비단 동물을 구경하는 재미뿐만 아니라 풍경을 감상하는 것이 메인이라 생각될 정도였다.

이 그림으로 들어가보자!

“A hippo is coming to eat you.” (히포 한 마리가 널 먹으러 오고 있어.)

무서움이 조금 가신 나머지 보트 선미 끝자락에 앉아 사진을 찍고 있었더니 같은 보트를 타고 있던 독일인 할머니가 저렇게 섬뜩하고도 소름 돋는 말을 너무나 귀엽게 건네셨다. 보트가 코끼리를 정면으로 바라보았을 때 넓적한 귀를 마구 펄럭이곤 했었는데 ‘코끼리가 귀를 펄럭이는 것은 경고의 의미’라고 제이콥이 설명한 것을 듣곤 기막힌 멘트를 날리시던 할머니였다.

“종소리가 나는 귀걸이를 해주면 경고를 하다가도 기분이 좋아지려나?”

드리운 노을을 구경하며 드랍 포인트에 도착했고 그렇게 보츠와나에서의 쵸베 사파리 투어가 끝이 났다. 연신 ‘베스트 투어’, ‘페이보릿 사파리’를 외치며 제이콥에게 인사를 하고 있었는데, 모두들 그냥 알아서 집으로 가는 게 아닌가? 나는 당연히 투어사에서 잠비아 국경으로 다시 데려다 주는 줄 알았는데 말이다! 투어 오피스에 찾아갔더니 돌아가는 택시비는 불포함이란다. 예약 때 받은 왓츠앱 문자를 확인해보니 ‘One way pick-up included’라고 명확히 적혀 있더라. 어쩔 수 없이 현지 택시를 불렀다. 저렴한 투어를 찾고 찾아 선택했는데 택시 때문에 투어비의 1/3 정도를 더 써버리고 말았다. ‘어쩌겠어 노을 값이라고 치지 뭐.’라고 위안하며 다시 보츠와나-잠비아 국경의 출입국 사무소로 돌아갔다.

찍을 땐 몰랐지 버팔로가 날 노려보고 있었을 줄은.

잠비아 사이드의 주차장에는 반가운 얼굴 사이몬이 기다리고 있었다. 40분을 기다려주고 있었다고 했고 역시나 아무것도 먹지 않았다고 했다. 남은 사과를 건네 주었지만 역시 먹지 않았다. 특이한 사이몬. 이번 아프리카 여정에서 결코 잊을 수 없는 인물이 될 것 같다. 아무것도 보이지 않는 칠흑의 어둠을 뚫으며 한 시간 거리의 리빙스톤 숙소로 향했다. 도로 위에는 개코원숭이 바분, 자전거 탄 사람, 심지어 가끔 코끼리도 튀어나온다고 했다. 그런데도 전혀 무섭지 않은 건지, 엄청난 속도를 내는 덕에 40분 만에 도착할 수 있었다. 오늘 여행에 대한 비용은 70달러. 샌드위치 하나에 700원인 잠비아에서 70달러는, 한국으로 치면 대충 택시비로 100만 원을 받았다고 생각하면 될 것이다. 음… 이렇게 생각하니 나에게 이렇게나 친절한 이유가 있는 것도 같다.

한동안 프로필 배경 사진으로 선정된 쵸베 베스트 컷.

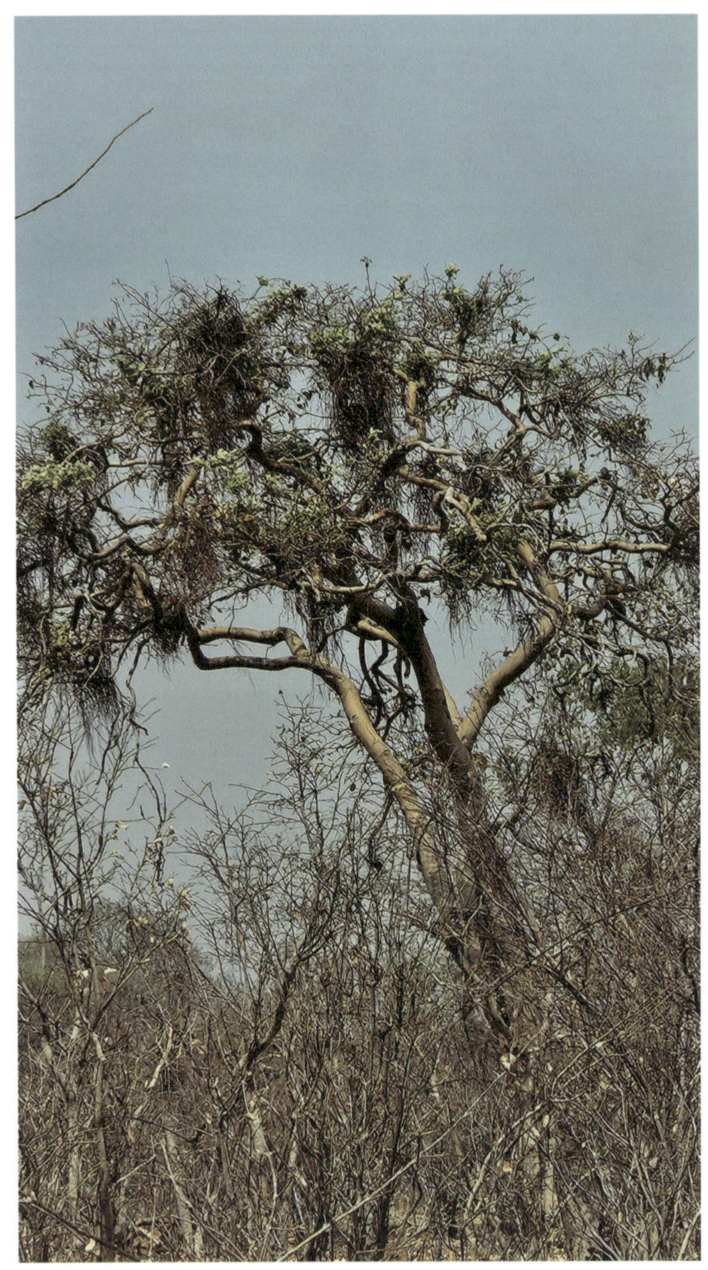

나무 한가운데 표범이 먹다 버린 가젤 사체.

5장

나미비아

D+16

빈트후크

01

"동행을 만나다."

잠비아, 짐바브웨, 보츠와나. 짧았던 3개국 여행을 마무리하고 미지의 나라 나미비아로 넘어가는 날이다. 리빙스톤 혹은 빅토리아폴스에서 나미비아로는 육로 이동도 가능하긴 했다. 다만 정보가 많진 않았고 여러 도시를 경유해야 했으며 이에 따라 꽤 많은 이동 시간이 필요했다. 특히 나미비아는 대한민국 여권으로도 무비자 여행이 불가능한 몇 안 되는 국가 중 하나다. 그렇기 때문에 보츠와나의 수도 가보로네에서 비자 발급을 위해 하루를 꼬박 사용해야 했다. 이러한 점들 때문에 나는 과감히 비행 이동을 선택했다. 이는 공항에서 도착 비자를 구매할 수 있다는 이점이 있다. 물론 가난한 배낭여행자에게 비행 이동은 크나 큰 사치였지만 돈으로 시간을 샀다고 생각하기로 했다.

매일 밤 정전과 단수로 날 힘들게 했던 잠비아의 숙소 졸리보이스 백패커스를 나와 짐바브웨에 위치한 국제공항으로 가기 위해 마지막으로 사이몬의 택시를 탔다. 내내 친절하고 합리적인 가격에 나와 동행해준 그에게 내가 만난 아프리카인 중 가장 좋은 사람 Top 3 안에 든다고 말해주었다. (케냐에서 길안내를 해준 마기가 단연 1등이다! 그녀는 무료 봉사였거든) 사실 마지막까지 팁을 요구할까 봐 조마조마했었다. 돈 문제를 떠나 그와 이 나라에 대한 좋은 기억이 한순간에 배신감으로 물들지 않을까 걱정이 되었다. 그러나 고맙게도 사이몬은 끝까지 내게 추가금이나 팁을 달라고 하지 않았다. 그리고 드디어 어제 저녁 가족들과 밥을 먹었다고 했다! 나로부터 돈을 많이 벌었을 테니 적어도 이번 주만큼은 맛있는 것을 많이 먹으라는 이상한 인사를 건네며 그와 진짜 작별하곤 잠비아-짐바브웨 국경 다리를 건넜다. 그리고 미리 섭외해 두었던 짐바브웨 택시 기사와 만나 공항으로 향했다.

잠비아의 흔한 무단 횡단(?) 코끼리 아저씨.

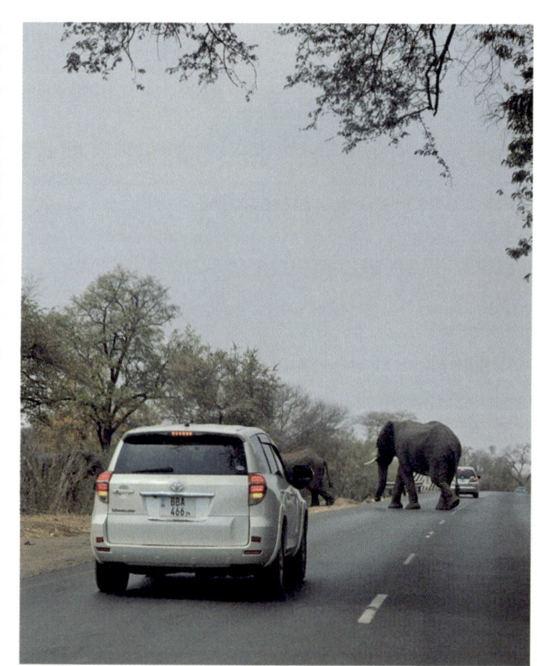

나미비아의 수도 빈트후크에 랜딩했을 때는 이미 해질녘이 다 된 시간이었다. 도시로 들어가는 마땅한 대중 교통 수단이 없었기 때문에 택시를 탔는데, 와, 나미비아에서 객사하는 줄 알았다. 나이가 지긋하신 할아버지 드라이버께서는 영화 〈분노의 질주〉를 몸소 체험하게 해주셨다. 가늠이 되지 않는 속도는 물론, 앞에 방해물이 있다면 정체를 막론하고 '쒜엣! 왓더 Fxxk!! 오 마이 불쉿.' 욕을 해대며 아슬아슬 칼치기 운전을 선보였기 때문이었다. 식은땀이 삐질삐질 나면서도 은근히 훌륭한 드라이빙 스킬에 감탄하며, 썩 어울리진 않았지만 아름답게 내려 앉은 저녁 노을에 감탄하며 숙소로 향했다. 웃긴 건 그렇게 욕을 해대면서도 손님인 내게는 너무나도 친절했다는 점이다.

"영 보이! 나미비아에 온 것을 환영해. 혹시 무슨 일이 생기거나 도움이 필요하면 나한테 연락해."

"내 이름은 제프야. 명함 아래 전화번호로 내 보스에게 연락해도 좋아! 내가 말해 둘게! …What the hell this car! Get the F out!!"

"고… 고마워…! 덕분에 너무 든든한 걸~ 하하."

택시에서 내린 곳은 내가 예약한 호스텔이 아니었다. 사실 그전부터 아프리카를 여행하거나 거주 중인 한인들이 오가는 오픈채팅방을 통해 나미비아 렌터카 여행을 할 동행을 구했었다. 그곳에서 알게 된 동행을 약속한 분이 다른 호스텔에 미리 도착해 있었고, 마침 저녁 식사를 준비 중이니 와서 인사 겸 같이 밥을 먹자고 제안했다. 나야 땡큐다! 그렇게 우연인 듯 인연인 듯 만난 동행은 식당을 운영하고 있다는 20대(남) 한국인 킴과 초등학교 선생님을 하다 잠시 그만두고 세계 여행을 하고 있는 30대(여) 일본인 아야카. 이 둘을 먼저 만나게 되었다. 그리고 다음 날에는 남아공에서 여행하다 넘어온, 늘 열심히 무언가를 하고 있는20대(남) 일본인 노부가 합류했다. 이렇게 네 명의 동아시아인 여행 그룹이 완성되어 나미비아를 여행하게 되었다. 특히 킴과 아야카와는 나중에 나미비아를 넘어 남아프리카공화국까지 함께 여행하게 된다.

다시 호스텔에서의 식사 자리 이야기로 돌아가면, 킴과 아야카는 이미 많이 친해져 있었다. 이전부터 우연히 여행 루트가 겹쳐 벌써 2주가 넘도록 같이 여행 중인 상황이라고 했다. 젊은 청춘 남녀가 둘이서 여행을 어떻게 하냐고? 여행에 미쳐 있는 '진짜' 여행자들에게는 흔한 일이다. 생존 메이트라고 하면 이해가 될까? 특히나 이곳 아프리카는 여행보단 생존에 가깝다. 그리고 꾸미기는커녕 씻는 것도 겨우 해낸 꾀죄죄한 몰골은 덤이고 말이다. 한국어는 당연하고 영어도 짧은 아야카로부터 탈출(?)할 수 있었던 킴이 오랜만에 한국인을 만나 입이 터지는 바람에 꽤나 오랜 시간 동안 서로의 여행기를 공유했다. 그리고 짧게나마 다음 날부터 시작하기로 한 렌트 여행의 일정을 이야기하곤 각자의 숙소로 돌아갔다.

미리 조금 얘기하자면 나미비아에서 렌터카 여행을 계획했으면서 렌트를 미리 예약하지 않은 것은 대단히 큰 모험이었다. 렌터카 수요에 비해 공급업체가 현저히 적었고 도착한 당일이 일요일이라 마땅한 컨택 포인트도 없었다. 나미비아 수도 빈트후크에는 마땅히 여행할 만한 곳이 없고, 독점 업체라 가격이 무서울 정도로 비싼 그룹 투어마저 어쩌면 마감이 되었을 수도 있었다. 때문에 자칫하면 소중한 여행 일정을 빈트후크에서 헛되이 보낼 수도 있었던 상황이었다. 하지만 실제 대면하기 전의 '여행 동행'은 오직 오픈 채팅방 안의 익명 닉네임으로 만난 신원이 보장되지 않은 사람이다. 노쇼, 일정 급변경 등의 예상치 못한 트러블이 왕왕 발생하는 것이 바로 동행 구하기이기에 무턱대고 렌터카를 예약해버릴 수도 없는 노릇이었다. 모든 걸 운에 맡기고 이 또한 여행이려니~ 하며 좋은 사람을 만나길, 남은 렌터카가 있길 바랄 수밖에 없었다. 이런 히스토리 속에서 우선은 좋은 동행을 만난 것만 해도 1차 관문을 넘은 것이었다. 다음 날 렌트가 가능한 차량이 있으며 동시에 영어로 연락이 가능한 업체를 찾느라 무려 3시간을 헤맸지만 어찌되었든 최종 관문도 넘게 되었고, 결과적으로 나는 나미비아에서 참 운이 좋은 여행자가 될 수 있었다.

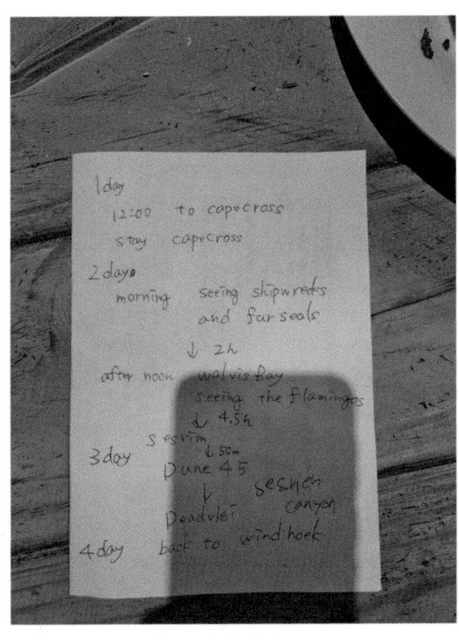

결국 단 하나도 지켜지지 않은 계획.

50개국 여행자가 추천하는 여행 계획 꿀팁

내 MBTI의 끝자리는 J다. 대문자 J를 넘어 W처럼 더블 제이가 있다면 분명 그것이었을 테다. 그만큼 치밀하게 짜인 계획과 잘 갖춰진 프로세스를 선호한다. 다만 그간 워낙 많은 여행을 해왔기 때문에 내 계획이 틀어질 수 있음을 잘 알고 있고 이에 대해 전혀 스트레스를 받지 않는 다는 것이 큰 장점이라 자평할 수 있다. 여행에 있어서만큼은 계획표를 잘 만들어 둘 뿐, 그대로 이행하지 않는 경우가 더 많을 정도. 여행 덕에 P의 특성을 융합한 J가 되었다면 설명이 되려나. 실제로 P성향의 친구들과 여행을 했을 때에도 '처음 계획표를 보고 무척 걱정했는데 실제로는 전혀 새로운 사람이더라.'라는 평을 들을 수 있었다. 그만큼 계획과 무계획의 특성을 잘 이해하고 있다고 생각한다.

그렇기에 P성향의 여행자들에게 J만큼의 효율을 내는 이 여행 계획 노하우를 알려주고 싶었다. 그것은 바로 여행사 상품 따라하기! 국내 Top 3 여행사에서 전문가들이 체계적으로 구성해 놓은 여행 일정을 내 여행의 프레임으로 가져오는 것이다. 여행사의 투어 상품에는 랜드마크는 물론 여행지에서 반드시 가야 할 장소들이 묶여 있다. 심지어 순서대로 따라가다 보면 그것이 동선상 가장 효율적인 구성이라는 것을 쉽게 확인할 수 있을 것이다. 조금 더 시간을 쓴다면, 투어 상품 상세 안내에 기록된 여행지 소개를 미리 읽고 갈 수 있다는 장점도 있다. 한번쯤은 '누가 여행 일정 좀 대신 짜줬으면 좋겠다.'고 생각해본 적 있지 않나? 바로 이것이다.

P에게 계획은 사치이자 또 하나의 업무임을 잘 이해하고 있다. 때문에 투어 상품 베끼기 정도로 계획을 마무리해도 좋지만, 이왕 시간을 아낀 김에 조금 더 신경 써 볼 마음이 있다면 그 다음 단계까지만이라도 따라해보았으면 좋겠다. 여행사에서 확인한 여행지를 일자별로 묶고, 묶인 장소를 한꺼번에 초록 검색 창에 넣어보자. 높은 확률로 그 일정대로 동선과 유의사항까지 잘 정리해 둔 블로그를 발견할 수 있을 것이다. 그리고 이제 그 블로그를 저장하고 여행 중간중간 읽어보며 따라한다면, 큰 힘들이지 않고 고퀄리티의 여행 계획을 가져볼 수 있을 것이다. 넘쳐나는 정보를 잘 활용하는 것도 여행 생활에 있어 중요한 덕목이다.

D+17

나미브 사막

02

"생존! 나미비아 캠핑."

렌터카를 찾는 데 세 시간, 차량을 인수하는 데 한 시간 반. 기나긴 모험 끝에 드디어 나미비아 로드 트립을 시작할 수 있었다. 첫 목적지는 시내에 위치한 대형 마트. 3박 4일 로드 트립 중 절반은 대도시를 벗어나 허허벌판을 달리고 자연 한가운데에 마련된 캠핑장에서 숙식을 해결하는 여행이기에 생필품을 마련하는 것이 우선이었다. 또 남아공에서 출발한 또 한 명의 동행 노부가 아직 도착하지 않아 그를 기다릴 시간도 필요했다.

렌트 사무실에서 마트로 가기 위해 차에 올라타자마자 곧바로 위기가 찾아왔다. 운전대의 위치가 한국과 반대다! 꽤나 많은 해외여행을 다녔고 운전도 했었지만 좌우가 바뀐 도로에서 운전을 해 본 경험이 없었다. 하지만 정면 돌파밖에는 방법이 없었다. 킴은 어린 나이 때문에 보험 비용이 부담이라 운전자로 등록하지 못했고 아야카는 아예 운전을 할 줄 모른다. 나미비아와 운전대 방향이 같은 일본에서 운전 경력이 있는 노부가 오기 전까진 내가 감당해야만 하는 위기였다.

"뭐야 왜 차가 이쪽에서 와?
깜빡이랑 와이퍼 위치도 반대잖아!
좌회전은 신호가 없는 거 맞지? 지금 우회전하면 안 되는 거지?"

얼마간 혼돈의 시간을 가졌지만 시내에 들어선 후 주위에 다른 차량, 표지판과 신호등이 많아지니 오히려 금세 적응하게 되었다. 방향 감각이 살아있는 나 자신에게 감사한 시간이었다. 지금 와서 생각해도 뿌듯한 점은 킴과 아야카가 종국에는 운전이 서툰 일본인 노부의 드라이빙보다 좌우 반전에 적응한 내 운전을 더 신뢰해주었다는 것.

예상했던 시간을 훌쩍 넘겨 마침내 노부를 만났다. 커다란 눈에 바람 맞은 듯 한쪽으로 쏠려 있는 장발 머리, 무언가 주렁주렁 매달려 있는 옷과 가방. 100m 밖에서 보아도 전형적인 일본인 청년이었다. 연신 늦어서 미안하다며 사과하면서도 유심을 꼭 사야 한다며 조금만 더 기다려 달라고 했다. 왜인지는 모르겠지만 유심을 사는 데만도 한 시간을 넘게 소비했다. 이때 알았어야 했는데, 그는 심상치 않은 마이웨이 기질을 가진 청년이었다는 것을. 아무튼 오후 4시가 되어서야 빈트후크를 떠날 수 있었다.

목적지인 세스림, 소서스블레이까지는 4시간이 걸린다고 했다. 그땐 해가 지고 난 시간일 것이다. 그렇지 않아도 사막에 가까운 황무지를 가르는 로드트립인데 빛이 없는 어둠 속에서 운전을 하고 목적지에 무사히 도착하는 것은 상당한 무리일 수 있었다. 하지만 역시나 대안은 없었기에 조급한 마음을 가지고 엑셀을 강하게 밟아갔다. 그렇게 포장도로 두 시간, 비포장도로 두 시간을 쉬지 않고 달렸다. 분명 아무것도 없는 모래길, 돌산들로 가득한 길이었지만 생소한 풍경이 주는 아름다움은 힘겹게 시작한 로드 트립의 고통을 싹 잊도록 해주었다. 물론 즐길 시간 없이 운전에 집중했지만. 어느덧 땅거미가 지고 어둠과 함께 고립에 대한 두려움이 스멀스멀 올라올 무렵 기적같이 캠프 사이트에 도착했다.

대충 주차장처럼 생긴 공간에 차를 대놓고 리셉션으로 향하는데, 캠핑장이 너무 훌륭하다. 샤워장, 간이 마트, 바비큐 장에 수영장과 펍도 있었다. 아니, 이 정도면 웬만한 호텔보다 더 좋은 것 같다. 텐트를 어디다 세워야 할지, 밥은 어디서 먹을지, 최적의 장소를 찾고 있는데, 체크인을 하고 돌아온 아야카가 잔뜩 실망한 얼굴을 하고 있었다.

“우리는 차를 타고 저쪽으로 5분 더 가야 한대. 여기는 더 비싼 옵션이래.”

그럼 그렇지. 다시 차에 올라 리셉션이 알려준 곳으로 출발했다. ‘갈림길이 나오는 순서대로 왼쪽, 오른쪽, 왼쪽’ 조명 하나 없는 허허벌판에 빛이라고는 차량 라이트밖에 없었고 풀이 조금 덜 나 있는 곳이 우리가 가야 할 길이겠거니 하며 어둠을 파헤쳤다. 아무것도 보이지 않던 길을 10여 분간 돌아 여차저차 도착했다.

역시나 아무것도 보이지 않았다. 헤드라이트와 휴대폰 불빛을 최대치로

켜 둘러본 캠프 사이트는 그저 척박한 들판에 커다란 나무 한 그루와 그 밑에 겨우 마련된 우물 같은 세면대, 그리고 돌무더기로 만들어진 캠프파이어 포인트가 전부였다. 사실 이럴 것이라고 충분히 예상하고 왔지만 바로 직전에 족히 4성 호텔급은 되어 보이는 베이스캠프를 들르고 온지라 실망감에 헛웃음이 흘러나왔다. 유일한 여성이었지만 누구보다 씩씩하게 일정을 소화하고 있던 아야카도 무섭다며 정말 여기서 하루를 보내야만 하는 건지 거듭 물었다. 하지만 대안은 없었다. 잠시 무너졌던 멘탈을 바로잡고 텐트를 치기 위해 차량을 저 구석으로 옮기려 했다. 그런데…

'부와아아앙!!!'

사고가 터져버렸다. 뒷바퀴가 모래에 깊게 박혀 당최 움직이질 않았다. 엑셀을 밟으면 밟을수록 더욱더 모래 속에 들어갈 뿐이었다. 주변의 모래를 모두 빼내도 보고 차를 밀어도 보고 바퀴 뒤에 주워 온 나무판자를 대어도 봐도 소용 없었다. 심지어 차 타이어가 갈려버린 것이 눈에 보일 정도였고 이리저리 튀어 버린 모래로 차가 얼마나 긁혔는지 가늠도 안 되었다. 그렇다고 불빛 하나 없이 차로도 10분이나 걸리는 리셉션까지 돌아가 도움을 청할 수도 없어 진퇴양난이었다. 다만 이 그룹엔 위대한 대한민국 예비군 2명이 있다. 킴과 나는 타이어 앞뒤의 모래를 아예 없앤다는 생각으로 파 내기 시작했다. 온몸을 모래 먼지로 뒤덮은 채 엎드리다시피 차 아래로 기어들어가 타이어를 둘러싼 모든 것들을 제거해 나갔다. 30여 분의 사투 끝에 모래 웅덩이로부터 차를 꺼내는 데 성공했다. 캠프는커녕 이곳에서 객사할 뻔했다. 안도감도 잠시, 드디어 텐트를 치려 장비를 꺼내고 있는데 노부가 조용히 다가와 속삭였다.

"혹시, 텐트 칠 줄 알아? 난 몰라."

차를 뺄 때도 멀찍이 서서 휴대폰 라이트만 갖다 대고 있던 노부는 이번에도 라이트 담당을 하겠단다. 그런데 문제는 이것으로 끝나지 않았다. 킴도 GP 출신으로 경계 근무만 서느라 군대에서 텐트를 쳐본 경험이 없다고 알려왔다. 이런! 사실 나도 해안경계부대 출신이고 해안 작전만 경험했지 텐트를 세워본 적이 없다! 물론 아야카도 당연히. 네 명 모두 텐트, 캠핑과는 거리가 먼 사람들이었던 것이다. 그렇다고 원터치 자동 텐트였을까? 아니, 렌터카 업체에서 빌려 준 텐트는 당연하게도 폴대부터 하나하나 수작업이 필요한 구형 텐트였다.

"형 우리 그냥 차에서 잘까요?"

킴의 제안에 잠시 진심으로 흔들렸다.

"우리 그래도 차도 빼냈는데 못 할 게 뭐가 있겠어? 한번 시도나 해보자!"

이번에도 힘을 발휘하는 대한육군 예비역 병장 2인이었다. 그나마 우리 멤버 중 가장 나이가 많은 아야카는 사회생활 경험 때문인지 사소한 작업이라도 도우려 하고 텐트를 고정하는 데에도 힘을 보태기도 했다. 하지만 노부는 여전히 휴대폰 라이트만 비출 뿐이었다. 답답하더라도 어쩌겠나, 내가 살아야 하는데. 그래도 죽으란 법은 없는지 제법 그럴싸하게 텐트 2개를 완성시켰다. 세우고 보니 나름대로 튼튼해 보였다. 이제 샤워하고 밥만 잘 해먹으면 괜찮을 것 같다.

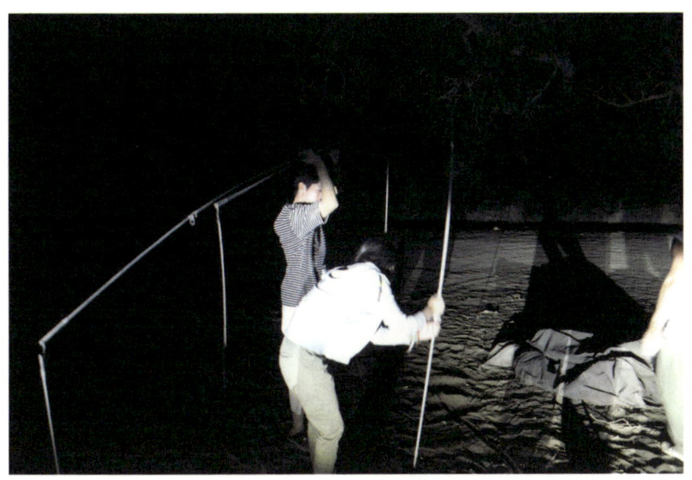

어쩌면 아야카가 가장 열심히 했을지도?

샤워 시설은 텐트에서 조금 떨어진 거리의 가건물에 마련되어 있었다. 이 점은 몇 가지 큰 문제로 다가왔는데, 먼저 가는 길이 너무 험난했다. 계속해서 말하지만 휴대폰과 차량 라이트 외에는 정말 아무 불빛도 없는 데다 어떤 야생 동물이 튀어나올지 모르는 일이었다. 그리고 두 번째는 너무 허름하고 낡아 보였다. 물론 엄두가 나지 않아 다가가 문을 열어보지는 않았지만 외관에서 오는 수상한 촉이 있지 않은가. 저 문을 연다면 샤워는커녕 무슨 시각적 후각적 테러(?)를 당할지 모른다. 비단 나만 이렇게 느낀 것이 아니었는지 누구 하나 선뜻 먼저 씻겠다는 사람이 없었다. 모두가 두려움에 떨고 있었다. 사실상 이 그룹의 엄마와 아빠 노릇을 하고 있는 킴과 내가 아이디어를 내어주었다.

"노부, 차를 끌고 아야카와 함께 리셉션으로 가. 그곳에서 샤워를 하렴. 그리고 너 잠시 원격 근무를 해야 한다고 했지? 리셉션에 간 김에 와이파이를 연결하고 일을 마치고 와. 그동안 한국인 2명이 저녁 식사를 차려 놓을게."

"정말 그래도 되겠어? 너희는 어디서 샤워를 할 거야?"

"여기 세면대에 깨끗한 물이 나오더라. 몸을 닦을 정도로만 받아 놓고 대충 샤워를 해볼게."

"여긴 따뜻한 물이 나오지 않잖아?"

"괜찮아, 어떻게든 되겠지."

정말 부모의 마음으로 일본인 친구들을 좋은 곳으로 보내 놓고는 세면대와 빈 물통에 물을 받았다. 그리고 바람이 쌩쌩 부는 어둠의 벌판에서 얼음장 같은 물을 온 몸에 끼얹으며 생존형 샤워를 실시했다. 이놈의 바디 워시와 샴푸는 어찌나 성능이 좋은지 거품이 끊이질 않았다. 이 거품들이 모두 없어질 때까지 마치 수명을 깎는 기분으로 찬물을 들이부었다. 이대로 얼어 죽는구나 싶을 정도였다. 내 인생 경험한 추위 중 단연 Top 3 안에 들 추위를 아프리카에서 경험할 줄이야. 아프리카는 절대 덥기만 하지 않다는 걸 세상 사람들이 꼭 알았으면 한다. 어찌저찌 몸을 씻어내고 그 와중에 모래 범벅이 된 옷가지들을 손빨래하기까지 했다. 의지의 한국인이라는 말이 괜히 나오는 것이 아닐 것이다.

놀랍게도 이곳이 바로 캠프 사이트다.

놀랍게도 저곳이 바로 샤워장이다.

PS. 다음 날 아침, 텐트장을 벗어나며 한 번 들러 본 샤워장은 웬만한 호스텔의 공용 샤워장보다 수십 배는 깨끗하고 넓었다. 심지어 따뜻한 물도 제약 없이 콸콸 흘러나왔다. 아, 나는 왜 그렇게 추위에 떨었나, 도대체 왜… 이곳에서 인생의 진리를 하나 깨달았던 것 같다. '겉모습만 보고 판단하지 말 것.'

지옥 속에서의 샤워를 끝마치고 미리 사온 돼지고기를 굽기 위해 미리 사온 장작을 세팅했다. 그런데 거센 바람과 불안정한 환경 때문인지 장작이 턱없이 모자랐다. 그리고 당연하게도 발화를 도울 번개탄도 없었다. 나미비아 렌트 여행, 정말 쉬운 게 하나 없다. 킴과 나는 휴대폰 라이트를 켜고 나섰다. 그리곤 근처의 건초를 마구 뜯어 모으기 시작했다. 드문드문 야생 동물의 배설물이 보였지만, 걱정할 겨를이 없었다. 불이 없으면 먹지도 잠을 자지도 못할 것이었기 때문이다. 양손이 다 부르트도록 건초, 죽은 나뭇가지를 닥치는 대로 모으고 혹시나 싶어 출력해 온 숙소 예약 확인서 종이를 태우며 겨우 불을 만들었다. TV 프로그램 〈정글의 법칙〉에서나 봐왔던 생존의 시간을 직접 경험하다니. 그렇게 어렵사리 만들어낸 불을 주방 삼고 난로 삼아 요리를 시작했다. 조명 없는 암흑 속에서 감으로 끓여낸 비상식량 라면과 코리안 바비큐를 완성시켰다. 그리고 저 멀리서 노부와 아야카가 두 시간 반이 넘는 자유 시간을 만끽하고 돌아오고 있었다. 아주 깨끗한 화장실에서 샤워를 마쳤고 팡팡 터지는 와이파이의 축복 아래 하고 싶은 것들을 다 하고 왔단다. 우리 한국인들은 생사를 오가는 사투를 벌였는데 말이다.

"그래 좋아… 너희라도 편했으면 됐다. 밥이나 먹자 우리!"
"땡큐 앤 쏘리 코리안 가이즈."

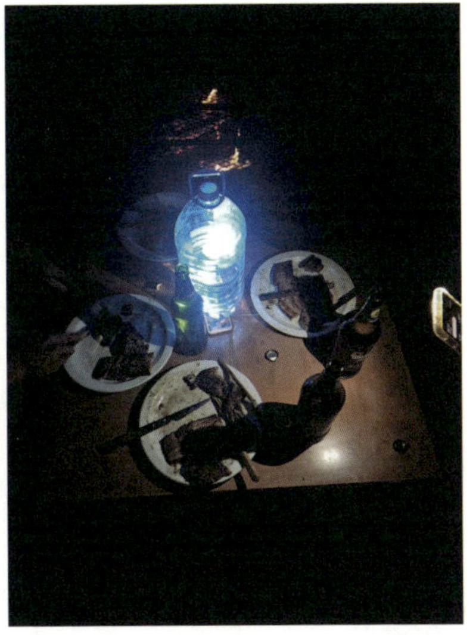

파인다이닝 부럽지 않지!

설거지와 뒷정리까지 모두 마무리한 후 비로소 안정을 되찾고 보니, 나미비아 사막의 하늘이 말도 안 되게 아름다웠다. 특히 별이 상상도 못 할 만큼 많았다. 어떠한 전자기기의 도움 없이 두 눈으로 은하수가 보였으니 말 다했다. 나는 여태껏 몽골에서 본 은하수, 아이슬란드에서 마주한 오로라가 세상에서 가장 예쁜 밤하늘인 줄로만 알았다. 세계적으로 유명하기도 하니 말이다. 그런데 이건 우물 안 개구리 같은 소리다! 나미비아 사막의 별이 단연 제일이다!! 특히 별 구경을 하고 있던 때 별똥별이 길~게 지나간 장면은 죽어서도 가져갈 광경이다. 여기서 만난 별똥별은 '떨어진다.'거나 '반짝인다.' 혹은 '나타났다.'는 말로 형용하면 안 된다. 체감상 적어도 5~6초는 새하얀 꼬리를 길게 뻗어내며 지나갔다. 마치 '나 예쁘지? 이곳이 나미비아야! 오는 동안 고생 많았어.'라며 내게 말을 거는 것만 같았다. 쏟아지는 별, 눈으로 보이는 은하수, 입 벌리고 볼 수 밖에 없었던 별똥별 그리고 고생 끝에 일궈낸 캠프. 절대로 절대로 잊을 수 없는 이것이 진짜 '여행'이지 않을까.

PS. 그렇게 두 번째 진리를 깨달았다. '고생 끝에 낙이 온다.'

※ 다음 날 아침, 텐트 주변에서 의문의 동물 발자국 2개를 발견했다. 특히 그 중 하나는 육식 동물로 추정된다고 하더라. 나 혹시 죽을 뻔한 건가?

D+18

세스림

03

"사막이 인생 여행지가 될 줄이야."

짜릿했던(?) 로드 트립 첫날밤이 지나 아침이 찾아왔다. 그제야 보이는 캠핑장 풍경에 '내가 여기서 대체 무얼 어떻게 했던 거지?' 다시 한번 경악하고는 주섬주섬 떠날 채비를 했다. 오늘 목적지는 세스림캐니언과 데드블레이 그리고 이곳에 가는 동안 마주할 또 다른 뷰 포인트들, 이를 테면 소서스블레이나 듄45 혹은 빅대디 듄 같은 곳이다. 당연히 나미비아를 여행하려 마음먹기 전까진 전혀 이름조차 들어본 적 없었던 생소한 장소들이었다. 내 기억이 맞다면 세스림캐니언은 LA 라스베가스의 그랜드캐니언에 이어 두번째로 큰 캐니언이라고 했다. 지난날 LA를 여행했을 때 시간이 여의치 않아 그랜드캐니언을 둘러보지 못했던지라 세스림캐니언을 조금 기대했다. 데드블레이 역시 사진으로 처음 접한 명소인데, 그 사진이 꽤나 대단했었다. 모래사막 가운데 말라비틀어진 나무 한 그루가 우뚝 서 있는 모습이었는데 자연이 주는 신비함 혹은 경외로움이 느껴지는 사진이었다.

어제 빈트후크에서부터 이곳 나미브 사막 근방으로 부지런히 달려왔던 터에 첫 목적지 세스림캐니언까지는 그리 오랜 시간이 걸리지 않았다. 더구나 아침 일찍부터 움직인 덕에 아직 투어사 버스들이 도착하기 전이었고 관광객이 거의 전무했다. 그 넓은 돌계곡을 우리 4명이서 오롯이 즐길 수 있는 환경이었다. 다만 기대했던 캐니언의 첫인상은 조금 실망스러웠다. 물론 거대하고 웅장한 맛은 있었지만 그리 특이하다거나 압도하는 느낌은 받지 못했던 것 같다. 나만 그렇게 생각한 건 아니었는지 그나마 사진을 찍으며 구경하는 노부, 아야카 그리고 나를 뒤로하고 킴은 저 멀리 캐니언의 끝부분을 향해 달릴 뿐이었다. 어느새 시야에서 사라진 킴을 쫓길 포기하고, 남겨진 3명은 캐니언 아래로 내려가보기로 했다.

"에~ 야바, 메챠 키레이!"

멋있었다! 세스림캐니언은 밑에서 보아야 그 진가를 발견할 수가 있는 거였다! 캐나다 유학 시절 귀동냥으로 배웠던 일본어로 감탄사를 뿜었더니 노부와 아야카가 폭소했다. 그러다 곧 세스림캐니언의 진면모를 감상하기 시작했다. 이곳은 입구에서 멀어지면 멀어질수록 예쁘고 멋진 포인트가 많았다. 아마 사람의 발길이 닿지 않을수록 자연의 모습 그대로를 간직하고 있기 때문이 아닐까. 칠레 아타카마, 몽골 차강소브라가 심지어 오만 자벨샴스 등 많은 캐니언을 경험해왔는데 나미비아 세스림캐니언도 분명 인상 깊은 캐니언 리스트로 남기에 충분했다. 여유 있게 트레킹을 즐기다 보니 투어 버스를 타고 온 관광객 무리들이 하나둘 모여들기 시작했다. 인파가 쌓이기 전 언제부터인지 다시 모습을 드러낸 킴과 함께 우리는 데드블레이로 가기 위해 차에 올랐다.

요르단에 페트라가 있다면! 나미비아엔,

라스베가스에 그랜드캐니언이 있다면! 나미비아엔,

원래는 호수였던 곳이 세월이 흘러 말라비틀어졌고 그 자리에 살아 숨쉬던 나무들은 화석처럼 강직하게 서서 주변의 붉은 모래사막과 묘한 어우러짐을 자랑하는 장소, 이름마저 '죽음'인 기묘하고도 신비한 곳 데드블레이. 사진으로 보았을 때부터 압도하는 장관으로 날 매료시켰다. 사실 나는 두바이라는 도시로 유명한 UAE의 수도 아부다비에서 얼마간 살아본 경험이 있다. 때문에 사막이라면 지겹도록 많이 경험했고 그렇기에 유명 관광지가 사막이라면 과감하게 넘겨버릴 정도로 무던한 편이었다. 그럼에도 이곳 데드블레이는 나미비아 여행 중 가장 기대했던 장소였을 정도다.

데드블레이를 마주하기 위해선 꽤 험난한 여정을 지나야 했다. 도시인 빈트후크에서 이곳 나미브 사막까지 오는 여정을 차치하고서라도, 사륜구동 SUV를 타고 푹푹 꺼지는 모래길을 거쳐 겨우 차량을 정차할 수 있는 입구까지 도착하면 그때부터 뜨거운 태양 아래 걷기조차 쉽지 않은 사구를 30여 분간 등반해야만 한다. 물론 사구 꼭대기에 올라 있으면 내려다보이는 붉은 사막의 풍경이 힘듦을 씻어내 주기도 했지만 결코 쉽지만은 않은 길이었다. 그렇게 언덕을 오르다 보면 '이곳을 넘어가면 무언가 있었으면 좋겠다.'라고 생각이 들 때가 온다. 그리곤 실제로 어느 언덕 위에 다다르면 비로소 데드블레이가 모습을 드러낸다.

죽은 나무가 이렇게나 예쁠 일인가?

"와! 미쳤다!!"

실제로 데드블레이를 마주하고 처음 뱉어낸 말이다. 아니 그냥 자동으로 입 밖으로 나와버렸다. 이 정도로 근사할 줄이야!! 표현력이 부족한 나를 원망해야 할 만큼 말도 안 되게 대단한 풍경이었다. 언젠가 사막 한가운데에 덩그러니 서 있어보고 싶다고 생각했었는데 지금 이 순간 그 버킷리스트를 이루었다고 생각했다. 아주 오래 전에는 오아시스가 있던 자리여서인지 구글맵에는 파란색으로 표시되는 곳이라 호수 한가운데에 덩그러니 있는 느낌이기도 했다. 황량한 사막 복판이지만 할 수만 있다면 이곳에서 1박 2일은 더 있고 싶을 만큼 충격적인 멋짐이었다. 누군가가 내게 가장 좋았던 여행 장소가 어디였냐 물어본다면 이제는 데드블레이를 단연 1등으로 꼽는다. 사막이 인생 여행지가 될 줄이야. 사진 또한 너무나 멋지게 잘 나오는 터라 꽤 오랜 시간을 투자해가며 일명 인생샷을 건지려 노력했다. 한 가지 아쉬운 점이 있다면, 너무 후줄근한 옷을 입고 있었다는 것. 이럴 줄 알았으면 쨍한 원색의 멋들어진 꼬까옷을 입고 왔었을 텐데!

이제까지의 사막과는 차원이 달라.

데드블레이에 매료된 나머지 애초에 계획했던 시간보다 훨씬 더 많은 시간을 흘려 보내고 말았다. 때문에 다음 목적지인 소서스블레이와 듄45 중 하나만을 선택해야만 했는데, 마침 해가 질 시간이 다가옴에 따라 선라이즈와 선셋으로 유명한 듄45에 가기로 정했다. 내 생각엔 듄45는 그 이름을 마운틴45로 바꿔야 한다. 사막의 모래언덕을 오르는 건 단순히 산을 오르는 것과 같지 않다. 내 발을 모래 속으로 빨아 당기는 듯한 무형의 괴물과 싸워 이겨내며 등반을 해야 하기 때문이다. 심지어 이 듄45는 객관적인 높이마저 어찌나 높던지 올라가는 데 한참 애를 먹었다. 턱끝까지 차오르는 숨을 겨우 진정시키며 정상에 올랐다. 그러곤 또다시 나미비아에 감탄하게 되었다. 나미브 사막 가장 꼭대기에 올라 선셋을 맞이하는 그 기분이란. 실로 감동적이기까지 하다.

* 데드블레이나 듄45나 도저히 글로서 형용하기가 벅차다. 사진으로 대체할 수밖에 없겠다.

"그림 같다." 이 말이 딱이다.

진짜 사막 그 자체.

또다시 한동안 자연에 압도당한 채 시간을 써버린 나머지 차로 돌아왔을 땐 해가 다 져 있었다. 미리 예약해둔 캠프 사이트까지는 차로 1시간. 사막에서 밤 운전이라니 이것 참 큰일이다. 그래도 가야지 어쩌겠나 싶어 부지런히 엑셀을 밟아 나갔다. 출구를 목전에 둔 그때,

"게이트는 이미 닫혔고 절대 열어줄 수 없어. 이곳 국립 공원의 룰이야. 그리고 너네 들어올 때 공원 입장료를 내지 않았네? 내일 아침에 오피스로 찾아가 입장료를 내고 오면 그때 보내줄 수 있어."

청천벽력 같은 소리였다. 우리는 어째서인지 밖으로 나갈 수 없고 이곳에서 아침이 오길 기다렸다가 게이트가 열리면 돈을 내고 나갈 수 있다는 것이다. 영문 모를 상황에 아시안 4인방은 온갖 언어를 다 써가며 관리자로 보이는 이와 시큐리티들에 맞섰다. 그러다 대차게 패배하였고 결국 그들의 정책에 수긍할 수밖에 없었다. 정리를 하자면 이렇다.

1. 이곳은 나미비아의 국립 공원이다.
2. 우리가 입장 신고를 한 곳은 메인 게이트인데, 안쪽에 서브 게이트가 하나 더 있었고 이곳에서 입장료를 지불했어야 했다. 우리는 서브 게이트를 발견하지 못했던 것이다.

3. 국립 공원 메인 게이트는 해가 지면 닫힌다. 그리고 다음 날 아침에야 다시 열어준다고 한다.
4. 메인 게이트를 나갈 때 그날의 입장 티켓을 다시 걷어간다.
5. 결국 우리는 국립 공원 내 마련된 캠프 사이트(외부 사이트보다 2~3배는 비싸다)에 강제로 숙박을 해야 했고, 이틀 치의 입장료를 내야 했다.

다소 어이가 없었지만 다행이었던 건 노부, 아야카, 킴 그리고 나까지 누구 하나 여행 초보가 없었다. 아무도 화를 내거나 걱정에 매몰되어 옆 사람을 괴롭히지 않았다. 모두들 이 정도 변수에는 크게 동요하지 않을 힘이 있었고 '오히려 좋아.' 마인드를 장착하기 시작했다. 물론 당황스러운 상황임은 변함없지만 이 또한 여행의 일부라 생각했다. 제대로 알아보지 않은 우리 탓이지 뭐.

"어제보다 캠프 사이트 컨디션이 좋아."
"핫샤워가 가능하대."
"아직 식당 문은 열려 있대. 저녁을 먹을 수 있겠어."
"내일 아침 일찍 일어난다면 오늘 못 간 소서스블레이에 가볼 수 있겠다!"

우리네 네 명은 어느새 급변한 상황을 받아들이다 못해 즐기고 있었고, 시원한 생맥주를 한 잔씩 들이키며 나미비아 사막에서의 또 하루를 가슴 속에 담은 채 잠을 청했다.

이 정도 퀄리티면 A++급 캠핑이라고!

04

D+19

스와콥문트[1]

"서남아프리카 안의 유럽."

좌충우돌 나미브 사막 여행을 마치고 또 다른 도시로 이동하는 날, 우리는 나미비아 서쪽 끝 남대서양 바다를 품고 있는 스와콥문트로 가기로 했다. 꽤나 먼 거리였지만 어느새 베테랑이 된 오른쪽 운전석 드라이빙이라 걱정은 없었다. 사막의 풍경을 감상하면서 가끔 야생 동물도 만나는 우연을 마주할 수 있었기 때문이다.

다큐멘터리의 한 장면이 뜬금없이 눈앞에서 펼쳐진다.

브런치라는 멋있는 이름의 '늦은 아침밥'을 먹으러 잠시 작은 마을에 들렀다. 뒷자리에 앉아 가만히 휴대폰을 뒤적이던 아야카가 약간의 낭만과 감성이 느껴지는 작은 베이커리를 발견했다며 추천했다. 꽤나 유명한 가게인지 손님들이 여럿 보였다. 신기했던 건 백인 손님이 거의 대부분이었다는 사실. 의식하지 않았지만 그러고 보니 나미비아에 와서는 유럽인의 외형을 한 백인들이 참 많았다. 마침내 찾아간 베이커리에는 어디서 공수해왔는지 궁금할 정도로 훌륭한 퀄리티의 빵이 많이 있었다. 오랜만에 맛 볼 고급 탄수화물 앞에서 잠시 선택 장애가 와, 수 분을 서성거릴 정도였다. 어렵사리 골라본 잠봉뵈르 스타일의 베이글 샌드위치를 따뜻하게 데운 후 야외 테라스로 나왔다. 그곳에는 이미 아야카와 노부가 각자 두세 개씩의 빵과 커피를 세트 메뉴처럼 정렬해 놓고 함박 웃음을 짓고 있었다. 심지어 킴은 아직 메뉴를 고민하는 중이란다. 그렇게 잠시 동안 문명의 맛(?)을 음미하며 에너지를 채워냈다.

또다시 스와콥문트로의 먼 여정을 떠나기 전, 베이커리에 딸린 화장실을 이용했다. 분명 이곳은 베이커리 이용객에게는 무료로 개방하는 화장실인데다 나는 빵과 커피 그리고 운전 간 졸음 방지를 위한 에너지드링크를 구매한 적법한 고객이었다. 볼 일을 다 본 후 손을 씻고 몸을 돌렸을 때 대략 중학생쯤 되어 보이는 현지 아이가 내게 휴지를 떼어 건넸다. 본능적으로 이것은 구걸의 일종임을 알아차리곤 '노 땡큐'라고 짧게 말하며 화장실을 나가려 했지만 아이는 내게 돈을 내야 한다고 윽박을 지르는 게 아닌가! 워낙 유사한 경험이 많다 보니 평소라면 '그러려니~' 하고 넘어갔었을 것이다. 그런데 오늘은 조금 달랐다.

"헤이 칭총! 팁 줘!"

"방금 너 뭐라고 했어?"

"팁을 달라고, 팁 말이야 팁, 칭챙총!"

"…."

"옐로 칭총 유 기브 미 팁!"

이야, 이렇게나 명확한 인종 차별과 팁 강요는 못 참지.

"당장 인종 차별을 그만둬. 나는 네가 이 베이커리 직원이 아닌 것을 알고 있지만, 지금처럼 인종 차별을 계속한다면 난 적절한 조치를 취할 거야. 내가 더 공격적으로 널 대하기 전에 조용히 하는 게 좋을 거야."

잔뜩 찡그린 표정과 의외로(?) 뚜렷한 영어로 그 작은 아이에게 겁을 주니 그는 곧바로 다음 타겟을 향해 자리를 떴다. 아무리 인종 차별에는 무시가 답이라지만 이번에는 도저히 그냥 넘어갈 수가 없었고 주변에는 현지인 외에도 많은 서양 여행객들이 있었기에 반응을 했던 것 같다.

어쩐지 백인 인구가 많은 것 같더니 나미비아는 독일의 식민지였다고 한다. 그중 스와콥문트는 휴양지로도 꽤 알려져 있는 도시다. 언젠가 안젤리나 졸리가 휴식차 방문했던 곳으로 유명하단다. 내게 스와콥문트의 첫인상은 휴양지로서의 면모보다는 유럽의 어느 소도시에 가까웠다. 도시 초입부터 만난 플라밍고 떼와 널리 퍼진 해안선, 낮고 아기자기한 서양식 건물들이 내가 아프리카에 있다는 사실을 희석시키곤 했다. 다만 플라밍고를 구경하러 길가에 차를 세우고 몇 발자국 걸어갔더니 저 멀리서 중무장한 경찰이 다가와 도난과 차량 파손의 위험이 있으니 조심하라고 경고해주었을 때 다시금 '아 맞다, 여기 아프리카구나.'라며 되뇌곤 했다.

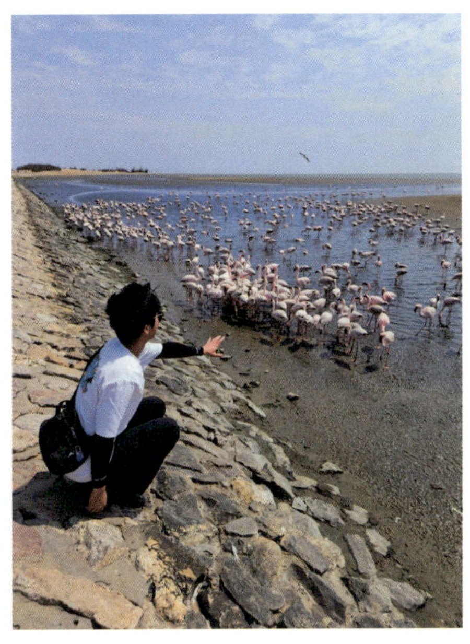

차를 담보로 구경한 홍학.

간신히 찾은 에어비앤비 숙소에 짐만 대강 내려놓은 후 케이프 크로스라는 곳으로 향했다. 사실 난 전혀 듣지도 보지도 못했던 곳이었는데 일본인들 사이에서는 꽤나 유명한 관광 포인트라며 노부와 아야카가 적극 추천하기에 어쩔 수 없이 간 곳이다. 차로도 무려 한 시간이 걸리는 거리인 데다 아침부터 부지런히 내려왔던 길을 오히려 돌아 올라가는 방향에 위치한 미지의 장소. 큰 기대를 갖지 않았지만 도착하자마자 감탄을 하지 않을 수 없었다! 수

백, 수천 마리의 야생 물개들이 육지, 바다, 해변, 바위를 모두 점령한 채 누워있었다. 어찌나 압도적이던지 물개가 사람을 무서워하는 것이 아니라 사람이 물개를 무서워하는 지경이었다. 하지만 사진은 찍고 싶었기에 슬금슬금 다가가 사진을 찍기도, '그르릉' 하고 울어 대는 물개에 놀라기도 했다. 실은 생각보다 끔찍한 야생 동물 특유의 악취에 코를 잡았다. 해가 지면 이곳을 빠져나올 수 없었기 때문에 우리는 30분간의 짧은 시간 동안 믿기지 않는 물개 무리 속에 들어가 평생 할 물개 구경을 단박에 해내고 있었다.

케이프 크로스가 지금껏 기억에 남는 여행지가 된 이유 중 하나는 자연의 신비를 바로 눈앞에서 마주할 수 있었기 때문이다. 한참을 구경하던 중 아야카의 다급한 부름에 찾아갔더니 한 마리의 암컷 물개가 새끼를 낳고 있는 것이 아닌가! 피를 잔뜩 흘리면서도 누구의 도움도 없이 끝끝내 자신의 새끼를 세상 밖에서 마주하는 모습이 정말 감동적이었다. 그런데 더욱 대단한 건 따로 있었다. 새끼를 낳자마자 그 즉시 어디선가 나타난 갈매기 떼들이 새끼와 어미를 향해 달려들었다. MBTI T성향이 강한 나마저도 정말로 눈물이 왈칵 날 만큼 안타까운 광경이었다. 어미 물개는 새끼를 지키려 소리를 꽥꽥 질러 대며 갈매기 떼를 쫓아내려 애를 썼고 갓 태어난 새끼 물개를 재빨리 입에 물어 조금이라도 안전한 곳으로 이동시키려 애를 썼다. 도와주고 싶은 마음이 굴뚝같았지만 오히려 사람이 더 큰 위협으로 느껴질까, 자연의 섭리에 균열을 일으키는 행위이지는 않을까 우려했다. 그리고 저 갈매기들도 누군가의 어미이고 아비라 생각하면 한낱 인간의 사사로운 동정심으로 감히 끼어들 수가 없었다. 서로의 생존이 달린 격렬한 사투 끝에 다행히도 어미 물개의 태반을 갈매기 떼가 취하는 것만으로 마무리되었고 새끼는 무사히 어미와 친척 물개들의 품으로 돌아갈 수 있었다. 이 장면을 처음부터 끝까지 영상으로 담은 아야카는 자연의 섭리를 눈앞에서 목격했다는 것에 감격을 했던 것인지 지금까지의 여행 여정 중 가장 행복한 여행자의 모습을 하고 있었다.

세상 모든 물개는 다 여기 있나 보다.

가끔 공격도 한다.

숙소로 돌아가는 길에는 시간상 가는 것을 포기했었던 난파선 포인트를 우연히 지나치게 되어 잠시 짬을 내 들러 보게 됐다. 난파선 역시 일본인 여행자들 사이에서 유명한 포인트인데 상상 이상으로 멋졌다. 바다 위 박혀있는 난파선은 조형물이나 일부러 만들어 놓은 것이 아닌 실제 과거 무역선이 해변으로 잘못 밀려들어오면서 난파해 지금까지 인양하지 않은 채 모습을 유지하고 있는 '리얼'이라고 한다. 무언가 스산한 기운에 가까이 가기엔 살짝 겁이 날 것만 같았다. 물론 멀리서 구경만 할 수 있긴 하다. 조수간만의 차가 굉장한 대한민국에서 살고 있는 나로서는 간조 때 걸어 갈 수 있지 않나? 싶었지만 어림도 없단다. 그저 예쁜 분위기만 담고 오는 게 좋겠다.

밤이 되면 해적들의 영혼이 나오지 않을까?

D+20

스와콥문트[2]

04

"여유의 도시."

아침부터 짐을 싸고 부랴부랴 숙소를 나왔다. 허름한 판자촌 동네에 있던 지금의 숙소가 영 탐탁치 않았는지 노부와 아야카가 계속해서 졸라대는 바람에 새로운 에어비앤비를 잡기로 했기 때문이다. 어젯밤 근처 구멍가게에 맥주를 사러 나가는 길에 두 명의 흑인 취객이 계속해서 따라 붙으며 자기네 맥주도 사달라고 하는 통에 조금 애를 먹긴 했지만 신변의 위협이 될 만한 느낌은 아니었다고 생각했었다. 그리고 한국인 동행 킴은 꽤나 다부진 덩치를 한 친구였기에 걱정하지 않았었다. 그런데 일본인 듀오는 생각이 조금 달랐나 보다. 여행 동행의 암묵적인 룰은 혹시나 내 마음에 들지 않더라도 배려심을 앞세워 모두가 불만을 가지지 않도록 하는 것임을 너무도 잘 알기에 이번엔 킴과 내가 양보하기로 했다.

그렇게 옮긴 곳은 마치 유럽의 어느 지방 부촌마을처럼 정돈된 곳에 위치해 있었고 누가 보아도 럭셔리한 단독 건물 2층에 서브로 마련한 별채였다.

화구와 주방 기물들은 당연하고 오븐, 에어컨, 심지어 세탁기까지 구비되어 있었다. 호기심과 경계 그 사이 어디쯤의 눈빛으로 우리를 바라보는 대형견 첼시의 호위를 받을 수 있음은 덤. 나중에 총액으로 정산을 했던지라 정확한 가격은 모르겠지만 아마도 아프리카 여행 중 최고가의 숙소이지 않았을까. 독일에서 이른 은퇴를 하고 나미비아로 넘어와 여유로운 삶을 살고 있는 중이라는 주인의 배려 덕분에 아주 이른 체크인을 하고, 그간 쌓인 빨랫감을 세탁기에 왕창 쑤셔 넣고는 오늘의 여행을 시작하러 나섰다.

사실 스와콥문트에는 아주 멋지거나 기막힌 여행 거리가 있지는 않다. 해안길을 따라 길게 늘어선 모래언덕을 4륜 지프차를 타고 울퉁불퉁 드라이브를 하는 '샌드위치 하버 투어'가 가장 유명한 관광 요소지만 꽤나 비싼 가격과 우리 넷 모두 비슷한 체험을 한 경험이 있어 과감히 생략하기로 합의했다. 대신 찾아간 곳은 바다와 닿은 사막을 따라 소소한 액티비티를 할 수 있는 여행 오피스. 그곳에는 카멜라이딩, 쿼드바이크, 카트레이싱을 서비스하고 있었다. 우리는 다음 일정을 위해 선택과 집중을 했어야 했고 만장일치로 쿼드바이크를 타기로 했다. 사실 ATV 등 4륜바이크라면 수도 없이 타보았기에 굳이 나미비아까지 와서 타야 할까 싶었지만 리뷰에서 찾아본 풍경이 정말 말도 안 되게 예뻤다. 바다 앞의 사막이라니, 얼마나 신묘한 광경일까!

잔뜩 기대했던 익사이팅과 멋진 풍경과의 조합은 온데간데 없이 쿼드바이크 드라이빙은 실망스러웠다. 사막을 내 마음대로 휘젓고 다니는 건 상상 속에서만 할 수 있었고 속도조차 한강변 자전거 라이딩처럼 평화로웠다. 그저 제일 앞에서 페이스메이커 역할을 하는 가이드의 뒤꽁무니만 졸졸 쫓을 뿐이었다. 20여 분을 그렇게 엉금엉금 갔을까. 노부가 참지 못하고 가이드에게 물었다.

"우리 좀 속도를 내볼 순 없어? 너무 느린 것 같아."

"보통 여성 고객이 있으면 안전을 위해 천천히 가고 있어. 저 레이디가 허락한다면 자유롭게 풀어 줄 수 있는데 괜찮겠어?"

알고 보니 그 낮은 속도감마저 겁먹은 표정을 하며 따라오던 아야카의 눈치를 보고 있었던 것이었다.

"나는 괜찮아! 빠르게 가고 나면 바퀴 자국을 따라 천천히 따라갈게."

빠른 속도를 낼 순 없지만 그룹에 피해를 주기 싫었던 아야카가 양보를 하겠다며 배려해주었다. 하지만 허허벌판 사막에 여자 혼자 덩그러니 놓고 드라이빙을 떠날 수는 없는 노릇. 가이드가 묘안을 내주었다.

"레이디는 내 바이크 뒤에 타. 이 근처에서 스피드를 즐기고 다시 돌아와 바이크를 찾으러 오면 돼. 다만 나를 꼭 잡아야 할 거야!"

그러고는 "어이 브로들, 너네 나 따라올 수 있지?" 한마디를 남기곤 쿼드바이크 스로틀을 풀악셀로 당겨 튀어나갔다.

아야카의 비명에 가까운 소리침을 따라 노부와 킴 그리고 나도 최고 속력을 내며 스피드를 즐겼다. 사막은 울퉁불퉁한 언덕과 구덩이로 이루어져 있었기 때문에 풀 스피드의 쿼드바이크는 거의 날아가다시피 쏘다녔다. 정해진 도로도 없고 속도 제한도 없었다. 잠깐이라도 멈춘다면 바퀴의 절반까지도 푹푹 빠지는 모래 덕인지 전복 사고 걱정도 없었다. 이렇게도 급변한 투어는 이제 분명 내 인생 최고의 4륜바이크 체험이라 할 수 있다! 속도는 물론 처음 기대했던 바다와 사막이 조화를 이루는 풍경도 기가 막히도록 아름다웠다. 투어가 끝날 무렵 가이드는 이렇게까지 안전 걱정을 팽개치고 자유롭게 운전할 수 있도록 허락해주는 경우는 한 달에도 몇 번 없을 정도라고 했다. 물론 팁을 받기 위한 거짓말일 수도 있겠지만 이미 신남의 정도가 하늘을 찌를 듯했던 우리는 특별해진 기분이 들어 이례적으로 높은 수준의 팁을 주었다.

죽다 살아난 이야기와 함께.jpg

이날은 사실 조금은 쌀쌀했던 날씨였다. 그런 와중에 모래바람과 바닷바람이 콜라보된 찬 공기를 온몸으로 받아내고 온 지라 급격히 춥고 피곤해짐을 모두가 느끼는 눈치였다. 전형적인 동아시아인들인 우리는 '국물 요리'가 당긴다고 했다. 해외여행을 가본 사람은 알겠지만 동/동남아시아를 벗어나면 뜨끈한 국물이 있는 요리를 보기가 쉽지 않다. 이런 사실을 알았기에 넷은 일제히 휴대폰을 꺼내 차이나 레스토랑을 찾기 시작했다. 이럴 때만큼은 지구 곳곳 어디에도 있는 중국인들이 그렇게 반가울 수가 없다. 역시나 동네에서 유명한 중국 식당이 있었고 그곳으로 차를 돌렸다. 이게 웬걸? 상당히 저렴하다! 나미비아의 물가가 그리 저렴하지만은 않은 것도 있는 데다 다른 나라의 음식을 파는 식당임에도, 요리 가격이 꽤나 만족스러울 정도로 합리적이었다.

"이것도 시키자! 이것도!"
"이건 어때? 나눠 먹으면 좋을 것 같아!"
"좋아 좋아 너무 좋아."

노곤한 몸, 긴 배낭여행을 하며 쌓인 아는 맛의 그리움, 그리고 저렴한 가격. 도저히 참을 수 없는 조건에 우리는 이성을 잃은 듯 흡입해버렸다.

배를 든든히 채운 후에는 각자 자유 시간을 조금 가지기로 했다. 킴은 아주 힙한 헬스장이 있다며 그곳으로 갔고, 아야카는 걸어서 동네를 구경하고 싶어 했다. 노부는 예쁜 카페를 보았다며 그곳에서 재택근무를 조금 할 예정이란다. 딱히 계획도, 끌리는 것도 없던 나는 숙소 바로 앞에 위치한 해변 산책

로를 구경했다. 스와콥문트의 해변은 아주 푸르른 바다라는 등 특색이 있는 모습은 아니었지만 한적하고 여유로운 힐링 장소였다. 아프리카임에도 흑인보다 백인이 더 많았고 동네 사람 모두가 반려견을 키우고 있었던 것이 기억이 남는다. 물론 부촌에 한정한 이야기지만. 실제로 조금만 코어에서 벗어나면 흑인 인구가 몰린 판자촌이 나왔고 이들에게서는 여유를 찾기가 조금 어렵기도 했다. 과거 독일의 식민지였다던 나미비아, 아직 그 모습이 남아있는 듯해 같은 처지에 있었던 나라의 국민으로서 마음 한 켠이 좋지 않았다.

저녁 식사시간이 되자 다시 모여 같이 장을 보았다. 좋은 숙소에 온 만큼 좋은 식사를 하고 싶어 평소보다 돈을 조금 썼다. 소고기 스테이크와 와인까지 준비했다. 이제는 한국인이 준비하고 일본인이 치우는 모습이 익숙해져 있는 것이 웃기기도 하고 답답하기도 하고, 뭐랄까, 참 묘했다. 독일과 나미비아의 관계를 이야기하다 문득 이들이 일본인이었음을 떠올리고는 아슬아슬한 궁금증이 생겼다.

"한국도 일본의 식민지였던 적이 있었잖아? 혹시 일본의 젊은이들은 어떻게 생각해?"

"아야카, 너는 선생님이었잖아! 학생들에게 일제 시대를 가르쳐? 교과 과정에 있어?"

"임진왜란을 알아? 정말 이순신을 싫어해?"

여행하면서는 몰랐는데, 노부와 아야카는 꽤나 교육 수준이 높은 친구들이었다. 진지한 이야기가 오가자 상당히 깊은 식견을 가지고 의견을 내주었는데 꽤 인상 깊은 시간이었다. 그리고 킴과 나를 배려했던 건지 실제로 그렇게 생각하는지는 모르겠지만, 한국과의 역사에 대해 미안한 감정을 가지고 있었고 몇몇 어른들의 잘못 때문에 일본인 전체가 욕을 먹는 것 같아 슬프다고 했다. 결론만 나열해 보자면, 일제 강점기의 시작은 일본의 발전을 위해 시작한 것이지만 그 과정과 결과는 사과를 해야 마땅한 것. 일본의 교육 과정 안에서 아이들은 학교마다 다르게 선택하는 교과서에 따라 일제를 배울 수도, 주석 정도로 짧게 언급하고 지나갈 수도 있다는 점. 임진왜란과 이순신은 교육으로 배운다기보다 워낙 한국 문화와 접하면서 자주 언급되는 부분이라 다들 어느 정도는 알고 있지만 이순신보다는 도요토미 히데요시의 대단함 위주로 알게 된다는 점 등을 알게 되었다. 아쉽게도 독도에 대해서는 말하지 않았었다. 그리고 가장 재미있는 건 아야카의 친조부모 두 분은 모두 극심한 혐한이라고 했다. 킴과 나 두 명의 한국인과 여행 동행을 했다는 것을 알면 노발대발하실 거라며. 그래도 이는 아주 소수의 문화일 뿐 자신은 한국 좋아한단다. 여행 기간 내내 노부보다 킴과 나를 더 의지했던 아야카의 모습을 떠올려보면, 맞는 말 같다.

사실 이날은 킴의 생일, 일본인 친구들이 몰래 케이크도 샀더라.

D+21

빈트후크 복귀

05

"이상한 고기."

나미비아 렌트 여행을 마무리하고 빈트후크로 돌아가는 날이다. 네 시간이 걸리는 거리인 데다, 빈트후크 도착 직후 남아프리카 공화국으로 넘어가는 장거리 버스를 타야 했기에 아침부터 분주히 준비해야 했다. 그런데 이놈의 말썽 대마왕 노부는 오늘도 뻘레뻘레였다. 전날 무슨 일인지 노트북으로 업무, 사진 정리 등을 하느라 밤을 꼬박 새웠단다. 나중에 밝히길 일본 내의 어느 프로그램을 통해 불특정 다수에게 후원을 받아 여행을 하고 있고 그 대가로 후원자들에게 여행 사진과 기록을 공유해주어야 했단다.

참 대단한 친구인 것 같긴 하다. 한때 나도 크라우드 펀딩, 카우치 서핑 등의 방식으로 무전 여행을 기획해본 적이 있었지만 현실의 벽에 부딪혀 포기했던 기억이 있다. 역시 세상엔 참 많은 사람들이 있고 각자가 본인이 그리는 그림대로 다양한 길을 가는 듯하다. 아무튼 한일 여행 그룹의 우당탕탕 나미비아 렌트 여행은 나름대로 성공적이었다고 생각한다. 이제는 내 인생 여행지가 된 나미비아라는 나라를 추억할 수 있게 되었고 이런 우여곡절의 추억들을 우리 넷이서 빈트후크로 돌아오는 내내 이야기할 수 있었다.

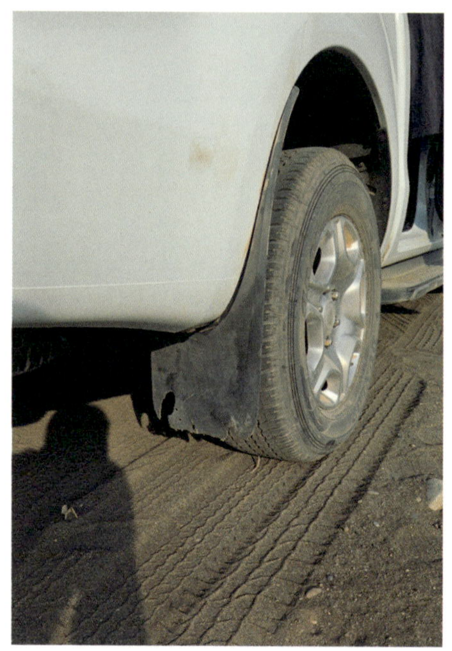

사실 차량 상태에 걱정이 많았다.

풀커버 보험을 들었던 덕에 모래사막 구덩이에 빠져 다 갈려버린 레인커버와 타이어, 이리저리 튄 돌에 긁힌 차체에 대해서 단 1원의 추가금을 내지 않고 차량을 반납했다. 내가 만약 렌터카 업체의 사장이었다면 어쩐지 가슴이 미어졌을 것 같았지만 사장님은 쿨하게 좋은 여행 이어가라며 우리를 응원해주었다. 차량을 반납하고도 남아공으로 가는 인터케이프 버스의 출발 시간까지 시간이 조금 뜬 상황, 아야캬가 기가 막힌 제안을 하나 했다.

"얼룩말 고기 먹으러 가지 않을래?"

모험을 좋아하는 배낭여행자 중 그 누가 이 괴상하면서도 흥미로운 제안을 거절할 수가 있을까. 한치의 고민도 없이 우버를 불러 아야카가 찾은 의문의 식당으로 향했다. 빈트후크에서는 꽤 유명한 식당이었는데, 다양한 종류의 아프리카 동물 고기를 맛볼 수 있었다. 얼룩말을 포함해 쿠두, 오릭스, 스프링복, 악어, 기린까지. '이것도 식용이 가능하다고?'라 할 정도로 신기한 고기 메뉴들이 마련되어 있었다. 내가 선택한 것은 부시맨 소사티라는 꼬치구이. 이것을 선택한 이유는 단 하나였다. 최대한 많은 종류의 '이상한 고기'를 먹고 싶었다. 꼬치구이에는 기린을 제외한 모든 고기가 한 덩이씩 꽂혀 나온다고 적혀 있었는데, 그날은 악어 고기가 준비되지 않아 악어 대신 기린을 준다고 했다. 오히려 좋았다! 왠지 악어보단 기린이 더 묘한 맛일 것 같았다.

이상한 고기 먹으러 가는 이상한 사람들인가?

BUSHMAN'S SOSATIE
A Great Escape
KUDU
ORYX
SPRINGBOK
CROCODILE
ZEBRA

맛있을까…?

평생 언제 이런 '이상한 고기'를 먹어볼 수 있을까. 원래도 아무 음식이나 곧잘 먹는 성향 덕에 나온 고기를 거침없이 썰어 입에 집어 넣었다. 오물오물 질겅질겅, 가장 처음 입에 넣은 기린 고기는 생각보다 맛이 괜찮았다. 조금 질긴 감이 없지 않았지만 비리다거나 특유의 누린내가 나진 않았다. 합격! 그렇게 스프링복, 오릭스, 쿠두에 이어 얼룩말까지 차례로 사파리를 맛보았다. 며칠 전만 해도 드넓은 초원을 뛰노는 이 동물들을 보며 사진을 찍고 행복해 했는데 지금은 검붉게 구워진 육류로 이들을 마주하는 기분이란… 그럼에도 오릭스가 가장 맛있었고 언젠가 악어도 먹어보고 싶다는 생각을 동시에 해버리고 말았다. 상황이 참 웃기면서도 이런 흥미로운 경험을 할 수 있음에 고맙고 행복했다.

단백질로 배를 든든히 채운 우리는 다시 한번 우버를 불러 인터케이프 버스 터미널로 향했다. 사실 원래는 나 혼자 남아공으로 넘어가는 것이었는데, 킴과 아야카가 따라온다고 했다. 빈트후크에 더 있어봐야 할 것이 없다는 계산이었다. 우리를 만나기 전 이미 남아공을 여행하고 넘어온 노부만이 보츠와나로 간다고 했다. 그 또한 원래 계획에 없던 여행을 하려던 참이라 곧 출발한다는 버스에 급히 몸을 던져 올라가는 바람에 진한 인사 한번 못 하고 헤어졌다. 렌트 여행 내내 사소한 답답함을 선물해준 그였지만 그래도 이렇게 갑작스레 떠나버리니 조금은 속상하기도 했다. 하지만 우리는 우리의 남은 여행을 또다시 준비해야 하는 법. 나는 킴, 아야카와 함께 장장 23시간이 걸리는 남아공행 인터케이프 버스에 몸을 맡겼다.

아프리카 배낭여행 아시안 4인조 해체.

6장

남아프리카 공화국

01. [D+22] 국경 이동
02. [D+23~D+24] 케이프타운
03. [D+25~D+26] 공항 노숙

D+22

국경 이동

01

"아프리카의 남쪽 끝."

나미비아와 남아프리카 공화국의 이름 모를 국경, 그곳은 불편하고 불친절하기 짝이 없었다. 어떠한 안내 방송도 없이 버스가 멈췄고 사람들을 따라 무작정 내렸다. 버스는 어디론가 사라져버렸고 깜깜한 새벽에 표지판도 없는 네 개의 건물 사이에 덩그러니 서 있게 되었다. 갈 곳은 잃은 나는 우선은 우르르 몰려가는 사람들을 따라 어느 한 건물에 들어가 나미비아 출국 도장을 찍기까지 성공했다. 그러나 문제는 그 이후였다. 남아공 입국 도장은 어디서 받을 수 있는지, 그 이후로는 어느 곳으로 가야 하는지 또 타고 온 버스는 당최 어디로 갔는지 도통 알 수 없었다. 군중들 역시 상황은 나와 마찬가지인지 모두가 어리둥절해 하고 있었다. 점입가경이었던 건 국경에는 내가 타고 온 버스 외에도 두 대의 버스가 더 들어왔다는 것이다. 더구나 그 버스들은 어디서 왔는지, 어디로 향하는지를 알 수 없어 자칫 잘못 따라갔다가는 그 길로 국제 미아가 될 것이다.

그럼에도 뾰족한 방법은 없다. 그저 같은 버스를 타고 온 사람인 것으로 추정되는 인파 속에서 함께 멀뚱멀뚱 기다릴 뿐. 눈을 동그랗게 뜨고 두리번대는 아시아인 3인이 안쓰러웠는지 누군가 다가와 남아공 국경 사무실을 알려주었다. 덕분에 무사히 입국 심사를 마치고 나오긴 했으나 여전히 버스는 보이지 않았다. 얼마가 지났을까, 어느 한 창고 같은 곳에서 우렁찬 목소리의 사내가 나와 소리쳤다.

"여권 주시고 이쪽으로 와서 본인 가방 옆에 서세요! 서둘러요, 늦으면 버스는 떠나요!"

창고 안에는 내가 타고 온 버스가 점검을 마쳤는지 시동을 켠 상태로 정차되어 있었다. 그리고 그 옆으로는 트렁크에 가득 쌓여 있던 짐들이 버스를 둘러싸고 밖으로 나와 깔려 있었다. 혹시나 유실되었을까 내심 걱정했던 내 거대하고 빨간 가방도 보였다. 각자 자신의 짐 옆에 서서 몸 수색 차례를 기다리는 승객들의 모습이 그저 신기했다. 뭐랄까, 가지 말아야 할 곳에 징용되어 들어가게 된 인질들의 모습이 이런 모습이었지 않을까.

"미스터 존 브랜던! 미스 진저 그레이스! 미스 음베와 추아브와?!"

몸 수색이 끝나고는 직원들에 의해 여권이 불출되는 장면이 펼쳐졌는데 마치 노역장에서 차례로 이름을 불러가며 형편없는 식사를 배급하는 모습을 떠올리게 해 조금 우스웠다.

여권 불출 현장의 분위기가 어쩐지 섬뜩하다.

"미스터 훈지 초!!!"

비로소 내 이름(과 비슷한 발음의 어떤 외침)이 들렸고 여권을 받아냈다. 빨간 가방도 무사했고 여권도 무사했다. 정신차리고 둘러보니 킴와 아야카도 별 탈 없이 절차를 마치고 버스에 오르고 있었다.

마침내 국경을 통과한 버스는 또 한참을 쉬지 않고 남아프리카 공화국의 해변 도시 케이프타운으로 향했다. 어느 블로거의 추천 글을 보고 발을 자유롭게 펴고 접을 수 있는 2층 가장 앞자리를 미리 예매했던 터라 편안하게 잠을 청했다. 나중에 내려서 킴과 아야카에게 듣기로는 뒷자리는 좁고 덥고 불편하기까지 해 너무 힘이 들었단다. 아무튼 잠을 자기도, 별 볼일 없는 창문

밖 풍경을 멍하니 바라보기도 하며 23시간의 버스 이동을 견딘 채 케이프타운에 도착했다.

남아프리카 공화국은 위험한 도시로 잘 알려져 있다. 납치와 강도 사건은 물론 총기 사고도 왕왕 일어나는 위험한 곳, 인종 차별에서 결코 자유롭지 않은 여행하기 적합하지 않은 나라. 그나마 케이프타운은 남아공 중에서 가장 안전하다는 도시였다. 그럼에도 선입견과 소문이 주는 압박감은 무시할 수 없었다. 그래서인지 버스 터미널에서 미리 예약한 호스텔까지는 불과 도보 10분 거리밖에 되지 않았지만 고민없이 곧장 우버를 부르기로 의견을 모았다. 우버 안에서 보는 케이프타운의 첫인상은 특별할 것 없었다. 늘어선 고층 빌딩과 휘황찬란한 간판들, 그리고 자유롭게 활보하는 사람들과 정돈된 도로. 그저 미국의 어느 대도시와 같은 모습이었다. 어쩌면 괜한 걱정이고 과장된 편견일 뿐일 수 있겠다는 생각을 했다.

아직 체크인 시간까지는 두 시간이 남은 호스텔에 짐만 먼저 키핑을 했고, 피곤했는지 혹은 아직 남아공의 인상이 두려웠는지 숙소에서 쉬겠다는 아야카를 남겨두고 킴과 나는 함께 밖으로 나섰다. 건장한 체격의 킴, 중남미 여행도 일말의 사고 없이 다녀온 나는 안전불감증 모드가 발동해, 도보 20분 거리의 워터프론트까지 걸어서 이동하기로 합의했다. 사실 잔뜩 긴장해 있긴 했다. 아직 기대하는 여행지가 많이 남아 있었단 말이다!

허나 워터프론트로 가는 길은 골목도 아닌 큰 대로 길이었고 정장을 빼 입은 화이트칼라 직장인들도 많이 보였던 덕분일까. 아무런 일도 없었다. 게다가 워터프론트는 미주, 오세아니아 나라 어디서나 흔히 볼 수 있는 항구 도시의 모습이었다. 심지어 이날은 작은 축제가 있는 것인지 거리 공연과 푸드 트럭들도 즐비한 활기찬 동네 그 자체였다. 특이한 점이 있다면, 분명 이곳은 아프리카였지만 나미비아 이상으로 백인 인구가 압도적으로 많았다는 것이다. 약간은 긴장을 푼 채 활기찬 분위기를 즐겼다. 쇼핑 센터에는 현지인과 관광객들이 섞여 아주 북적였고 푸드 코트에서 주문한 따뜻한 똠양꿍은 주문이 많이 밀린 탓에 나오는 데만 40분이 걸리기도 했다. 부쩍 추워진 날씨에 더해 비가 부슬부슬 내리기 시작했고 킴과 나는 이만 숙소로 돌아가자며 짧은 도시 구경을 서둘러 끝낸 후 워터프론트를 떠났다.

날씨가 아쉽긴 했지만 분위기는 밝다!

D+23

케이프타운[1]

02

"버킷리스트 달성의 날."

케이프타운에 오고 싶었던 이유는 두 가지였다. 첫째는 희망봉. 대항해시대에서 유럽인들의 주요 목적지인 인도로 가기 위한 필수 관문이자 현재에도 수에즈 운하를 제외한다면 아시아와 유럽을 잇는 유일한 항로. 학창 시절 역사를 좋아했고 대학교 4학년경 무역학을 공부했던 나에게 희망봉은 꼭 한 번 가보고 싶은 곳이었다. 그리고 왜인지 세상 끝에 서 있는 기분을 가져볼 수 있지 않을까 라는 작은 기대감도 있었고 말이다. 또 하나는 펭귄을 보고 싶었다. 아르헨티나 여행 당시 기회가 있었지만 예산 문제로 인해 눈물을 머금고 펭귄 보기를 포기했던 경험이 있다. 돈을 버는 어엿한 직장인이 된 지금, 적어도 돈 때문에 펭귄을 만날 수 있는 절호의 찬스를 또 놓쳐버리는 일은 없어야 했다. 그리고 오늘 비로소 이 두 가지 기대를 동시에 충족할 수 있는 날이 밝았다.

어젯밤, 킴과 아야카와 함께 남아공 여행을 같이 할 수 있는 일정과 계획을 조합하는 시간을 가졌었다. 보통 케이프타운 여행은 렌터카를 빌리거나 시티 투어 버스를 타고 투어를 해야 한다는 것이 중론이다. 하지만 짧게 인터넷 검색을 해보고 여기저기 전화를 돌려본 결과, 결코 가볍게 생각할 만한 금액이 아니라는 결론이 나왔다. 그리하여 도출된 방법은, 택시를 섭외해 종일 여행을 흥정해보는 것! 이에 맞춰 아침부터 우버보다 더 저렴하게 서비스를 하고 있는 볼트를 켜 우선 호스텔에서 희망봉까지 루트로 무작정 잡아보았다. 거리가 꽤 되는 만큼 기사들이 경쟁적으로 우리의 콜을 잡아줄 것이라 예상했지만 완전히 반대였다. 콜이 전혀 잡히지 않았다!

예상 밖의 상황에 무척이나 당황했다. 다시 구글링을 해보니 희망봉은 가는 길이 험난한 데다 차량과 드라이버에게 매기는 입장료가 있고 돌아올 때는 승객 없이 빈 차로 와야 하는 경우가 대부분이라 택시 서비스를 이용하기가 여간 쉽지 않다고 한다. 시티 투어는 이미 출발 시간을 지나버렸고 렌트를 하기엔 시간이 너무 많이 걸릴 것 같았다. 내일은 비소식이 있어 희망봉에 가는 의미가 없다. 이대로 또 포기를 해야 하나 싶었다. 무너져가는 멘탈을 겨우 붙잡으며 일말의 희망으로 볼트와 우버 콜을 막무가내로 내고 있던 참에 볼트 기사로부터 전화가 왔다.

"너네 돌아올 때도 택시를 탈 거니? 희망봉을 구경하는 동안 기다리는 비용을 보장해준다면 왕복 여정을 운전해줄게."

"완벽해! 원하는 바야, 하지만 우리는 희망봉 말고도 가고 싶은 곳들이 많아. 볼더스비치와 칼크베이에도 가줄 수 있어?"

"음, 미안하지만 그건 볼트 앱을 통해서는 할 수 없는 서비스야."

"그럼 따로 금액을 정해보는 건 어때?"

"그건 규정 위반이긴 한데…."

"아무에게도 말하지 않을게! 신고할 마음 절대 없어!"

"방법이 하나 있어. 우선 그쪽으로 갈게."

이 정도면 차량 컨디션도 훌륭해!

은인처럼 나타난 가나 출신 볼트 드라이버 토니, 이동할 때마다 서로 타이밍을 맞춰 볼트 콜을 잡아내는 방식으로 우리의 전체 일정을 함께 해주기로 했다. 3인의 아시안 투어리스트 그룹이 신기했던 건지 원래 친절한 문화인 건지 나중에 최종 정산을 할 땐 웨이팅 비용도 받지 않았다! 정말이지 케이프타운에서 만난 천사가 따로 없다. 결론적으로는 총 네 번의 볼트 운행 비용과 희망봉 입장료 정도만 지불하고 거의 프라이빗 투어와 맞먹는 퀄리티의 여행을 할 수 있었다.

희망봉은 생각보다 볼거리가 많았다. 크게는 케이프 오브 굿 호프와 케이프포인트 두 곳으로 분류할 수 있겠고 이 외에도 넓은 지역에 걸쳐 공원처럼 조성되어 있었다. 심지어 야생 동물들도 볼 수 있다! 먼저 간 곳은 케이프 포인트, 약간의 등산길을 올라가면 대서양과 인도양이 만나 커다란 파도를 일으키며 물을 섞는 장관을 내려다볼 수 있는 곳이다. 아프리카 대륙의 최남단이라는 오해가 있기도 한데 실은 '아굴라스'라는 곳이 위도상 50km 정도 더 남쪽에 있다고 한다. 그럼에도 케이프 포인트는 역사적인 의미가 있기에 단순히 멋있다, 예쁘다는 감정 이상의 무언가가 느껴지기도 했다. 감동을 받은 마음과 달리, 지형적 특성인지 바람이 무척이나 강해 가만히 경치를 구경하며 서 있을 수가 없어 아쉬움이 남기도 했다. 본인은 수도 없이 많이 올라가 보았다며 밑에서 기다리고 있던 토니는 강풍에 너덜너덜해진 채 이르게 하산한 우리를 보고 그럴 줄 알았다며 웃어 댔다. 그럼 알려 줬어야지….

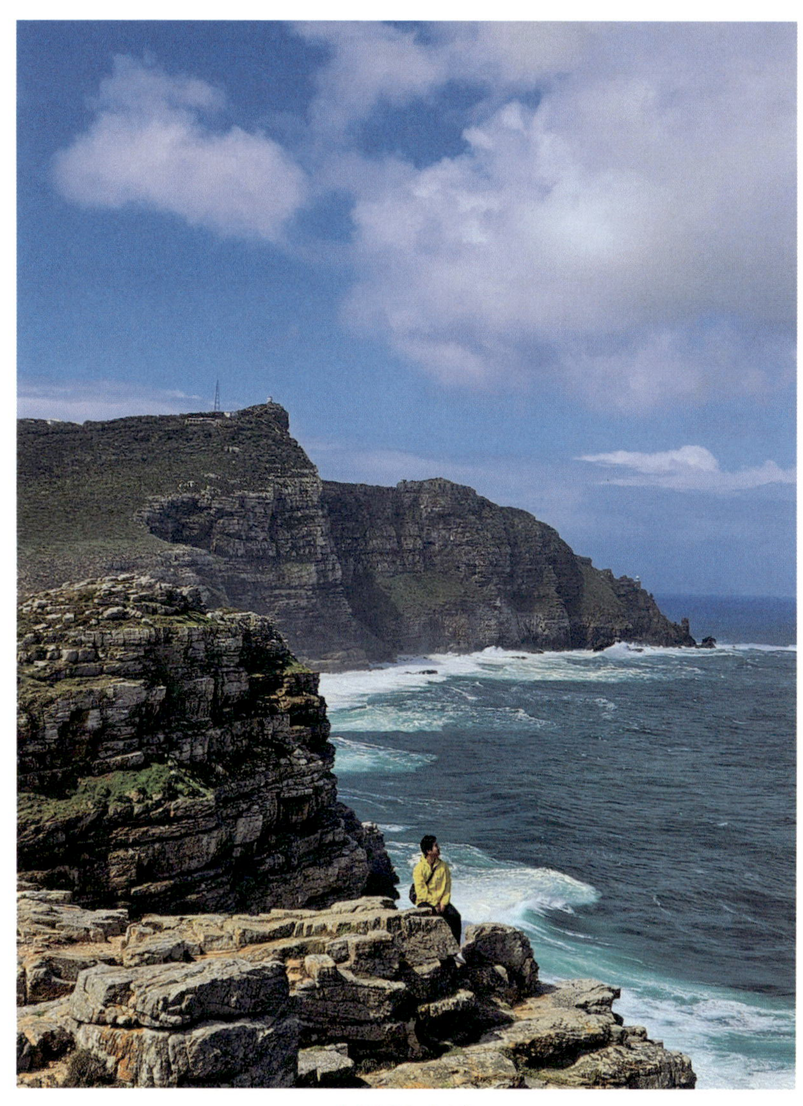

살려주세요 바람님.

케이프 포인트가 높은 곳에서 땅끝과 바다를 내려다보는 곳이라면, 케이프 오브 굿 호프는 좀 더 바다와 맞닿은 곳으로 내려가 지근거리의 풍경을 마주할 수 있는 곳이다. 근거 없는 나의 생각일 뿐이지만 아마도 케이프 오브 굿 호프는 과거 대항해시대의 유럽인들이 아프리카 대륙의 끝에 도달했다는 생각으로 실제 정박과 상륙을 했던 곳이고, 케이프 포인트는 그 이후 등대를 세우며 역사적인 이 장소를 기념하기 위해 찾아낸 장소이지 않을까. 의미 있는 장소에 도착했다는 인증을 하기 위해 케이프 오브 굿 호프라고 크게 적인 표지판에서 사진을 찍고 한참을 또 구경했다. 다행히 이곳은 바람이 그리 세지 않아 산책하기 딱 좋았다. 이번에는 토니도 우리와 함께 차에서 내려 경치를 즐기기도 했다. 이 녀석 아까는 정말 거센 바람이 싫어서 움직이지 않았던 것이구나? 조금은 배신감이 드는 것 같기도.

현지인 토니도 이 표지판에서는 사진을 찍더라.

벅찬 감정으로 마주한 희망봉을 뒤로하고 또 하나의 버킷리스트인 펭귄 구경을 하러 볼더스비치로 향했다. 사전에 알아본 바로는 펭귄들이 밀집해 있는 곳은 국립 공원을 조성해 입장료를 받는데 사실 그 옆으로 펼쳐진 퍼블릭 해변에서도 펭귄들이 헤엄치고 있긴 하다고 했다.

"토니, 꼭 볼더스비치 공원에 입장을 해야 할까? 그냥 옆에 있는 다른 해변에서 구경하면 안돼?"

"오 친구들아, 케이프타운까지 여행하면서 볼더스비치에 가지 않는 건 넌센스야. 야생 펭귄을 아주아주 가까이에서 볼 수 있는 단 하나의 기회라고."

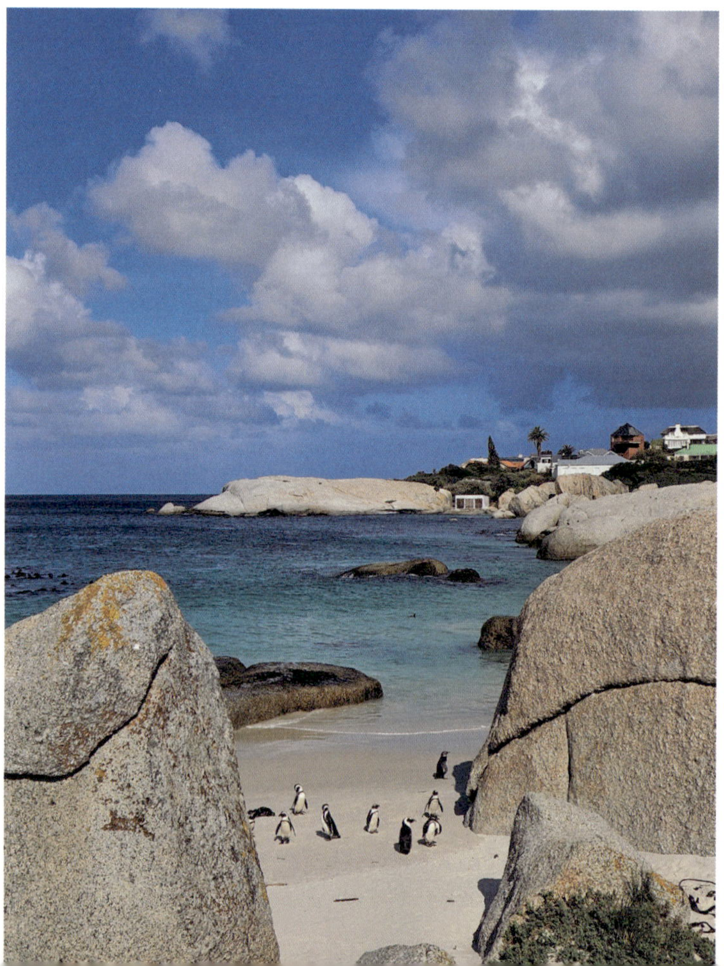

수영하는 비둘기?

토니의 추천대로 유료 공원에 들어가 펭귄들을 정말 코앞에서 만나보았다. 해변 일대를 공원처럼 조성해 두고 모래사장에서, 바위에서, 심지어 나무 밑에서까지 옹기종기 모여 지내고 있는 펭귄을 관찰할 수 있도록 만들어 놓은 곳이었다. 만지지 말라는 경고문이 없었다면 단박에 손을 뻗어 교감을 했을 정도. 하지만 기대가 커서인지 어쩐지 펭귄은 생각만큼 귀엽지 않았다. 뭔가 그냥 날지 못하고 걸어 다니는 수영이 가능한 비둘기 느낌이랄까. 아장아장 걸음걸이만큼은 유난히도 귀여웠지만 그 외에는 흔하디흔한 비둘기와 다름없다고 생각했다. 다만 언젠가 남극에 가서 황제 펭귄을 보고 싶다는 또 하나의 버킷리스트를 만들긴 했다! 귀엽진 않았지만 그래도 아르헨티나에서 못 보고 온 펭귄을 이곳에서나마 보게 되어 기분 좋은 상태로 다음 목적지를 향해 토니의 택시를 탔다.

아야카가 케이프타운에서 가장 보고 싶었다는 무이젠버그 비치. 서퍼들의 성지로 유명했고 실제로 파고가 높아 서핑을 하기에 딱 맞는 비치였다. 그러나 아야카의 목적은 서핑과는 거리가 먼 다른 것에 있었다. 바로 그곳에 길게 늘어서 있는 형형색색의 무지개 건물들을 배경으로 사진을 찍는 것. 해변가에 일렬로 늘어선 굉장히 컬러풀한 가건물을 꼭 보고 싶었다고 한다. 분명 SNS 어디선가 잔뜩 힘주어 찍은 인생샷을 보고는 홀렸던 것임에 틀림 없다. 사진엔 영 관심이 없는 킴은 해변가를 걷지도 않고 저 멀리서 얼른 찍고 오라며 우릴 기다렸다. 나 역시 서퍼 비치에 아무렇게나 세워진 가건물이 썩 와 닿지는 않았지만 어디선가 찾아 본 인생샷을 따라 남기고 싶은 마음을 이해할 수 있었기에 아야카를 따라가 전담 사진 작가처럼 카메라를 연신 눌러주었다. 오히려 아야카가 이제는 그만 찍고 가자고 했음에도 마음속 깊은 곳에서 끌어 오른 작가의 본능을 마음껏 발휘하기도.

찍어 놓으니 예쁘긴 하네.

의도치 않게 운이 들어서서 할 수 있었던 토니의 프라이빗 택시 여행을 마무리했다. 아침부터 우리의 여정을 함께 해주고 중간중간 케이프타운의 분위기까지 알려주던 토니에게 연신 고맙다는 인사와 조금의 팁을 챙겨주고는 혹시나 아시아에 올 일이 있으면 너는 프라이빗 투어 가이드가 네 명이나 있다며 언제든 연락하라는 말을 괜히 건네며 인사했다. 우리는 모두 도미토리에 머물고 있기에 숙소로 돌아간들 그리 편한 휴식이 되지 않음을 잘 알고 있었다. 자연스럽게 같은 처지의 배낭여행자들끼리 간단한 저녁 외식을 했는데 문제는 식사를 마치고 난 후였다. 해가 져버린 것이다. 하늘은 깜깜

했고 이곳은 위험하기로 악명 높은 남아공이었다. 식당에서부터 숙소까지는 그리 멀지 않은 거리였지만 겁이 나는 건 어쩔 수 없었다.

"가보자! 지켜줄게!"

여자인 몸인지라 특히 더 겁을 먹은 아야카에게 킴이 호기롭게 말했다. 나 역시 한껏 강인한 표정으로 별일 없을 거라며 아야카를 안심시켰다. 그렇게 출발한 15분간의 케이프타운 밤거리 탐험. 걱정한 것과는 다르게 케이프타운은 안전했다. 운이 좋았던 것일 수도 있으나 느껴지는 분위기라는 게 있지 않은가. 케이프타운은 확실히 안전했다. 물론 우리는 상점들이 모여 있는 큰 길가를 따라 그저 직진만 하면 되는 루트였기에 진짜 위험을 못 느낀 것일 수도 있겠지만, 담배를 피던 행인이 앞을 지나는 사람들을 위해 담뱃불을 등 뒤로 가려준다거나 마주 오는 사람을 피하려 어깨를 비켜준다거나 하는 소소한 배려들이 보이기도 했다. 당연히 좋지 않은 사례가 여기저기서 들려오는 도시라 조심하고 또 조심하는 것이 맞다. 그렇다고 너무 겁만 먹고 여행을 즐기지 못할 도시는 아니라고 생각했다. 케이프타운도 역시 사람 사는 동네인가 보다.

D+24

0
2

케이프타운[2]

"동행, 산행, 비행."

원래는 스카이다이빙을 하려던 날이었다. 나미비아에서 다른 것을 하느라 미뤄뒀던 또 하나의 버킷리스트, 남아공에서 하는 것도 의미가 있을 것 같아 잠시 양보했던 나의 꿈. 그런데 아침 일찍 눈을 뜨니 묘한 습기가 내 몸을 감싸며 쎄한 느낌을 주었다. 창문 커튼을 살포시 열어보니 아니나 다를까, 추적추적 비가 오고 있었다. 그리곤 얼마 지나지 않아 왓츠앱 알림이 울렸고 날이 흐려 스카이다이빙은 취소되었다는 메시지를 받고 말았다. 남아공 여행 마지막 날의 아침이었다.

오늘은 킴과 아야카 모두 각자 개인 여행을 하기로 했던 날이었고, 나는 스카이다이빙이 취소되면서 계획 없이 붕 떠버렸다. 그간 혹사시켜온 몸을 위해 휴식 시간을 가져야 하나, 그러기엔 당장 내일 오전 이 나라를 떠야 하는데. 그럼 이렇게 비가 오는 날 무얼 해야 하지. 4인실 도미토리 침대에 대강 몸을 누인 채 수십 가지의 고민을 하고 있었다. 내 방은 4인실이지만 나와 어느 흑인 여성 여행자 두 명이 쓰고 있었다. 비 오는 날의 케이프타운은 여행할 곳이 그리 마땅치 않은 건지, 왠지 그녀도 잠에서는 깼으나 밖으로 나가지 않고 침대에서 뒹굴고 있는 것처럼 보였다. 그리고 그녀 역시 나 또한 다르지 않음을 느끼고 있었던 것 같다.

"안녕, 좋은 아침이야. 너는 어디서 왔니? 이곳은 여행으로 온 거야?"

플로비아라는 이름의 그녀는 케냐에서 왔고 이번에 대학을 졸업하게 되어 취업 전 홀로 아프리카를 여행하는 중이라고 했다. 플로비아는 내가 여태껏 본 케냐인 중에서 가장 멋있고 진취적인 사람이었다. 엔지니어링을 전공하고 10년 뒤에는 본인의 사업을 하고 싶다는 포부를 뜬금없지만 내게 말해주기도 했는데, 가장 기억에 남는 것은 그녀는 케냐에서 잘나가는 부잣집 딸인 것 같았다! 케이프타운으로 오는 길에 휴대폰을 도난당했지만 도시 입장료라 생각하기로 했다는 이야기를 말해주기도.

"오늘은 계획이 없어? 너 매번 아침 일찍 방을 나섰잖아. 오늘은 오전엔 나가지 않는 거야?"

"예약했던 스카이다이빙이 취소되었어. 딱히 갈 만한 곳이 떠오르지 않는데 추천해줄 수 있어?"

"나와 함께 라이언 헤드에 가지 않을래?"

케이프타운에는 두 개의 산이 유명하다. 테이블 마운틴과 라이언 헤드. 산 정상이 마치 책상과 같이 평평하다는 푸른색의 테이블 마운틴과, 그 형태가 사자의 머리를 닮아 있다는 돌산 라이언 헤드. 둘 모두 케이프타운 전경을 한눈에 담을 수 있는 뷰 포인트로 알려져 있다. 플로비아는 그중 케이블카를 타고 비교적 쉽게 정상에 오를 수 있는 라이언 헤드에 올라 가벼운 산책과 함께 도시를 내려다보자고 제안했다. 계획은 틀어졌고 마땅한 대안이 없는 하루였기 때문에 거절할 이유가 없던지라 흔쾌히 그녀와 동행하기로 하고 빠르게 외출 준비를 했다. 오래 걸리지 않아 숙소를 나선 우리는 볼트를 불러 라이언 헤드 초입에 도착했다. 내리던 비는 점차 줄어들고 있었고 저 멀리서는 구름이 걷힌 맑은 하늘이 보이기도 했다. 기대에 찬 플로비아와 나는 당연하게도 케이블카를 타고 라이언 헤드에 오르려 했다. 그런데

'Not Operate due to weather conditions'
(날씨 상황에 따라 운영하지 않음)

케이블카는 닫혀 있었다. 산 정상까지 이어진 만큼 아직은 날씨가 충분히 개지 않았나 보다. 그렇다고 이대로 돌아갈 수는 없었다. 플로비아가 체력에 자신 있었는지 바로 옆으로 나 있는 테이블 마운틴 하이킹 코스를 가리키며 등산을 하지 않겠냐고 물었다.

"당연하지! 가보자!"

그렇게 정상까지 두 시간 반이 걸린다는 테이블 마운틴 하이킹이 시작되었다. 비가 여전히 미스트처럼 내리고 있었고 하이킹 코스는 경사가 꽤 가파른 고난도의 하이킹이었다. 가볍게 마음먹고 올 만한 곳은 아니었고 실제로 왕

왕 지나가는 등산객들은 하나같이 장비까지 풀 세팅을 하고 있기도 했다. 케이블카와 산책 정도만을 생각하고 온 우리에게 결코 쉽지 않은 도전이었다.

“먼저 가, 천천히 따라갈게. 여기 너무 힘들다.”

결국 플로비아는 낙오했다. 동행을 잃고 산 중턱으로 갈수록 엄청난 경사가 날 반겨주고 있었지만 다행히 평소 꾸준히 축구를 운동 삼아 하는 사람인지라 체력에는 자신이 있었다. 게다가 등산을 하는 시간 동안 테이블 마운틴 쪽은 확실히 날이 개고 있었다. 오히려 라이언 헤드에 억지로 올라갔다면 먹구름 때문에 아무것도 보지 못했을 것이다. 구름이 모두 그쪽으로 흘러가고 있었기 때문.

거의 다 오르니 하늘이 갰다?

정확히 두 시간 반이 꼬박 걸려 정상에 올랐다. 고된 여정 끝에 도착한 테이블 마운틴 정상은 그간의 힘듦을 씻어내기에 충분했다. 어느 블로그에서 설명해준 것처럼 정말로 케이프타운 전체를 내려다볼 수 있었다. 빈민촌, 부촌, 내가 묵고 있는 숙소, 그리고 번화가와 첫날 가보았던 워터프론트까지. 고진감래라 그랬던가, 정말 예쁜 풍경이었다. 그런데 문제가 하나 있다면, 너무너무 추웠다는 것. 그렇지 않아도 비와 땀에 젖은 몸인데 산 정상에 불어오는 바람과 낮은 온도에 온몸이 바들바들 떨렸다. 그나마 옷이 막아주는 몸은 그렇다 쳐도 맨살로 그 모든 환경을 견뎌야 하는 손은 결코 성치 않았다. 그래도 사진은 찍어야 하지 않겠나! 동행했던 플로비아는 머리카락 한 올 보이지 않을 만큼 낙오한지라 찍어줄 사람이 없었지만, 그간 홀로 여행해 온 일명 짬에서 나오는 바이브가 있다. 바위에 올리고, 옷을 뭉쳐 지지대를 만들고, 주변 기물에 걸쳐 놓고 이리저리 뛰어다니며 멋진 사진을 건지려 고군분투 하고 있었다.

한국인이 사진을 잘 찍는다는 건 이제 전 세계인이 모두 아는 명제인 듯했다. 정상에 오른 다양한 국적의 외국인들이 내게 사진을 찍어 달라 요청했다. 아시안들은 모두들 어디로 갔는지 그날 테이블 마운틴에서는 내가 유일한 황인종이었기에 사진 요청은 더욱 내게 집중되는 듯했다. 이후 킴과 아야카가 말해 주길, 아시안들에게는 라이언 헤드가 더 유명해 그곳으로 몰렸고, 오히려 테이블 마운틴이 케이블카를 타고 가야만 하는 줄 안다고 했다. 그곳을 오롯이 등산으로 오른 나를 기이하게 쳐다보며. 아무튼 고난의 등산 후 예쁜 전망은 아주 잠깐 즐겼을 뿐 외국인들의 무료 사진사가 되고 말았다. 그들 역시 내 사진을 찍어 주긴 했지만 역시나 만족할 만한 예쁜 사진은 결국 건지지 못했다. 결국 중국 투어 그룹이 올라온 후에야 코리안 포토그래퍼 무료 봉사를 겨우 마칠 수 있었다.

뾰족하게 솟은 돌산이 라이언 헤드, 올라와서 보니 예쁘다.

혼자 찍는 게 더 잘 나오는 것 같은 건 기분 탓인가?

이곳까지 오른 노력이 아까워 추위에 떨면서도 한 시간을 더 구경했다. 도저히 추위를 못 견딜 정도까지 미련하게 버틴 것이었는데, 하산을 하기엔 앞으로의 일정에 영향이 있을 것 같았다. 비용이 조금 아까웠지만 혹시 모를 컨디션 악화를 예방하기 위해 내려가는 것은 날이 개어 운행을 재개한 케이블카를 이용하기로 결정했다. 케이블카, 정말 편하더라. 역시 문명은 위대한 것임을 다시 한번 깨달았다. 케이블카에서 내렸더니 보이는 광경은 나를 아주 놀라게 했다. 그날은 월요일이었고 휴가철도 아닌 평범한 날이었는데, 상행 케이블카를 기다리는 줄이 어마어마했기 때문이다. 아까 잠깐 언급한 블로그에서 '케이블카 대기 시간 기본 몇 시간대이니 일찍 움직이세요.'라고 경고해 준 바 있었는데, 정말이었다. 눈대중으로는 적어도 꼬박 한 시간 반은 기다려야 할 것 같았다. 아니 무슨 놀이공원도 아니고 말이야.

숙소에 돌아오니 플로비아의 자리가 비어 있었다. 여전히 고군분투하며 오르고 있는 듯했다. 그래도 포기하지 않음에 속으로 박수를 쳐주었다. 그리고 남아공 여행을 마무리하는 짐을 주섬주섬 정리했다. 이제 다시 아프리카 대륙의 북쪽으로 이동할 예정이다. 동선상 비효율적이긴 하지만, 비행기 티켓을 예매할 당시 비용상의 우위로 선택한 루트였다. 몸은 건강하지만 돈은 아끼고 싶은 배낭여행자의 숙명이랄까. 다음에 언제 또 아프리카 대륙의 남단에 오게 될지는 모르는 일이지만 이곳에 내 추억과 행복을 새기려 거리의 분위기, 냄새, 소리를 꾹꾹 담았다.

"큰 탈 없이 종단을 마치게 해주어 고마워 아프리카야!"

D+25~D+26

03

공항 노숙

"아프리카, 남에서 북으로!"

예정보다 조금 일찍 눈을 떴다. 숙소로부터 도보 거리에 꽤 예쁜 사진 스팟이 있다고 해서 구경이라도 해보고 싶었기 때문이다. 그리고 장시간 비행 이동을 앞두고 마지막까지 꽉꽉 채워 여행을 하기 위한 목적도 있었다. 보캅 거리, 원색으로 쨍하게 칠해진 건물들이 언덕 위에 줄지어져 있다는 곳, 한국인들이 특히 선호하는 채도 높은 사진을 찍기에 좋은 곳으로 유명하다.

무이젠버그 비치에 있던 알록달록한 색감의 건물들이 아는 사람에게만 알려진 스팟이라면, 보캅거리는 케이프타운 유명 여행지에 절대 빠지지 않는 대중적인 곳이랄까. 다만 이곳은 언덕이라 혼자서 셀프 사진을 찍기엔 구도가 적합하지 않은 점이 아쉬웠다. 그저 눈으로 담고 풍경 사진으로 만족해야 했지만 케이프타운 마지막 여행 장소로써 도시의 인상을 바꾸기에 아주 적합하다는 생각을 했다. 처음 남아공에 도착해 인터케이프 버스에서 내렸을 때의 긴장감과 막연한 두려움, 그리고 머리를 자꾸 맴도는 편견과 무서운 소문들이 지금 이 형형색색의 거리를 보는 지금 내가 같은 도시에 있는 것이 맞나 싶은 느낌이 들었다. 그만큼 케이프타운이 마음에 들었던 거겠지.

무서움과 귀여움은 한끗 차이?

숙소로 돌아와 짐을 들고 체크아웃을 했다. 킴과 아야카도 작별 인사를 하기 위해 로비에 나와 있었다. 어쩌다 보니 일수로는 무려 10일이나 같이 여행한 소중한 동행들. 우여곡절도 분명 있었지만 헤어지는 순간에는 아쉬움만 가득하다. 킴이 운영하는 식당에 꼭 방문하리라, 언젠가 아야카가 한국에 온다면 반드시 집에 초대해 멋진 식사를 대접하리라 약속하고 공항으로 가는 볼트 택시에 탔다. 마지막까지 강도, 사기의 위험에서 벗어날 수 없었기 때문에 귀중품은 가슴 속에 꼭 품고 말이다. 긴장은 했지만 이것이 남아프리카 공화국이라는 생각에 괜히 웃음이 나기도 했다.

다음 목적지인 이집트, 더 정확히는 룩소르에 가기까지의 여정은 아주아주 멀고 험난하다. 13시 케이프타운에서 출국해 같은 날의 끝자락인 23시 55분에 카타르 도하 공항에 도착한다. 그리곤 약 8시간가량 기다림의 미학 공항 노숙을 하며 시간을 때우다, 다시 비행을 떠나 이집트 카이로에 도착하게 된다. 새로운 나라에 랜딩한 기쁨을 잠시 뒤로하고 국내선 공항으로 이동해 룩소르행 비행기를 타야만 하고, 비로소 룩소르에 도착하면 저녁 8시가 훌쩍 지나 있을 것이다. 어찌저찌 배를 채우고 짐을 풀고 나면 분명 잠을 잘 시간일 것. 그리곤 다음 날 아침 한국에서부터 예약해둔 투어에 참여하기 위해서는 새벽 5시부터 일어나 외출 준비를 해야 하는 일정이다. 실컷 케냐에서부터 남아공까지 하행 종단을 애써 해놓고는 다시 위로 올라가야 한다는 사실은 자칫 비효율적인 일정인 것처럼 보이지만, 이 모든 건 나름대로 비용 절감과 체력 분배를 심도 있게 고려한 스케줄이기도 하다.

특히 짚고 넘어가고 싶은 부분은 바로 공항 노숙 부분인데, 일반적으로 폭발적인 피로 축적의 원인이라 기피 대상인 공항 노숙이 내게는 오히려 충전과 휴식의 시간이 되었다. 가난한 배낭여행객 신분인지라 늘 여행지에서는 다수의 사람들과 공간을 나눠 쓰는 도미토리에서 지내는 데다, 식비 절약을 위해 간편식 위주로 먹으며 다니게 된다. 그러나 공항에는 비장의 무기처럼 아껴두었던 라운지가 있다!

라운지에는 뷔페식으로 마련된 다양한 음식들이 준비되어 있고 호텔급 샤워 시설은 물론, 어쩌면 침대 수준으로 마련된 수면 공간도 찾을 수 있다. 자리만 잘 찾는다면 그동안 지내왔던 호스텔 도미토리 숙소보다 월등히 나은 컨디션에서 휴식을 취할 수 있는 공간이 된다! 그리고 한국에서 여행 계획을 세울 때, 분명 카타르 도하 공항엔 24시간 운영하는 라운지가 있다고 했다. 실제론 라운지 이용 제한시간이 4시간으로 한정되어 있어 몇 시간 동안은 공항을 서성여야 했지만, 역시 기름국의 위엄이 여기서 나타나는지 무려 수면실이 마련되어 있었다. 정말 돈이 최고다. 그간 가지고 있던 인천공항 보유국 자부심을 여기서 깔끔히 정리하기로 했다. 그렇게 기름국의 축복 아래 수면실과 라운지를 가득히 즐기며 체력을 충전할 수 있었다. 장기 여행 중인 내게 이보다 완벽한 무료 휴식은 또 없을 것이다.

실은 이집트의 수도 카이로에 도착한 후 국내선으로 환승하기 전 또 한 번의 라운지 휴식을 기대했지만, 아쉽게도 국제선 공항과 국내선 공항은 별도의 건물에 마련되어 있던 탓에 입국 절차를 밟아야 했고, 입국하는 승객을 위한 라운지와 국내선 승객을 위한 라운지는 그 어디에도 없었다. 특히 카이로에서 룩소스로 가는 국내선 공항은 컨디션도 썩 훌륭한 편은 아니었기에 이때는 피로를 조금 많이 쌓아버렸던 것 같다.

32시간을 꼬박 이동 시간에 할애한 끝에 이집트 역사와 문화의 집성지 룩소르에 도착할 수 있었다. 사실 카이로 공항에서부터 불친절과 새치기는 기본일 정도인 무질서를 목격했었다. 이에 더해 이곳 룩소르에 도착하자마자 호객, 사기, 구걸에 대해 느슨해진 경계심을 다시 한번 꽉 조이게 되었다. 화장실을 이용하고 난 후 세면대로 이동하는 사이 어느새 다가온 현지인이 물을 틀어주고 휴지를 뽑아다 건네면서 돈을 요구하는 사태를 경험하고 말았기 때문이다. 잠시 잊고 있었는데 이집트 역시 아프리카다!

룩소르는 영어가 통용되지 않는 지역이다. 인드라이브라는 택시 어플을 사용해 어렵사리 콜을 잡았지만 기사님은 자꾸만 아랍어로 내게 차 번호와 픽업 위치를 설명했다. 내가 아랍어를 알 턱이 있나. 내가 아는 아랍어라곤 슈크란(감사합니다)과 인샬라(신의 뜻대로)밖에 없다. 사실 하나 더 있다, 알라후 아크바르(알라는 위대하다). 아무튼 도저히 타협점이 보이지 않자 케냐 입국 때 효과를 보았던 '냅다 현지인 도와주세요 찬스권'을 사용하기로 했다. 근처에 있던 행인에게 전화기를 들이밀며 "넘버! 넘버! 카 넘버!"를 외치니 아니나 다를까 택시 기사가 근방으로 오는 게 아닌가. 의외로 사례를 요구하지 않는 현지인에게 슈크란을 연신 외쳐대고 택시에 올랐다. 아참, 이 나라는 숫자를 아랍어로 써 놓았더라.

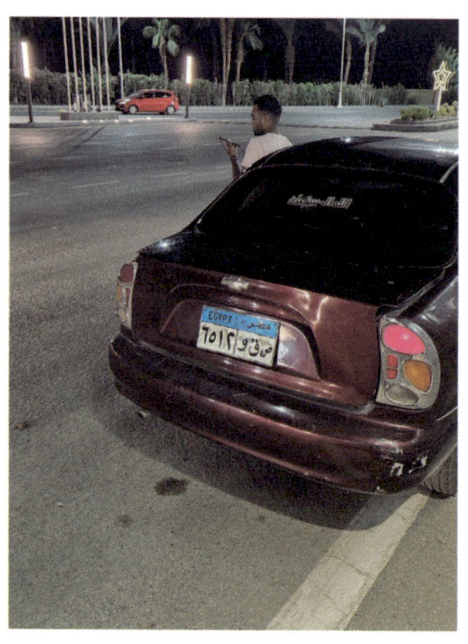

이 번호판을 내가 어떻게 찾으라고… (7019 아님)

에어비앤비로 예약한 숙소는 굳게 닫혀 있었다. 통화상으론 3분만 기다려 달라더니 15분이 지나서야 호스트가 나타났다. 참 길고 긴 여정 중 쉬운 일이 하나 없다고 생각했다. 숙소의 청결 상태가 썩 좋지는 않았지만 호스텔보다야 나았다. 여행 막바지라 혼자 편히 자고 싶은 마음에 그나마 저렴하게 나온 에어비앤비를 찾은 것이었다. 더구나 끊김 없는 핫샤워와 빵빵한 와이파이가 있어 오히려 만족하기로 했다. 짐을 풀고 간단히 샤워와 빨래까지 마친 후 미리 눈여겨보았던 숙소 앞 식당에 들러 보았다. 무얼 먹어야 할지 몰라 식당 주인에게 추천을 받았는데 85이집션파운드, 한화 2,500원에 아주 훌륭한 식사 한 끼가 나왔다. 양도 많고 맛도 있는데 심지어 저렴하기까지. 이집트의 물가를 단박에 실감할 수 있었다. 그리고 나중에 깨닫게 된 건 추천받아 시켰던 음식은 바로 이집트에 오면 반드시 먹어봐야 한다는 전통 요리 코샤리였다.

어쩐지 개밥 같지만 상당히 맛있다!

"혹시 맥주는 없어? 오늘 무척 힘이 들어서 시원한 맥주를 좀 마시고 싶은데."

"무슨 소리야! 나 감옥에 가기 싫어!"

"감옥이라니? 아! 여기 이슬람 국가구나 미안해. 그럼 맥주는 어디서 살 수 있어?"

"몰라 묻지 말아줘, 나 감옥 싫단 말이야."

"아는 것도 문제가 되는 거야? 이런…."

장기 여행 중 술을 마시지 않고 하루를 마무리한 날이 며칠 없는데, 오늘이 그 며칠 중 하루가 되었다. 그것도 가장 맥주가 당기는 날인데 말이다.

7장

이집트

D+27

룩소르[1]

01

"서안 (그룹) 투어."

룩소르는 이집트의 경주라는 별명에 걸맞게 이집트의 역사 유적지를 투어하기 위해 방문하는 곳이다. 이러한 룩소르 여행은 크게 두 섹터로 나눠 할 수 있다. 서안과 동안. 룩소르를 관통하듯 흐르고 있는 나일강을 기준으로 강의 서쪽, 동쪽을 여행하는 것이다. 간혹 도전 정신이 투철한 배낭여행객들이 낙타나 마차를 타고 홀로 여행 포인트를 찾아가는 방법으로 돌아다니는 경우가 있긴 하지만 일반적으로는 투어를 찾아 여행하는 편이다. 나 역시 한국인 사이에서 가장 유명하다는 투어사를 미리 예약했었다. 물론 전부 다는 아니고 유적지 간 거리가 멀고 이해하는 데 설명이 필요한 서안 투어만. 자유 여행에 더 만족감을 느끼는 나도 서안 투어만큼은 예약하는 데 고민이 없었다. 룩소르의 투어는 물가 탓인지 가격이 그리 비싸지 않았고 어느 한 나라를 길게 여행할 때 아주 초반에 투어를 하며 가이드에게 여행 꿀팁을 듣는 것도 나만의 여행 노하우이기도 한 이유에서다. 귀국 후 얼마 지나지 않았을 때 본 TV 예능 프로그램 〈니돈내산 독박투어〉에서 이 투어가 나와 아주 반가운 마음으로 시청하기도 했다.

아침 5시 55분에 숙소 근처로 픽업을 온다는 말에 새벽부터 일어나 준비를 했다. 살인적인 더위로 유명한 이집트의 따가운 햇살과 자외선으로부터 나를 보호할 썬크림과 팔토시를 챙기는 것이 주요 임무였다. 아프리카 여행을 하며 워낙 뽈레뽈레 문화와 한껏 너그러운 시간 개념에 익숙해져 있었다 보니 정시에 정확히 도착한 투어 버스가 낯설게 느껴졌다. 다만 이 감정은 버스에 탑승하자마자 이해가 되고 말았다.

"같이 오신 분은 빈자리 없이 붙어 앉아 주세요!"
"지금 어떤 커플이 오고 있다니까 3분만 기다렸다 갈게요~"
"여러분 투어 시작되면 절대 늦게 오면 안 돼요, 나 그냥 갈 거야."

분명 이집션의 외모를 한 가이드인데 어디서 배웠는지 웬만한 한국인보다 한국어를 더 잘하는 게 아닌가! 그는 투어 내내 완벽한 한국어 솜씨를 뽐냈는데 '섭정'이라든지 '도로아미타불'과 같은 고급스러운 단어를 언급할 때면 내 앞에 있는 유적지보다 가이드가 더 신기해 눈길을 빼앗길 정도였다.

서안에는 '왕가의 계곡, 하트셉수트의 장제전, 하부신전, 멤논의 거상' 이렇게 총 네 군데의 이집트 고대 문명 유적을 돌아볼 수 있다. 꽤나 여행을 많이 해왔던 사람 중 한 명인지라, 웬만한 인공물(이를테면 건물)로는 감동이 오지 않는 편이었다. 하지만 이집트는 그 의미가 사뭇 다르지 않나. 어줍잖은 고대 문명은 명함도 못 내미는 고대 중의 고대, 과거 중의 과거를 마주할 수 있는 곳이 이집트라고 했다. 서안으로 이동하는 내내 어쩌다 몰락했을까, 어쩌다 숨겨졌을까, 그 긴 시간 동안을 버틸 만큼 견고한 건축 기술을 또 어떻게 알게 되었을까. 아직 보지도 않은 유적들에 대해 의문과 기대를 가지곤 했다. 나 아직 건축물 좋아하는구나?

첫 번째 목적지였던 왕가의 계곡은 도굴꾼들을 피해 아무것도 없는 돌산 혹은 돌계곡에 약 60여 개 정도 되는 왕의 무덤을 만들어 놓은 곳이다. 이곳에는 고대 이집트 왕의 묘는 물론이고 왕비, 왕자와 공주, 심지어 왕족이 기르던 애완동물의 묘도 있다고 했다. 일부 묘는 내부로 들어갈 수 있도록 되어 있는데 그 안에는 천장과 벽을 둘러싼 상형 문자와 그림이 가득했다. 이곳이 일부러 만들어낸 박물관이 아닌 고대인들이 남기고 간 유산이라는 점을 도저히 믿기 어려웠다. 심지어 흑백이 아닌 컬러다.

왕가의 계곡과 그리 멀지 않은 곳에 위치한 두 번째 장소, 하트셉수트의 장제전. 여성의 몸으로 파라오의 자리까지 오른 하트셉수트 여왕의 장례 신전이다. 그간 매체를 통해 접해왔던 이집트의 고대 건축물과는 조금 다른 모습이었다. 상당히 정돈되어 있고 네모반듯했으며 심플했다. 어쩐지 모던하다고 느껴지기도 했다. 이곳에서는 사실 큰 기억이 없는데 그 이유는 미칠 듯한 더위가 온 정신을 지배했기 때문이다. 같은 투어 그룹에 참여하고 있는 다른 여행자들은 어떻게 알고 준비를 했는지 양산에 선글라스는 당연하고 휴대용 선풍기, 일명 손풍기를 들고 왔더라. 여러 나라를 여행하던 중 마지막 하나 남은 여행지로서 이집트를 마주한 나와는 다르게 이들은 이집트를 위해 모든 것을 준비했겠지. 다른 것은 참을 수 있었으나 손풍기는 정말이지 너무나 부러워 혼났다. 그렇게 내게 하트셉수트의 장제전은 손풍기가 필요한 모던한 건축물이 되어버렸다.

왕가의 계곡에 오면 내가 이집트에 있구나가 느껴진다.

왕 크니까 왕 멋있다! (하트셉수트의 장제전)

어디선가는 꼭 들어봤을 만한 이름의 파라오, 람세스 3세의 장제전인 세 번째 목적지 하부 신전. 그 옛날 고대인들이 도대체 어떻게 이렇게 커다랗고 높은 기둥을 세웠을까, 저 거대한 그림은 어떻게 그렸을까를 되뇌게 만드는 곳이었다. 왕가의 계곡에 있는 무덤 안 상형 문자와 그림들을 폰트를 키워 이곳으로 복사 · 붙여넣기 한 것처럼 온통 상형 문자가 채워져 있었던 점이 기억에 남는다. 하지만 가장 뚜렷하게 기억하는 것은, 이곳이 한국어를 유난히도 잘하는 이집션 투어 가이드의 한국인 맞춤 능력을 뽐내는 자리였다는 점이다. 어디선가 가르침을 받은 것인지 한국인이 좋아하는 사진의 각도와 프레임 맞추기로 투어에 참여한 여행자들의 인생샷을 사정없이 찍어주는 시간을 가지는 것이 아닌가! 찐현지인들에게 맡긴다면 분명 팁을 달라며 늘어질 것이 뻔했는데 우리의 하프(Half) 코리안 가이드님께 부탁할 수 있다니 이건 기회야!

마지막 장소인 멤논의 거상, 마치 진격의 거인이 생각나는 거대한 조각상 한 쌍이 웅장하게 앉아있는 곳이었는데, 이곳에서도 그의 사진에 대한 자부심은 끊이질 않았다. 연신 '사진 찍을 사람?', '핸드폰 주고 저기 서세요.', '여기가 사진 잘 나와요.'라며 외쳐대는 탓에 원 없이 찍고 나올 수 있었다. 다만 그가 능력을 뽐냈고 자부심이 있는 것이라는 데에는 동의할 수 있으나, 훌륭한 포토그래퍼라고는 말 못 한다. 수백 장의 사진 중 프로필 사진으로 삼을 만한 것을 단 하나도 건지지 못했으니 말이다.

멤논의 거상을 끝으로 정오가 채 되지 않아 서안 투어가 마무리되었다. 나를 제외한 모든 투어 그룹원들은 한 시간 정도의 점심시간을 가지고 동안 투어를 이어서 한다고 했기에 홀로 버스에서 내려 터덜터덜 숙소로 돌아갔다. 와중에 서로 사진을 찍어주다 친해진 신(God은 아니고, 성이 신 씨라서)과 각자 오후 시간을 보낸 후 저녁에 같이 여행을 하기로 약속하기도 했다. 그리고 어쩌다 보니 신과는 추후 카이로 여행까지 같이 하게 된다.

D+27

룩소르[2]

01

"동안 (셀프) 투어."

30분간의 달콤한 낮잠을 자고 일어났다. 이 낮잠이 없었다면 모르긴 몰라도 앞으로 남은 여행에 어떤 사단이 났을 것이다. 그 어떤 영양 수액보다 효과가 있었다. 본격적인 동안 여행을 시작하기에 앞서 간단한 점심식사를 해결하러 숙소 근처 꽤 괜찮아 보이는 식당에 들렀다. 이집트 버전 김밥천국이 바로 여기인 것인지 수십여 가지의 메뉴들이 있어 눈이 핑핑 돌 뻔했다. 압도적으로 많은 수의 음식에 고민을 거듭하던 찰나, 어디선가 들어본 발음의 영문 글자가 눈에 띄었다. '쿠나파'. 중동의 지역의 대표 디저트로 유명한 쿠나파를 발견했다! 치즈와 시럽이 잔뜩 들어간 감자전의 모양을 한 중동 디저트. 특히 라마단 기간에도 먹을 수 있는 음식으로 알려져 있다. 시키지 않을 이유가 없었다.

쿠나파. 얇은 채 감자전 혹은 뢰스티를 닮았다.

소고기 피자 한 판과 쿠나파. 생각보다 거한 식사를 하고 말았다. 피자는 예상했던 무난한 보통의 맛이었고 (그래서 만족스러웠고) 쿠나파는 역시나 맛있었다. 실은 첫 한 입은 무슨 세상에 이런 맛있는 디저트가 있을까, 한국에서는 맛 볼 수 없을까 싶을 정도로 너무너무 맛있었다. 하지만 시럽의 강한 단맛과 잔뜩 들어간 치즈 때문인지 세 번째 조각을 입에 넣고 나서는 이 정도면 그만 먹어도 되겠다는 생각이 강해져 버렸다. 그렇게 남아버린 쿠나파와 피자 몇 조각을 포장한 채 숙소로 돌아가 잠에 들기 전 맥주와 함께 먹을 안주로 보관해 두었다.

동안에는 세 곳의 여행 스팟이 있다. 카르낙 신전과 룩소르 신전 그리고 엘수크 시장. (실은 엘수크가 곧 시장이라는 뜻이다) 아부다비에서 4개월간 살았던 경험이 있는지라 중동의 시장이 어떤 모습일지 너무 예상이 가는 바람에 시장을 둘러보는 것은 우선 뒤로하고 카르낙 신전으로 향했다. 날씨가 건식 사우나에 들어온 것처럼 후끈후끈했기 때문에 낙타나 마차를 타는 것은 과감하게 포기해버리고 인드라이브 택시를 이용했다. 이는 아주 탁월한 선택이었다. 고대 도시 룩소르에서도 현대 문명은 필요하다.

카르낙 신전은 여느 신전과 비교해도 가장 넓고 거대했다. 분명 멋있는 곳임에 틀림없었다. 그러나 문제가 하나 있었다. 세상 룩소르를 여행하는 모든 중국인이 한날 한시에 카르낙 신전으로 모이자고 약속한 듯 이곳을 점령했다는 사실이다. 성조 언어에서 오는 특유의 리듬을 타는 대화 소리가 신전을 가득 메우고 있었다. 굉장한 낭패였다. 그들이 내게 피해를 주는 것은 아니었지만, 내게 이곳은 다른 유적지와 비교해 기대가 큰 곳이었기 때문에 이들의 점령이 불편한 것은 사실이었다. 실은 카르낙 신전에는 친한 동생이 이곳을 여행하다 일명 인생샷을 건져 한동안 프로필 사진으로 올려둔 것을 보고 상당히 부러워했던 장소가 있었다. 나 또한 그와 똑같은 인생샷을 건져볼 의지로 삼각대까지 챙겨 왔단 말이다! 그런데 도저히 이들을 뚫고 사진을 찍을 수가 없었다. 눈물을 머금고 몇 장 대강 찍고는 호다닥 철수하기로 결정. 일찌감치 투어를 마치고 식당에서 더위를 식히며 날 기다리던 동행 신을 만나러 갔다. 뚜렷하게 무언가를 같이 하겠다고 동행한 것은 아니었고 그저 홀로 여행하는 서로가 서로에게 의지가 될 것만 같았다.

친구의 프사는 분명 멋진 포즈였던 거 같은데 :(

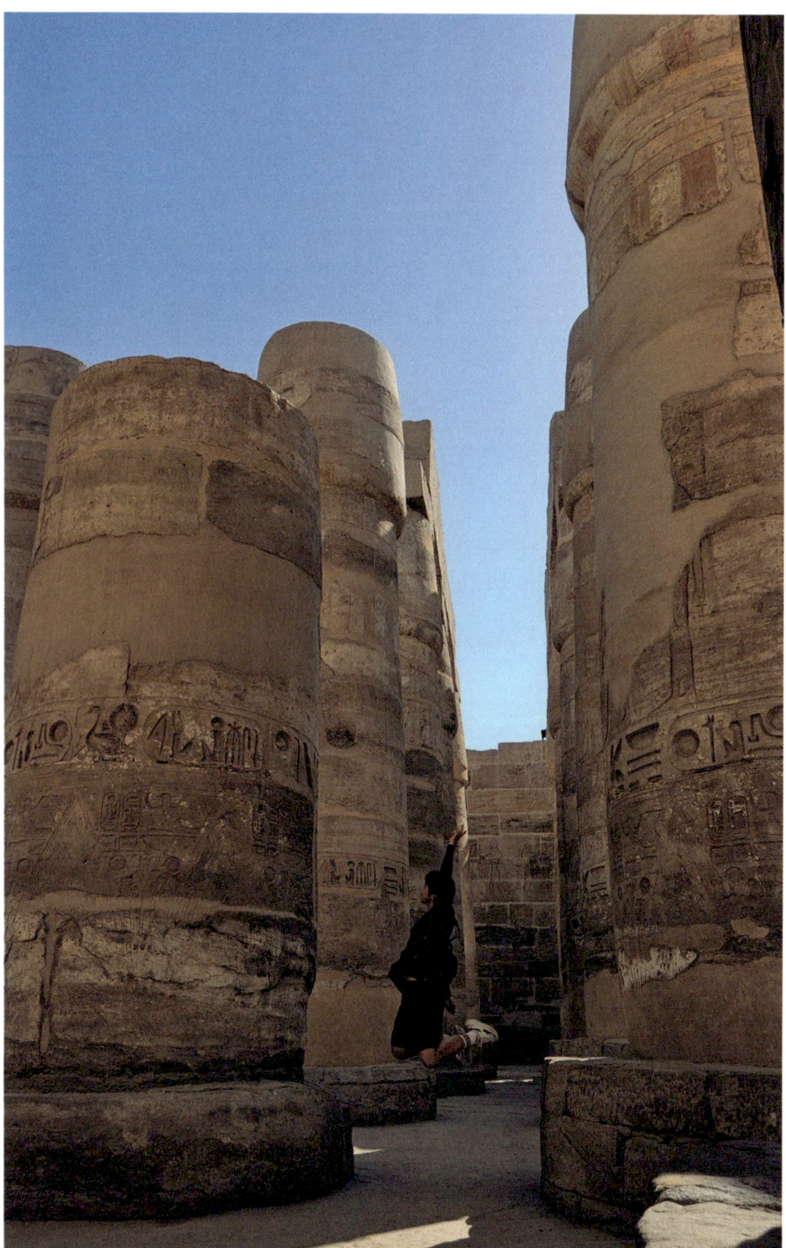

룩소르에는 펠루카라는 돛단배를 타고 나일강에 드리우는 노을을 보는 것이 당연히 해보아야 할 관광 코스로 자리하고 있다. 혼자 타기엔 여러모로 부담스러운 상황이라 생각해 여행 계획에서 배제했던 곳이었는데 동행과 함께라면 살짝 즐겨볼 수 있을 것 같았다. 이는 신도 마찬가지라고 했다. 흥정에 흥정을 거듭한 끝에 300 이집트 파운드를 주고 한 시간이 훌쩍 넘는 시간 동안 펠루카 선셋 투어를 할 수 있었다. 이 가격은 한화로 1만 원이 채 안 되는 돈이다. 그런데 겨우 이 금액에 탔던 펠루카에 배의 선장과 보조 크루 1명이 동승했다. 그리고 그들은 투어 시간 내내 노를 젓고 돛을 올렸다 내렸다를 반복했으며 바람이 들지 않을 땐 기다란 막대로 강 바닥을 밀어 배를 움직이곤 했다. 아버지뻘의 선장님이 단돈 1만 원을 벌어가는 과정이 어쩐지 미안하고 안쓰럽기까지 했다.

펠루카 선셋 투어를 마치고 신을 내 숙소로 초대했다. 점심에 먹다 남은 피자와 쿠나파를 안주 삼아 리쿼샵에서 사 온 맥주를 함께 마셨다. 신은 터키, 이집트, 태국을 순서대로 여행하는 중이라고 했다. 굉장히 특이한 루트이고 도저히 공통점을 찾아볼 수 없어 의아했는데, 앞뒤 가리지 않고 본인이 가질 수 있는 최대한의 자유 시간에 본인이 가장 가고 싶었던 나라 Top 3를 여행하려다 보니 다소 일반적이지 않은 여행이 되었다고 한다. 심지어 각 나라마다 30일씩 총 3개월을 세 개의 나라에 투자한다고. 내게 3개월이 있었다면 당연하게도 세계일주를 택했을 텐데 말이다. 나와는 다른 여행 스타일이었지만 이렇게 이집트에서 만나 내가 잠드는 침대에 나란히 앉아 맥주를 마시며 수다를 떨고 있다는 게 참 신기하다고 생각했다. 그리고 역시 여행은 각자만의 스타일이 있고 그 어떤 여행도 가치 있고 멋있음을 다시 한번 느꼈다. 재미있는 점은 신 또한 나를 굉장히 멋있는 사람으로 대해주었다는 것이다. 50개에 가까운 국가들을 여행했다는 사실과 평범한 직장인이 아프리카로 훌쩍 떠나와 대륙을 종단했다는 점 때문이라나 뭐라나.

예기치 못하게 동행을 만나 좋은 추억을 공유한다는 점이 참 좋다. 신도 그러했던 것인지 이 날의 우연을 조금 더 이어가자며 의견을 모았고, 다음날 새벽 룩소르가 자랑하는 또 하나의 명문 관광 코스인 벌룬 투어를 함께하기로 약속했다. 이른 시간에 시작하는 투어였기에 이쯤에서 수다 타임을 마무리하고 신을 그의 숙소로 데려다 주었다. 그런데 돌아오는 길이 생각 외로 밝았다. 늦게까지 거리에는 사람들로 가득했고 가로등 불빛이 환하게 비추고 있어 여행을 마무리하기 조금은 아쉬운 마음이 들었다. 발걸음이 이끄는 대로 정처없이 떠돌다 보니 엘수크에 도착해 있었다. 이왕 온 김에 옷이나 살까 싶어 여전히 영업 중인 엘수크의 옷가게를 들렀다. 당연하게도 시장의 상인들은 하루의 마지막에 저기 홀로 지나가는 아시아인 호구를 잡기 위해 부단히도 나를 불러댔다. 하지만 여러 번 언급했다시피 나는 이제 흥정의 왕이 되어 있었고, 역시나 기적의 흥정 실력을 보이며 중동의 전통 의상 토브[4]와 케피예[5]를 상당히 저렴한 가격에 구매했다. 내일 있을 벌룬 투어는 물론 며칠 뒤 카이로에서 현지인 느낌을 뿜뿜 뽐낼 수 있다는 사실에 엄청난 만족감을 가지고 숙소로 돌아와 행복한 잠을 청했다.

4 무슬림 문화권에서 주로 남성이 입는 긴 흰색 옷
5 무슬림 문화권에서 머리에 두르는 천. '구트라'라고도 하며 토브와 함께 착용하는 경우가 많다

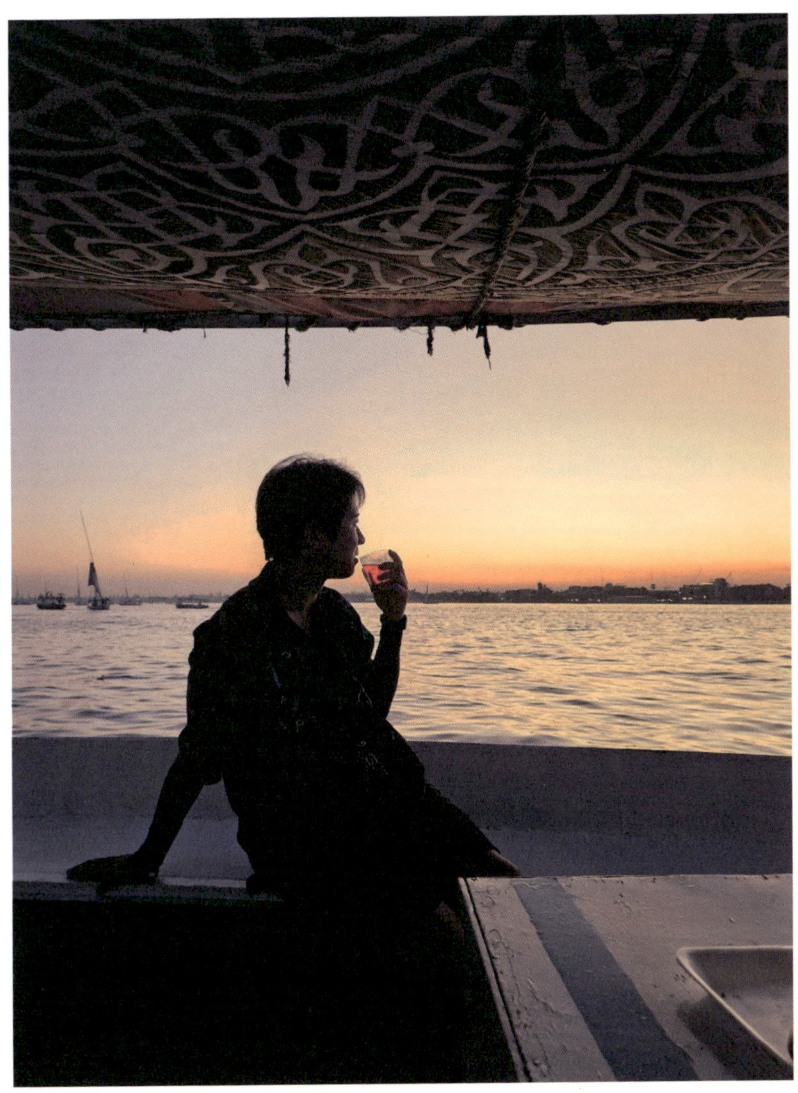

나일강 선셋을 구경하는 허세 가득 중국 부자?

여행에서 마주하는 오해와 진실 : 바가지

요즘의 한국 사회에서 흥정이라는 행위는 참 보기 드물다. 중고 장터에서 가끔 '깎아주세요.'라고 말이 오가는 정도. 처음부터 그랬던 것은 아니다. 과거 전통 시장이 여전히 활성화되어 있었을 적에는 가격 실랑이를 하는 모습을 심심치 않게 볼 수 있었다. 하지만 어떤 이유에서인지 지금 우리는 흥정, 네고와는 거리가 먼 삶을 살고 있다. 30대에 접어든 나도 이제 흥정하는 것이 어렵기만 한데 앞으로 주축이 될 1020 세대는 오죽할까. 그들은 심지어 모바일 세계에서 벗어나 있는 것도 어색한 친구들이다.

하지만 여행의 사정은 다르다. 물론 한국과 유사하게 흥정이 사라져가는 국가도 있지만, 인기 여행지인 동남아시아를 포함해 많은 나라에서 흥정은 여전히 유효하다. 나아가 어쩌면 이들에게 흥정은 경제 활동을 함에 있어 당연한 절차일지도 모른다. 여행지에서 만나는 판매상은 여행자들에게 최대한 많은 물건을 비싼 가격에 팔아 이윤을 남기는 것이 목적이자 밥벌이 수단이다. 그들은 결코 가격표를 붙여 놓고 가만히 앉아 손님이 오기를 기다릴 여유가 없다. 바로 옆 경쟁 가게에서는 적극적인 홍보와 판촉을 하고 있기도 하다. 결국 이들에게 흥정이란 경제 그 자체이자 문화이며 개인의 능력과 기술이다. 마치 우리가 취업을 하기 위해 자격증을 취득하고 인턴 경험을 쌓는 것처럼 말이다.

이 점에 공감한다면, 여행지에서 물건 가격을 우선 2배, 3배 높여 제시하는 소위 '바가지'를 이해할 수 있을 것이다. 예를 들어 베트남 호치민의 벤탄 시장에서 마음에 드는 기념품을 집어 들었더니 6만 원을 제시했다고 가정하자. 우리는 이를 '바가지 물가'라기보다 '흥정의 시작'이라고 생각하면 좋다. 그리곤 한국식 마인드로는 턱도 없을 법한 가격을 불러도 괜찮다. 이를테면 무려 1/6 가격인 1만 원 정도. 이제 선택은 판매상의 몫이다. 2~3만 원 정도를 생각하고 흥정을 이어갈지, 4~5만 원 정도에 팔아볼지. 최종 가격이 각자 부른 최초 금액에서 얼마나 가까우냐가 바로 구매자와 판매자의 흥정 능력과 기술이 되는 것이다. 결코 사기가 아니다.

다시 한번 정리하자면, 해외에서 흥정이란 사기, 바가지, 등쳐먹기와 같은 영역이 아니다. 경제 활동 중 한 부분이고 각자의 성격이다. 아닐 수도 있겠지만, 이렇게 생각하는 것이 마음 편하다. 우리는 즐겁자고 시간과 돈을 들여 여행을 온 여행자 신분임을 잊지 말았으면 한다. 만약 여러분들이 다음 번 여행에서 흥정 혹은 바가지를 경험하게 된다면, '이 나라의 문화'라는 생각을 갖고 가벼운 마음으로 그 문화에 동참해보는 것은 어떨까? 내 책을 읽는 독자라면 6만 원짜리 기념품을 1만 5천 원에 사보는 경험을 할 수 있길 진심으로 응원한다.

D+28

룩소르[3]

01

"조 알마하디 훈자이."

룩소르의 벌룬 투어는 정말 말도 안 되게 저렴하다. 이곳에서 열기구를 타지 않는다면 두고두고 후회할 수 있다. 극성수기에 눈탱이를 맞은 가격도 100달러를 넘지 않고 비수기 가격은 30달러까지 내려온다. 한화 약 4만 원 수준. 한 끼에 만 원을 넘기지 않고 1박 숙박비를 5만 원 내로 해결하는 배낭여행객들에게 4만 원은 큰 돈이긴 하지만, 룩소르 벌룬 투어의 비교군을 생각한다면 재빠르게 4만 원짜리 투어를 예약하게 될 것이다. 비교군이란 바로 터키 카파도키아의 열기구. 보통 벌룬 투어, 열기구 투어라고 하면 가장 먼저 떠오르고 가장 유명한 곳이 바로 카파도키아이다. 터키 역시 물가가 그리 높지 않은 나라임에도 불구하고 그곳에서의 비행은 최저 20만 원부터 성수기 최대 40만 원대까지로 시세가 형성되어 있다는 점을 고려하면 룩소르에서는 최대 1/10의 가격으로 진행할 수 있는 셈이다. 도저히 안 할 이유를 못 찾았다.

이집트 여행 오픈채팅방에서 지금은 비수기이며 흥정을 잘 할 경우 35달러까지 딜을 할 수 있다는 정보를 얻었지만, 나는 마호라는 숙소 주인에게 40달러를 주고 예약했다. 호객꾼들과 입씨름을 하기에 체력이 넉넉치 않았기 때문이기도 하고 조식까지 알뜰살뜰 챙겨주던 마호와의 의리이기도 했다. 갑자기 동행이 된 신에게도 마호를 소개해주어 함께 투어에 갈 수 있었다. 다만 신은 급하게 추가된 인원인지라 나와 같은 열기구에 배정되지는 않았다. 아무튼 하늘 위에 올라 떠오르는 태양을 보기 위해 캄캄한 새벽부터 일어나 픽업 버스에 올랐다. 어제 엘수크에서 마련한 전통복을 입은 채로. 픽업 버스에 오르는 다양한 국적의 여행객들은 범상치 않은 복장을 한 나를 보고는 모두 미소와 함께 따봉을 날려 주기도 했다.

벌룬 투어는 날씨의 영향을 아주 강하게 받는다. 이날 날씨는 바람이 다소 강한 편이었는지 비행 허가가 바로 나지 않았다. 자칫하면 투어가 취소가 될 수도 있는 상황. 바람이 멎을 때마다 열기구에 바람을 넣고 다시 취소되면 빼는 작업을 반복했다. 열기구 출발지에 도착해서도 한 시간을 넘게 대기했던 것 같다. 마침내 허가가 떨어지고 열기구가 가득히 팽창하자 출발지에 모인 오늘의 투어 참여자들의 환호성이 터졌다! 나 역시 나도 모르게 "Yes! Let's Go!!"라며 소리치고 있었다. 투어 취소라는 최악의 상황은 면했다. 부푼 마음을 안고 배정된 열기구 쪽으로 줄지어 섰다. 하나의 열기구에는 약 20명 남짓이 탑승했던 것으로 기억하는데 바깥 자리 쟁탈전이 아주 치열했다. 가운데에 끼어버린다면 외부 구경이 제한적일뿐더러 절대 멋진 사진을 건질 수 없는 구조였기 때문이다. 나는 다행히 가장자리에 설 수 있었지만 세 명의 거구와 함께 칸을 나눠 쓰는 바람에 다소 좁게 비행해야 할 수밖에 없었다. 그래도 가장자리를 쟁취한 것에 충분히 만족했지만 말이다!

터키 아니고 이집트 맞지?

다행히 해가 떠오르기 전에 비행에 성공했다. 아직 일출이 보이기도 전이지만 이미 근사한 뷰가 눈앞에 펼쳐지고 있었다. 룩소르의 전경을 내려다볼 수 있었는데 큰 도로를 사이에 두고 절반은 사막과 유적이 모여있는 섹터, 나머지 절반은 푸른 논밭과 룩소르 도심지가 펼쳐진 섹터로 나뉘어져 있었다. 이 점 또한 21세기 AI 시대를 살고 있는 현실의 관점에서 아주 의미 있게 보인다는 생각을 했다. 잠시 오글거리는 생각에 잠겨 있다가 이내 일출이 시작되고는 다시 마냥 행복한 여행자로 돌아왔다. 하늘에 떠 있는 형형색색 열기구들을 따뜻하게 품어 주듯 빛을 내는 새빨간 태양. 그리고 그 태양 아래 윤슬을 내비치며 존재감을 뽐내고 있는 나일강. 이 모든 풍경의 조화가 정말 장관 그 자체였다. 세상에 이런 평화롭고 신비한 뷰가 또 있을까? 터키 카파도키아를 아직 가보지 않았지만 분명 그곳과 비교해 결코 뒤지지 않을 것이다.

열기구는 생각보다 높은 곳까지 그리고 오래 비행했다. 하나의 열기구를 나눠 타고 있는 사람들의 반응에 따라 파일럿(열기구의 방향과 높낮이를 조종한다)은 열기구를 높이 올렸다 내렸다를 반복했다. 밑으로 내려다보면 아찔할 정도의 높이였는데 그럴듯한 안전장치가 없다는 것은 조금 무섭기도 했다. 하지만 밑을 내려다볼 시간이 많이 없었다는 게 위안이랄까. 하늘에서 보는 열기구 무리의 풍경을 구경하는 데에도 시간이 부족했다.

혹여나 떨어질까 무섭기도 했던 생애 첫 열기구 비행을 마치고 무사히 착륙했다. 내가 탄 열기구는 비교적 늦게 랜딩한 편이라 이 부분이 조금 아쉽기도 했다. 왜냐하면 일찍 랜딩하고 나면 다른 열기구들이 하늘 위로 둥둥 떠 있는 모습을 아래에서 올려다보며 또 다른 경치를 구경할 수도 있고 무엇보다 열기구들을 배경으로 근사한 사진을 찍을 수 있었는데 말이다. 내가 내렸을 땐 이미 대부분의 열기구들이 지상에 도착해버린 이후였기에 아쉬울 수밖에 없었다. 아직 남아 있는 것들을 배경으로라도 얼른 찍고 싶었다. 다만 같이 왔던 신은 어디로 착륙했는지, 아니 착륙은 했는지, 연락이 되지 않았고 나는 홀로 남아 있었다. 그때 저기 아주 비싸 보이는 대포카메라를 든 외국인 관광객이 보여 냉큼 달려가 사진을 요청했다. 역시 큰 카메라와 함께 여행하는 사람은 믿을 만했다. 이집트 여행에서 찍은 사진 중 마음에 드는 Top 5 사진을 건졌다! 마치 관광업으로 성공한 중동 대 부호처럼 보이는 사진이다. 나는 이를 보고 잠시 내 이름을 '조 알마하디 훈자이'로 명명하기도 했다.

BEYOND

어쩌면 중동에서 태어났어야 했을 운명일 수도…?

벌룬 투어가 끝나고 숙소로 돌아와 낮잠(?) 타임을 가졌다. 하늘에서 일출을 맞이하고자 너무 일찍 일어난 탓, 요 며칠간 오랜 시간 잠을 잔 적이 없어서인지 눈을 떠 보니 어느새 오후 2시가 훌쩍 넘어 있었다. 특별한 일정이 없었던지라 어제 밤 늦게 갔던 엘수크에 다시 들렀다. 오후 시간이라 그런지 좀 더 활기차면서도 처절한 시장 분위기를 느낄 수 있었다. 여행객들을 향한 숱한 호객 행위가 전쟁처럼 펼쳐지고 있었다. 무엇보다도 거짓말 하나 보태지 않고 세 걸음에 한 번씩 '니하오', '차이나!' 소리를 들었다. 인종 차별이라고 생각하면 상당히 불쾌할 수 있으나, 지난번에도 말했듯 이들에게 '니하오', '차이나'는 인종 차별이 아닌 그저 무지에서 비롯한 철없는 행동이다. 실제로도 그렇고 이렇게 생각하면 내 마음이 편하다. 물론 '칭챙총'은 조금 다르다고 생각한다. 그것은 멸시의 의미가 내포되어 있다고 본다. 다시 만난 신과 함께 엘수크에서 벗어나 룩소르 일대를 돌아다니며 생각보다 여행 난이도가 쉽다는 이야기를 했다. 이집트 여행은 여행하기 쉽지 않기로 악명이 높았는데 마음의 준비를 이미 강하게 하고 와서인지 또 인종 차별에 대한 역치가 낮아져서인지 크게 힘든 여행인 것 같지 않았다. 누군가 물어본다면 아주 좋은 여행지라고 추천해줄 것이다. 물론 사람마다 느끼는 정도가 다르겠지만 말이다.

중동의 대표적인 문화인 물담배 시샤를 체험해보고 싶다는 신을 데리고 디저트 카페에 갔다. 비흡연자인 나는 물담배라고 하면 니코틴을 즐긴다거나 또는 어떤 맛 또는 향이 좋아서라기보다 그저 시샤를 하며 내뿜는 연기를 재미있어 할 뿐이다. 그런데 이곳의 시샤는 당최 연기가 나지 않았다. 신 또한 비흡연자라고 했는데 사람들은 도대체 이걸 왜 하냐고 물었을 때 나는 적절한 대답을 하지 못했다. 연기 뿜는 걸 보여주지 못해 아쉬웠을 뿐. 그래도 신과 나는 40파운드, 한국 돈 1천 원 내외의 가격에 시샤를 주문하고 덕분에 에어컨이 나오는 카페에 앉아 휴식을 취할 수 있는 데에 만족했다. 그리고 그렇게 룩소르에서의 마지막 날을 편히 마무리하고, 내일부터 펼쳐질 파라다이스를 기대하며 일찍 잠에 들었다.

D+29

02

후루가다[1]

"우당탕탕 생일 파티."

후루가다, 이집트 동쪽 홍해를 마주하고 있는 휴양 도시다. 말도 안 되도록 저렴한 가격에 특급 리조트를 올인클루시브 서비스로 즐길 수 있는 것으로 유명하다. 아니 사실 한국인들 사이에서는 그다지 유명하지 않다. 나 또한 그저 '홍해 바다에서 수영을 하고 싶다.'라는 생각 하나로 구글맵을 돌려보다 발견한 곳이었다. 실은 이집트와 홍해 그리고 물놀이라는 키워드라면 가장 먼저 리스트에 오르는 곳은 단연 다합이다. 배낭여행자들의 성지, 죽기 전에 꼭 가보아야 할 다이빙 포인트. 다합이라는 도시를 설명하는 수식어를 듣고 있자면 도저히 생략하기 어려운 도시임에는 틀림없다. 그러나 룩소르에서 다합까지는 거리가 꽤나 있는 편이라 비행 이동이 필요했고 나는 가난했다. 또 아직 다이빙 라이선스가 없어 다합에 가봐야 체험 다이빙 정도만 '찍먹' 하고 나오는 수밖에 없다는 점도 다합을 포기한 이유기도 했다. 아쉬움이 가득했지만 우연히도 후루가다라는 훌륭한, 어쩌면 더 완벽한 선택지를 찾게 된 것이다.

후루가다에서 꼭 해야 할 세 가지를 정했다. 첫째, 올인클루시브인 만큼 리조트에 마련된 뷔페와 바에서 삼시세끼를 넘어 눈을 뜨고 있는 하루 내내 배가 터지도록 음식을 먹어대는 것. 그간 장기 여행자, 배낭여행자로서 먹고 마시는 것을 아껴왔던 설움을 한방에 씻어 낼 요량이었다. 둘째, 잔지바르에서 장비 이슈로 인해 조금 아쉬움을 남길 수밖에 없었던 돌핀 투어를 다시 하는 것. 이번에야말로 반드시 돌고래와 제대로 된 수영을 하리라! 셋째, 리조트 시설에 포함된 워터파크에 가 전 세계 홀로 생일을 보내는 사람 중 가장 신나는 사람이 되는 것. 사실 후루가다로 넘어가는 날이 내 생일이었다. 워낙 여행을 좋아하는지라 해외에서 혼자 생일을 나는 것이 어색하지는 않지만 그래도 생일은 특별한 날이다. 평소 기회가 없어 많이 가보지 못한 워터파크라는 시설을 양껏 즐기고 무제한 무료로 제공되는 맥주를 들이키면서 행복한 날을 보내고 싶었다. 이렇게 기대감을 잔뜩 안고 어쩌면 마지막이 될지도 모르는 초호화 여행, 가성비 넘치는 파라다이스 후루가다로 향했다.

룩소르에서 버스로 네 시간을 달려 후루가다에 도착했고, 곧장 리조트로 가는 인드라이브 택시를 잡았다. 내가 예약한 리조트로는 버스 터미널에서도 40분가량을 더 가야만 했기 때문이다. 각자의 매력을 뽐내는 후루가다의 수많은 리조트 중 내게 꼭 맞는 장소를 찾다 보니 메인이 되는 거리에서 조금 벗어난 곳에 있는 리조트를 선택했었다. 그런데 택시 창밖으로 보는 풍경이 조금 이상하다. 도저히 바다를 찾아볼 수가 없었다. 아무리 보아도 이곳에 예쁜 홍해 바다가 펼쳐져 있고 해안 길을 따라 최고급 리조트가 즐비하다는 사실을 믿을 수가 없었다. 그저 모래와 바위로 가득 찬 허허벌판에 겨우 깔려 있는 아스팔트 도로를 택시를 타고 가로지르고 있었다. 사기를 당한 건가? 구글맵 보니 바다를 따라 도로가 나 있지 않고 내륙으로 도로가 나 있더라. 다소 안심은 되었지만 왜 그러지 싶었다. 해안 길을 따라 바다를 구경하며 드라이브를 하면 얼마나 좋을까.

아조씨 요기 휴양지 마자요…?

리조트 입구에 도착하니 택시의 입장이 거부되었고 이내 리조트 소유의 카트가 나를 픽업해주었다. 극진한 대접을 받는 듯한 느낌에 기분이 들떴다. 엄청난 규모의 객실동과 골프장을 지나 리셉션에 도착해서도 으리으리한 건물과 분주하게 채워지는 호텔식 뷔페에 눈이 돌아갔다. 나는 왜 고작 후루가다에 고작 2박만 머무는 걸까! 아프리카 종단은 무슨 후루가다 한 달 살기를 했어야 하지 않았을까! 내가 예약한 리조트는 하나의 리조트 그룹이 운영하는 3개의 브랜드 중 가장 상위 등급의 리조트였다. 객실 컨디션은 크게 다르지 않지만 뷔페의 퀄리티, 리조트 전용 워터파크의 규모 그리고 프라이빗 비치 보유 여부로 등급이 나뉘어지는 것 같았다. 앞서 말했듯 뷔페와 워터파크는 내가 후루가다까지 온 이유인 데다 무엇보다도 내 생일을 자축하는 의미로 큰 맘 먹고 고급 여행을 추구해보았다.

아직 체크인까지는 한 시간의 여유가 있었지만 리셉션 직원의 배려로 뷔페 이용을 허락받았다. 짐을 키핑하고 나서 굶주린 배를 잡고 뷔페 건물로 들어갔는데, 아! 천국을 마주하는 느낌이었다. 체감상 수백 가지 종류의 음식들이 마련되어 있었고 하나하나의 퀄리티도 전혀 뷔페 같지 않을 정도로 높은 수준이었다. 건물 밖에는 바비큐장도 마련되어 있어 언제든 갓 구워진 고기와 해산물을 담아갈 수 있었다. 무제한으로 자율 배식을 할 수 있는 맥주와 와인은 덤. 그간의 여행 피로는 물론, 거짓말 조금 보태 5년의 근심 걱정이 단번에 사라지는 순간이었다. 분명 체크인 후에 워터파크에 가 물놀이를 해야 함을 인지하고 있음에도 불구하고 쉽게 수저를 놓을 수 없었다. 배가 빵빵해지고 목에서 더 이상의 음식물을 거부할 때가 돼서야 비로소 뷔페에서 나왔다. 물론 아이스크림 한 컵을 들고. 그 와중에도 믿기 어렵도록 좋았던 건, 매 끼니마다 이런 호사를 계속해서 누릴 수 있다는 점이었다.

그러나 선물처럼 맞이했던 이 행복은 체크인을 하면서 순식간에 사라져버리게 되었다. 예약자 명단에 내 이름이 없다고 한다! 아니 나는 분명 e-바우처도 보여줬고 심지어 출력본도 가지고 있는데?

“미안하지만 예약자 명단에 너의 이름은 없고, 네게 줄 남은 객실도 없어.”

“말도 안 돼! 여기 아고다 바우처가 있고 나는 이미 결제까지 다 했다고!”

“아고다에 문의해보는 게 어때, 안타깝지만 우리가 해줄 수 있는 게 없어.”

“나는 한국에서 온 여행자고 이곳은 이집트야. 내가 지금 아고다에 어떻게 문의를 할 수 있겠어? 한국은 새벽이고 난 이집트 번호가 없어.”

한참 실랑이를 벌였다. 평소 웬만한 오류와 실수는 그러려니 하며 넘기는 무딘 한국인의 전형적 성격을 가졌다고 자평하는데, 이번 건은 당최 이해를 할 수 없었기 때문에 끝까지 포기하지 않고 억울함을 호소했다. 더 이상 대화의 진전이 보이지 않자 나를 상대하던 직원이 매니저급 상사로 보이는 동료 직원을 불러왔다. 점점 한계에 부딪히고 있는 영어 실력이었지만 차근차근 다시 한번 자초지종을 설명했다. 매니저는 또 다른 사람을 불러 그와 함께 컴퓨터를 자세히 살펴보더니 또 하나의 나쁜 소식을 내게 전했다.

“우리 시스템에 따르면 너는 Palm으로 예약이 되어 있어. Palm으로 가서 예약에 대해 문의해봐.”

Palm은 이곳 리조트 그룹의 중간급 브랜드 숙소다. 예약 당시 알아봤던 바로는 상급 브랜드 가격의 2/3 정도였고 모든 면에서 퀄리티도 반감되는 곳이었다. 그렇지 않아도 혹시나 잘못 부킹을 할까 걱정되어 세 번, 네 번을 확인하며 Palm이 아닌 Resort로 예약을 넣었기 때문에 여전히 예약 오류를 받아들일 수 없었다. 그러나 내가 보아도 더 이상의 방법은 없는 것 같았다. 조금 진정을 한 듯해 보였던 걸까, 매니저는 내게 꽤나 단호하면서도 논리적인 제안을 해주며 나를 Palm으로 안내했다. 당시에는 결국 Resort에 머물지 못한다는 사실에 서럽고 미웠지만 돌아와 생각해보니 상당히 프로페셔널한 대처를 해준 것 같았다.

"좋아, 너의 상황은 이해했어. 하지만 미안하게도 Resort에는 더 이상 남은 방이 없고 우리 그룹 시스템상 너는 Palm으로 예약이 되어 있어. 내가 Palm에 이 상황을 이야기해 놓을 테니 너는 걱정 말고 Palm으로 가 여행을 즐겨. 너도 너의 소중한 휴가를 이렇게 흘려버리기 아깝잖아? 대신 내가 이 사실에 대한 레터를 써줄 테니 아고다에 예약에 대한 문의를 남겨봐. 내 번호를 그들에게 알려줘도 좋아."

"Palm에서는 문제가 없는 거 맞지? 그리고 나 올인클루시브를 예약했어. 내 생일이란 말이야! 올인클루시브 서비스가 반드시 필요해."

"올인클루시브 맞아, Palm도 훌륭한 서비스를 제공하는 곳이니 너무 실망하지 않길 바라고 이곳 후루가다에서 좋은 시간 보내길 기도할게. 생일 축하해!"

그래도 Resort에서 한끼의 식사를 할 수 있었던 것에 위안을 삼으며 Palm으로 가는 카트에 올라 한국에 돌아가서 꼭 이 오류에 대해 바로잡을 것을 다짐하고 또 다짐했다.

그러고 보니 식사는 왜 가능했던 걸까?

마침내 체크인한 숙소 Palm도 무척이나 좋은 곳이었다. 이름에 Resort가 없을 뿐이지, 이곳 역시도 리조트였고 전용 수영장과 워터파크 그리고 무제한 뷔페에 나이트 펍도 운영하고 있었다. 나름대로 만족할 만한 곳이었기에 Resort의 매니저 말마따나 어차피 이렇게 된 거 우선은 여행을 즐기고 컴플레인은 나중 일로 미루기로 했다. 우선은 체크인이 다소 늦어진 만큼 서둘러 워터파크에 가야 했다! 리조트 구조를 설명해준다는 헬퍼에게 내가 직접 지도를 보고 찾아갈 수 있을 것 같으니 설명해주지 않아도 좋다며 얼른 돌려보내고 짐을 챙겨 워터파크행 셔틀을 탔다.

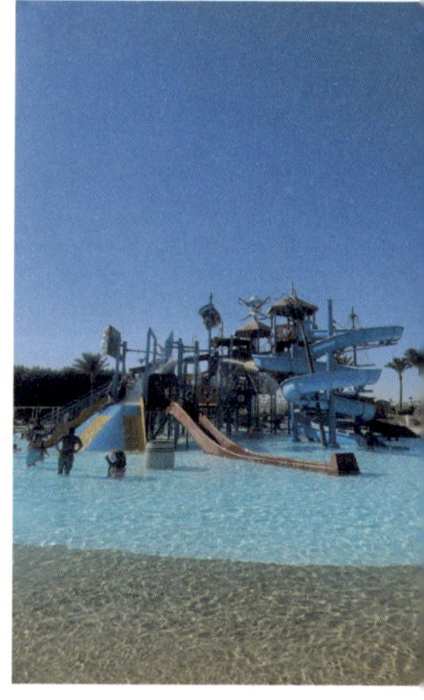

이런 대규모 워터파크 수십 개가 있는 후루가다는 천국이 맞다.

셔틀 승객은 물론 워터파크를 즐기고 있던 이용객들 거의 대부분이 가족 단위였다. 간혹 친구들과 무리지어 놀고 있는 사람들도 보였지만 아무튼 이 드넓은 물놀이 공간에 홀로 덩그러니 방문한 사람은 아무래도 나 혼자뿐인 것 같았다. 하지만 그게 무슨 상관이람. 어차피 워터파크의 꽃 미끄럼틀과 파도풀은 각자 도생이다! 혼자인 덕에 타고 싶은 기구를 내 마음 가는 대로 즐기고 놀았다. 운영 마감 시간까지 두 시간이 조금 안 되게 정신없이 놀았다. 어린아이가 된 것처럼 신이 나서 뛰어다녔다. 비교적 어려 보이는 외형인 동양인 특성을 떠올려본다면, 그곳에 있던 서양인, 아랍인 손님들은 나를 부모님을 꼬셔 호캉스를 하러 온 철없는 아들 정도로 봤을 수도 있을 것 같다. 그럼에도 다시 한번 기회가 온다면 더 격렬하고 적극적으로 그 시간을 즐길 자신이 있을 정도로 만족스럽고 행복했다.

어찌나 뛰어다녔는지 점심에 욱여 넣은 고급 뷔페식이 모두 소화되고 다시 배가 고파왔다. 숙소로 돌아와 얼른 샤워를 끝내고 오늘의 두 번째 푸드 파이트(Food Fight)를 하러 식당으로 곧장 내달렸다. Resort와 비교하자면 역시나 조금 퀄리티와 요리의 양이 떨어지긴 했지만 괜히 눈이 높아졌던 것일 뿐이라는 생각을 하고 보니 Palm의 뷔페도 내겐 부족함 하나 없는 곳이었다. 세계 각국의 소울푸드와 소규모 바비큐장까지 마련되어 있는 것을 고려하면 규모 면에서 하위호환일 뿐 나머지는 꿀릴 것이 없다고 생각했다.

이번에도 몇 번을 오가고 몇 접시를 퍼 담았는지 기억이 나지 않을 정도로 포식을 하고 말았다. 그리고 식사를 끝마친 후에도 숙소로 돌아가지 않고 식당 건물 2층에 위치한 루프탑 바를 찾아 2차전을 맞았다. 왠지 비싸 보이는 이름의 위스키와 칵테일을 주문하고 고급스러운 접시에 예쁘게 담긴 핑거 푸드를 곁들여 즉석에서 펼쳐지는 문화 공연까지 원 없이 즐겼다. 누구 한 명 축하를 해주지는 않았지만 내 평생 기억에 남을 행복한 생일이었다. 다사다난했던 아프리카 종단 여행의 끝에서 스스로 챙긴 호화 생일 파티가 우당탕탕 좌충우돌 예측 불허였음에도 너무나 뿌듯하고 만족스러웠기 때문이다.

D+30

02

후루가다[2]

"인샬라!"

8시 20분, 비교적 이른 시간에 돌핀 투어를 위한 픽업 미니 버스가 오기로 되어 있었지만, 훨씬 이전부터 일어나 준비를 끝마치고 조식 뷔페에 들렀다. 물놀이를 하기 전 너무 많이 먹으면 탈이 날까 겁이 나 양 조절을 하려 했지만 어림도 없지, 참지 못하고 먹고 싶은 것은 죄다 담아 먹어버리고 말았다. 너무 맛있는 걸 어떡한담… 버스에 타고 나서도 무려 한 시간을 더 이동한 이후 보트가 정박해 있는 곳에 도착했다. 잔지바르에서는 8명 이내의 소수 그룹이 작은 스피드 보트에 옹기종기 모여 탔었던 것과 달리 후루가다에서 마주한 보트는 사실 보트라기보다 크루즈에 가까운 모습이었다. 화장실은 물론 조리실, 식당, 심지어 샤워실까지 마련되어 있었다. 배 이름도 고급스러운 '샹젤리제'라고 했다. 배낭여행 막바지에 정말 끝없이 럭셔리한 시간을 보내고 있다는 생각이 들었다.

본격적으로 돌고래를 만나러 가기 전 스노클링 포인트에서 먼저 바닷물에 몸을 적신다고 했다. 스노클링 포인트는 딱 한 군데가 있는 듯 여러 대의 보트들이 집중적으로 닻을 내리고 서 있었다. 역시나 동남아 휴양지와 비교해 열대어의 종류와 개체수가 적었다. 한 번 더 동남아시아의 위대함을 간접적으로 느낄 수 있었다. 그래도 잔지바르보다는 산호초 군락이 펼쳐진 모습 면에서 꽤 예쁜 편이었다. 그 점에 만족하며 유유자적 스노클링을 즐기려 했다. 다만 파도가 꽤나 높아 수영하기가 여간 쉽지 않았다는 문제가 있었다. 수영이라면 기본적으로 몸에 체화되어 있는 서양인들조차 라이프 재킷을 필수로 입고 있었다. 물론 가이드 역할을 하는 보트 크루들은 맨몸이었지만 말이다. 나는 이번에도 영 좋지 못한 스노클 장비를 잡고 말았다. 뽑기 운이 정말 없다. 코에 구멍이 뚫려 있어 자꾸만 바닷물이 들어오는 바람에 코를 잡고 수영을 하느라, 이건 뭐 스노클링이 아니라 생존 수영이었다. 나는 이곳에 놀러온 것인지 훈련을 하러 온 것인지… 하지만 그 덕에(?) 점심식사를 너무나 맛있게 즐길 수 있었다. 제공되는 요리가 대단히 훌륭한 퀄리티는 아니었지만 선상에서 조리를 하고 내는 음식치고는 괜찮은 수준이었다. 과일 후식도 내어주었기에 당 충전도 양껏 할 수 있었던 점이 좋았다. 다만 술이 없었다! 아무리 바다 한가운데라 안전상의 이유가 있을 법하다지만 보통 맥주 한두 캔 정도는 괜찮지 않나? 하지만 이곳 후루가다도 이슬람 국가 이집트에 있는 도시다. 리조트 내에서야 프라이빗한 특수 공간이니 무제한 알코올 제공이 가능했지만, 야외로 나왔을 때는 얘기가 다른 것이었다. 이슬람 국가 여행이 왜인지 잘 맞는 나지만 술을 마음대로 먹지 못하는 것은 참 많이 아쉬웠다.

여유롭게 식사를 마치곤 드디어 돌고래를 보러 간다는 방송이 들렸다. 기대 만발이었다! 머릿속으로 몇 번이고 시뮬레이션을 돌렸다. 잔지바르에서의 아쉬움을 꼭 털고 와야만 했다. 드디어 돌고래가 출몰한다는 포인트에 도착! 선장과 크루들이 눈을 크게 뜨고 돌고래를 찾기 시작했다. 그리고 얼마 지나지 않아 무리 지어 수영하는 돌고래 떼를 찾을 수 있었다. 의외였던 것은 홍해의 돌고래들은 결코 빠르게 수영하지 않았다. 전광석화 같은 속도로 사람들을 따돌리는 듯했던 잔지바르 돌고래들과는 달리 이곳의 친구들은 퐁당퐁당 수면 위로 떠오르며 일부러 사람들에게 미모를 뽐내는 듯할 정도였다. 저 정도의 속도라면 나도 한 마리의 돌고래인 양 함께 수영할 수 있겠다며 기대 중이었다. 그런데 보트의 움직임이 뭔가 수상했다. 절대 닻을 내리지 않았다. 그저 돌고래 떼의 뒤꽁무니를 졸졸 따라다닐 뿐. 아! 이곳의 돌핀 투어는 그냥 돌고래를 감상하는 것이었다. 아니 분명 투어를 예약할 때 Swimming with Dolphin (돌고래와 함께 수영)이라는 문구를 봤단 말이다. 선장에게 다가가 물었다.

"우리 돌핀 스윔(Swim)은 안 해?"

"돌핀 구경(Watching)이 끝나면 한 번 더 스노클링을 할 수 있어!"

내가 원하는 건 스노클링이 아닌데…

나의 원대한 꿈이었던 돌고래와의 수영은 이렇게 허무하게 끝나버리고 말았다.

이건 돌핀 와칭이잖아!

다소 실망스러웠던 돌고래 구경이 끝난 후 보트는 오전에 머물렀던 스노클 포인트로 다시 돌아왔다. 정확히 같은 장소였고 돌고래와 수영하지 못한다는 점에서 이미 흥미는 조금 떨어진 상태였다. 하지만 장비 이슈가 없는 편안한 스노클이 하고 싶은 마음은 남아 있었다. 다시금 홍해 바다 속으로 뛰어들 준비를 주섬주섬 했다. 이번엔 반드시 튼튼한 스노클을 찾아내기 위해 일찌감치 장비 바구니 앞으로 줄을 섰다. 한 번의 테스트를 마치고 물이 들어오지 않음을 확인 후 배에서 벗어났다. 완벽한 시야를 마련하고 잠수를 했는데, 아! 이번엔 숨을 쉬기 위한 호흡기에 문제가 있더라. 치아를 이용해 앙 다물어 입으로 물이 들어오지 않게끔 도와주는 고무 패킹이 찢어져 있었다. 덕분에 들숨을 쉴 때면 바닷물이 그대로 입 속으로 들어왔다. 하하하, 나는 스노클과 인연이 없나 보다. 그래도 시야가 편안한 게 어디냐며 긍정 회로를 돌렸다. 숨을 쉬는 것이 아니라 숨을 뱉는다는 느낌으로 방법을 찾아냈다. '후읍~ 퉤! 후으읍~ 퉤엣!' 짭짤한 소금기가 혀를 감쌌지만 삼키지 않고 꽤 안정적으로 수영을 할 수 있었다. 이 정도면 아프리카에서 만난 스노클 장비 중 가장 괜찮았다. 과연 정말 괜찮은 것이 맞는지에 대한 의문과, 굳이 이렇게까지 스노클을 해야 하는가에 대한 의문은 뒤로하고 말이다. 그렇게 후루가다 돌핀 투어를 마무리했다. 다소 아쉬운 건 사실이었으나 그러려니 하기로 했다. 이런 것들에 아쉬워한다면 이슬람 국가를 여행할 수 없다. 반강제로 관용과 포용을 배울 수 있는 이슬람이다.

'인샬라!' (신의 뜻대로)

노을이 펼쳐진 홍해 바다를 뒤로하고 숙소로 돌아왔다. 아쉬운 마음에 리조트 내의 풀장에서 잠시 못다 푼 수영의 한을 마저 떨쳐냈다. 그리고 주섬주섬 짐 정리를 한 후 뷔페로 달려가 마지막 만찬의 시간을 가졌다. 이 식사가 끝나고 나면 오늘 밤에는 야간 버스를 타고 진짜 마지막 여행지이자 이집트의 수도 카이로로 이동을 해야 한다. 길었던 여행의 끝이 보인다는 것과 후루가다라는 천국을 떠나야 한다는 아쉬움에 어쩐지 서운한 감정이 들었다. 우연히 알게 된 도시 후루가다. 쉽지만은 않았던 체크인과 투어. 하지만 이곳에서 맞이한 생일. 그리고 배낭여행자에게 흔치 않은 기회인 휴양 여행과 원 없이 먹은 뷔페 음식과 무제한 술. 짧지만 강렬한 기억을 남긴 채 야간 버스에 올랐다.

0
3

D+31

카이로[1]

“두 얼굴의 카이로.”

후루가다에서 카이로로 이동하는 야간 버스는 정확히 취침 시간에 출발해서 기상 시간에 도착했다. 비록 누워서 가는 슬리핑 버스는 아니지만 꿀 같은 잠을 잘 수 있었다. 카이로 터미널에 도착하고 나서는 오히려 더 자고 싶은 마음에 이동 시간이 짧게 느껴질 정도였다. 카이로는 대체로 피라미드가 나열되어 있다는 기자 지구에 머물며 여행하는 코스가 일반적이다. 나 역시 루프탑에서 피라미드를 감상할 수 있는 기자 지구 숙소를 예약했었다. 다만 이곳은 버스 터미널과 거리가 조금 있었기에 택시를 불러 이동하기로 했다. 택시를 잡은 곳, 즉 터미널이 있던 도심은 굉장히 혼란스러운 곳이었다. 출근 시간과 맞물려 사람과 차가 워낙 많은 탓도 있었지만, 잘 발전된 도시의 모습과 개발도상국의 모습이 동시에 보여 이곳을 어떻게 바라봐야 할지 다소 어지럽게 느껴질 정도였다. 아마 모르긴 몰라도 엄청난 빈부격차가 사회 문제로 만연해 있을 것 같았다. 이렇듯 카이로의 첫인상은 평소 생각해왔던 ‘역사와 문명의 발현지 이집트’와 조금은 차이가 있지 않았나 싶다. 그런

도심과 기자 지구는 다리 하나를 사이에 두고 구분되어 있었다. 여러 생각이 들던 도심을 지나쳐 다리를 건너자 택시 앞 유리로 거대한 피라미드가 그 웅장함을 뽐내 보이고 있었다.

"웰컴 투 이집트."

택시 드라이버의 짧은 인사를 받은 후 숙소 예약 사이트에서 알려 준 위치에 내렸다. 그런데 이상하다. 아무리 둘러보아도 내가 예약한 호텔이 없었다. 혹시나 싶어 이 근방 일대의 모든 건물을 오르락내리락 해보았지만 죄다 다른 숙소일 뿐이었다. 후루가다에 이어 또 한번 숙소 문제가 터져버리니 허탈하기 그지없었다. 하지만 피라미드 뷰에 꽂혀 호스텔 도미토리가 아닌 그래도 나름 가성비의 호텔을 잡아 놓았던지라 이대로 포기할 수는 없었다. 허름하지만 인상이 좋은 직원이 상주하고 있던 어느 호텔에 들어가 도움을 청했다.

"나 숙소를 예약했는데 불행하게도 이곳에 없는 것 같아. 혹시 여기로 전화 한번만 해줄 수 있을까?"

그의 도움을 받아 전화 연결에 성공했다. 다만 본인을 매니저라고 소개한 사람은 잠시 후 다시 연락을 준다며 금방 전화를 끊었고 십여 분을 더 기다리게 했다. 다행히 연락 두절이 되어 돈을 잃은 것은 아니지만 결론만 말하자면 사기의 일종이 맞았다.

1. 가상의 호텔을 예약 사이트에 올려 둔다.
2. 예약 결제가 이루어지면 판매자(사기꾼 혹은 브로커)는 실제 존재하는 유사한 호텔을 현지 가격으로 더 저렴하게 예약한다.
3. 숙박 당일 예약자로부터 연락이 오면 숙소가 바뀌었다며 다른 곳 즉 본인이 저렴하게 예약한 호텔로 이동을 유도한다.
4. 예약 사이트에서 정산해주는 수익과 본인이 지출한 비용의 차액을 취한다.

현지인들은 현지 숙소를 여행객들에게 내어주는 가격에 비해 현저히 저렴하게 구할 수 있기 때문에 이와 같은 사기가 생겨난 것으로 보였다. 어쨌든 비슷한 컨디션의 숙소를 배정받은 것이라 금전적으로 크게 손해본 것은 아니다. 하지만 무언가 사기를 당했다는 찝찝함과 도착한 이후 실제로 방안으로 들어가기까지 한 시간이 넘도록 마음을 졸이고 더운 날씨에 고생을 했다는 점이 나를 분노하게끔 만들었다. 더 큰 문제는 지금 내가 당한 사기에 대해 어디다 화를 내거나 보상을 요구할 수도 없다는 사실이었다. 그저 한국으로 돌아가면 예약 사이트에 신고를 해야겠다고 마음 먹을 뿐. 불행 중 다행인 건지, 유도 받은 호텔은 생각보다 좋은 컨디션이었다. 사장님도 친절하셨고 에어컨과 와이파이가 빵빵하게 제공되고 있었으며, 무엇보다 루프탑에 오르면 기자 피라미드가 뚜렷이 눈앞에 펼쳐져 있었다! 룩소르에서 이미 피라미드를 경험한 상태였지만 기자 피라미드는 그 의미가 또 달랐다. 장대한 문명의 산물을 앞에 두고 앉아 있자니 감격스러운 나머지, 불과 몇 분 전까지의 호텔 사기 사건을 새까맣게 잊어버렸다. 사장님이 웰컴 드링크라며 건내 주신 이름 모를 과일 주스를 마시며 얼마 동안 내가 이집트에 있음을 다시 한번 떠올렸다.

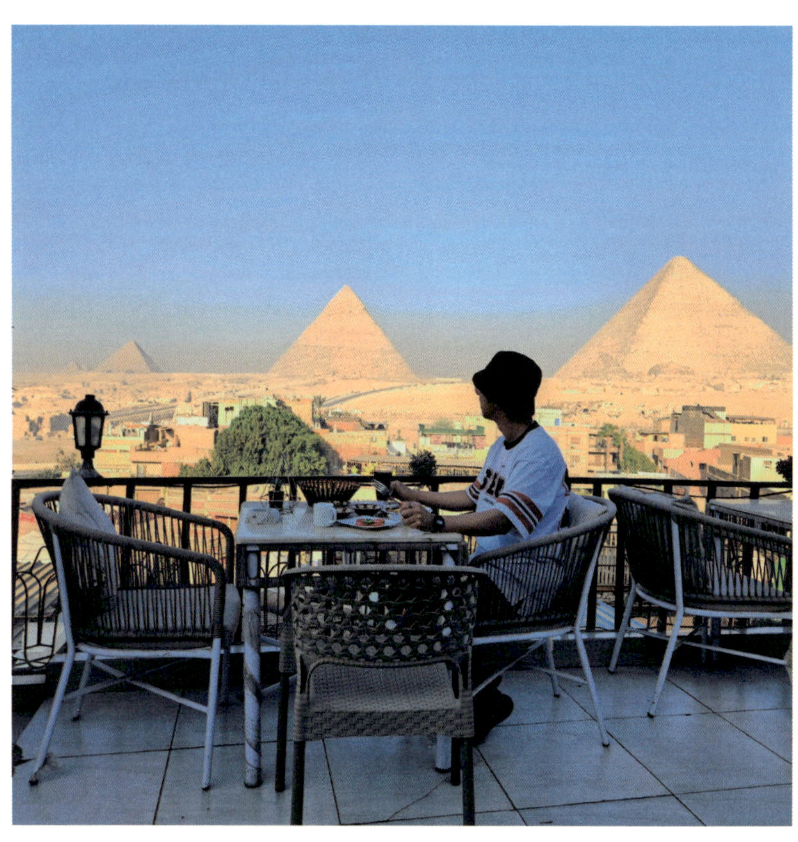

체크인이 어려우면 뭐 어때, 뷰가 이런데!

카이로 여행 방법에 대해서는 꽤 고민을 했었다. 대부분의 사람들이 선호하는 기자 피라미드 투어를 차치하고서라도 카이로 서쪽 리조트 단지에서 여행 막바지를 보낼지, 카이로 시내 및 중심가를 여행할지, 시내를 여행한다면 원데이 투어로 편하게 갈지 혹은 끝까지 배낭여행자의 고행 스타일을 유지할지. 많은 생각이 들었지만 역시 내가 가장 잘할 수 있는 나다운 여행을 하기로 마음먹었다. 여전히 난 힘들지만 성취감 있는 여행이 좋다. 그래서 가보기로 한 곳은 세 곳. 동굴 교회와 칼릴리 시장, 그리고 쓰레기 마을이라는 별칭으로 유명한 모카탐 지역이다. 일반 대중교통을 타기엔 알아보아야 할 것도 많고 시간도 부족했기 때문에 택시를 이용하기로 했다. 흥정과 호객이 판치는 나라 이집트지만 우버와 인드라이브라는 두 어플리케이션만 있다면 택시를 타는 것은 걱정이 없다.

구글 지도상으로 동굴 교회가 불과 3분 거리 코 앞에 있었는데 당최 택시 기사님이 길을 못 찾으셨다. 상당히 흉흉한 분위기의 슬럼가이긴 했지만 동굴 교회는 여행자들 사이에서는 꽤 유명한 곳으로 알고 있었기 때문에 택시를 업으로 하는 사람이라면 모를 수가 없을 텐데 참 이상하다고 생각했다. GPS는 계단이 나 있는 길을 차로 올라가라는 둥 이곳의 지형을 상세히 안내해주지 못했다. 그리고 점차 슬럼가의 모습이 더욱 진해지고 거리의 사람들은 나를 이상하게 쳐다보기도 했다. 뭔가 잘못되었음을 직감했다.

"친구야, 택시로는 목적지에 도착할 수 없을 것 같아. 이곳 툭툭을 잡아 줄게. 툭툭을 타고 올라가렴."

나를 알 수 없는 곳으로 인계하려는 기사와 자꾸만 쳐다보는 현지인들에 둘러 쌓여 극도의 경계심이 들었다. 사실 기독교인이 아니라 교회에는 딱히 관심이 없는데도 불구하고 굳이 동굴 교회를 가보아야 할 이유가 없었다. 그렇기에 다 포기하고 시장 구경이나 하러 갈까 생각도 했었다. 그러나 나를 이곳까지 이끈 택시 기사님이 직접 툭툭을 잡아주고 흥정까지 해주는 데다 내게 팁을 바라지도 않는 것을 보고 그를 믿어 보기로 했다. 건장한 청년 남성인데 뭐 무슨 일 나겠어?

툭툭을 타고 구불구불한 골목길을 올라가던 중 마주한 동네의 풍경과 코를 찌르는 냄새가 범상치 않았다. 이곳이 바로 모카탐 지역, 즉 쓰레기 마을이었다! 어쩐지 빈민가의 모습이 진하게 느껴진다 했더니, 쓰레기 마을이 동굴 교회로 올라가는 길목에 위치해 있었던 것이다. '대체 왜 이런 곳에 교회가 있을까?'라고 생각이 든 지 10초가 채 되지 않아 모든 퍼즐이 맞춰졌다. 이곳 이집트는 이슬람 문화권의 나라, 이슬람은 타 종교를 배척, 특히 그 종교가 기독교라면 더욱 심할 것. 그런데 내가 지금 향하는 곳이 교회라면? 아! 핍박과 차별의 산물이구나!! 실제 역사적으로 이집트의 기독교인은 오랜 세월 동안 차별과 박해를 받았고 때문에 그동안 더럽고 위험한 일을 이들이 도맡아 해왔다고 한다. 이러한 일들을 하다 보니 가난이 대물림되고 빈부격차는 더욱 심해져 지금에 이르렀다는 문화적 사실이 존재한다. 어쩐지 오는 길이 순탄치 않더라니. 그래도 쓰레기 마을은 현지 투어를 끼지 않으면 돌아보기가 여간 어렵다는 정보를 인터넷에서 봤던지라 이런 우연한 기회가 내겐 너무 소중했다.

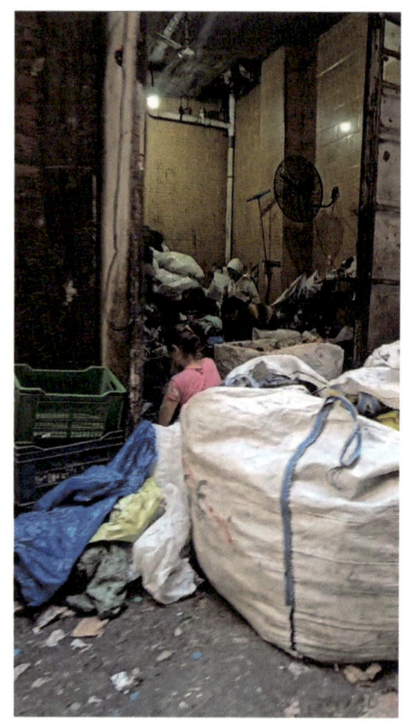

경외심이 들 정도.

그러나 고약한 악취가 온 동네를 뒤

덮고 있는 이곳을 앞뒤 좌우가 뻥 뚫린 툭툭을 타고 지나는 것은 결코 쉬운 일이 아니었다. '코를 찌른다.'라는 말이 어떤 의미인지 몸소 겪을 수 있었고 시각적으로 다가오는 거부감 또한 반갑지 않았다. 쓰레기 마을을 혼자 자유여행으로 왔다는 사실에 잠시 기뻐하기도 했지만 머리가 지끈지끈할 정도의 냄새에 두 손, 두 발을 다 들고 도망가고 싶었다. 툭툭은 어찌나 이렇게 흔들리고 골목은 왜 이렇게 울퉁불퉁하며 좁은지… 신기하면서도 힘이 든 몇 분간의 이동 끝에 동굴 교회에 도착할 수 있었다. 어지러운 정신을 가다듬고 툭툭 요금을 건넨 후 괜스레 '나이스 드라이빙'이라며 엄지를 들어 보인 후 교회 입구로 들어갔다. 교회가 쓰레기 마을 꼭대기에 위치해 있었던 탓에 악취가 왕왕 코를 적시곤 했다. 그리고 내려가는 길 또한 쓰레기 마을을 관통해야 했으므로 그저 얼른 이곳을 벗어나야겠다는 생각을 할 수밖에 없었다. 나중에, 그곳을 벗어나고 한참이 지나서야 비로소 이집트라는 나라의 민낯을 봤음에, 아프리카 대륙 빈민의 삶을 눈앞에서 목격했음에, 그리고 역사적 장소를 우연히 들르게 되었음에 감사하고 그 의미에 대해 깊게 생각할 수 있었다.

한 가지 고백을 하자면 로마를 여행했을 때 가보았던 바티칸 시국 이후로 웬만한 교회나 성당 그리고 모스크 등의 종교 건축물을 보고 멋있다는 생각을 못 하고 살았다. 왠지 바티칸이 종교 건축물의 정점에 있다는 생각 때문이지 않았을까. 그렇기에 건축물을 구경하는 여행에 대해 마땅히 어울리는 묘사를 하기가 어려울 것 같았다. 그나마 예루살렘 정도를 가야 그나마 느끼는 바가 생겨 할 말이 생길 줄 알았는데 오산이었다. 이집트의 동굴 교회가 너무 멋졌다. 거대한 돌산 속에 동굴이 있고, 그곳에 웅장한 규모의 교회가 만들어져 있더라. 너무 신기했다. 저 돌산은 누가 깎은 것일까? 아니면 이미 동굴이 있었던 것일까? 여기에 교회를 만들? 혹은 조각할? 생각은 어떻게 하게 된 것일까? 감탄하며 구경하게 되었다. 게다가 누가 보아도 이슬람 문화권의 외형을 한 사람들이 수녀복을 입고 십자가를 드는 모습이 참 생소했다. 심지어 운이 좋았던 것인지 그들이 예배를 드리는 장면까지 볼 수 있었는데 인지부조화가 오면서도 그저 놀라울 따름이었다. 다만 내리쬐는 햇빛과 종종 올라오는 쓰레기 냄새에 굴복해버릴 수밖에 없었다. 짧은 시간 구경한 교회에서 나와 툭툭을 찾았다. 칼릴리 시장으로 가 달라는 말에 툭툭은 단지 마을 초입까지만 데려다 줄 뿐이었다. 이곳에 삶의 터전을 잡은 이들은 어째서인지 마을 밖으로 잘 나가지 않는 듯했다. 그저 자기는 여기까지밖에 못 간다고, 다른 택시를 불러 가라고 했다.

모카탐 지역에서 벗어나는 택시가 당최 잡히지 않았다. 우버와 인드라이브에서조차 배정되는 차량이 없었다. 저 옆에 보이는 조금은 멀끔해 보이는 현지인에게 물었다. 영어를 할 줄 모르는 것 같아 번역기 어플을 켜 어렵사리 소통한 내용은, 오토바이 택시 외에는 모카탐 지역으로 아무도 오려고 하지 않는다고 했다. 이유인즉, 다시 카이로 시내로 돌아갈 땐 백이면 백 빈 차로 돌아가야 하기 때문. 어쩔 수 없이 오토바이 택시를 불렀다. 오토바이 택시는 말 그대로 오토바이 뒷자리에 아슬아슬하게 앉아 얻어 타고 가는 방식이었다. 당연히도 무엇 하나 별도로 마련된 안전장치나 좌석이 없다. 좌석은커녕 헬멧도 안 주더라! 그 상태로 고속도로로 보이는 도로를 쌩쌩 달리던 탓에 놀이공원 어트랙션을 탄 것처럼 짜릿함(?)을 느끼며 이동했다. 다행히 큰 문제 없이, 오히려 더 빠르게 칼릴리 시장에 도착할 수 있었다.

무너지지는 않겠지?

칼릴리 시장에 들어가기에 앞서 잠시 마음을 다잡는 시간을 가졌다. 이곳은 호객꾼들이 끈질기기로 악명 높은 이집트이고 나는 그들의 본거지에 왔기 때문이었다. 사기 당하지 말자! 소매치기 조심하자! 오히려 이런 문화를 즐기자! 그런데 막상 시장에 들어가보니 생각보다 조용했다. 물론 호객 행위를 하지 않는다는 의미는 아니지만 이 정도면 굉장히 점잖게 장사를 한다고 봐야 한다. 터치도 없고 강요도 없었으며 정찰제인 경우도 꽤 많았다. 가장 의외였던 것은 그간 수없이 들어왔던, 동아시아인이라면 들을 수밖에 없던 '니하오'보다 '곤니치와'라는 말이 수십 배 더 많이 들렸다. 다른 아프리카 지역보다 일본인이 많긴 했지만 그렇다고 압도적인 수는 아니었음에도 시장 사람들 모두가 동아시아인에게 '곤니치와'라는 인사말로 말을 걸어왔다. 당연히 '안녕하세요'는 없었다. 나는 괜한 자존심에 내게 '곤니치와' 혹은 '니하오'라는 인사를 하지 않는 가게만 골라 구경했다.

칼릴리 시장에 온 이유는 구경의 목적도 있겠지만 귀국을 앞둔 내게 이곳만큼 선물을 사기 적합한 곳이 없다고 생각했기 때문이다. 일명 냉장고바지, 이집트어로는 '빤딸롱'이라 불리는 바지를 대량 구매했다. 아마 판탈롱(Pantalon)을 말하고 있는 것이지 않았을까. 아무튼 대부분의 가게에서 바지 한 벌당 150이집션파운드를 불렀다. 아무리 저렴하게 흥정해봐야 130 이하로는 떨어지지 않았다. 마음에 드는 가격이 아니었지만 생각보다 흥정이 쉽지 않았다. 하지만 포기하지 않지, 난 많이 살 거니까! 일부러 인적이 드문 시장 구석진 곳으로 찾아갔다. 이곳은 월세가 저렴할 것이고 여행자가 많이 없어 매출이 안 나오기 때문에 가서 대량 구매를 하겠다고 말하면 박리다매 식으로 흥정에 응해줄 것 같았다. 그리고 그 예상은 적중했다! 고작 세 곳을 찾아갔을 때 개당 100파운드에 13개의 바지를 구매하는 데 성공했다. 아무래도 나는 흥정의 왕인 것 같다. 바지를 구경하느라 칼릴리 시장의 거의 전체를 다 둘러보았기 때문에 미련없이 시장을 떠나기로 했다.

어느덧 노을이 지던 차라 숙소가 있는 기자 지구로 다시 돌아갔다. 가는 동안 택시 안에서 카이로 시티 전경을 구경할 수 있었다. 나일강 근처는 마치 서울의 한강 같았다. 잘 발전된 도시의 모습 그 자체였다. 심지어 카이로의 여의도 혹은 뚝섬 같은 지역도 있었다. 불과 몇 시간 전까지 쓰레기 마을을 보았었는데, 이 정도의 빈부격차라니, 만감이 교차했다. 이런저런 생각에 잠겨 말을 잃어가던 즈음 숙소 앞에 도착했다. 웃겼던 건 내리자마자 '택시?', '홀스 웨건?' 소리가 들리며 호객꾼들이 붙었다. 나 분명 방금 택시에서 내렸는데 말이다. 이곳은 카이로 시내와 또 다른 매력의 지역인 기자 지구임을 곧바로 체감했다. 기자 지구에 왔으면 피라미드 뷰를 즐겨야 하는 것이 인지상정 아니겠는가. 근처 리쿼샵에 들러 맥주를 사고 깔끔해 보이는 치킨 가게에 들러 안주를 몇 가지 챙겼다. 그리고는 오전에 봐두었던 숙소 루프탑 명당 자리로 올라갔다. 여행 전부터 고대하던 이집트 피라미드 야경을 마주하며 혼자만의 시간을 가질 수 있었다.

'좋다… 행복하다….'

'이제 정말 여행이 얼마 남지 않았구나.'

'룩소르, 후루가다, 그리고 카이로까지. 이집트는 이슬람 문화권임에도 밤문화가 꽤 발달해 있구나.'

'낙타똥 냄새 난다. 말똥 냄새 난다….'

'킁킁'

'이만 자러 가야지.'

밝을 때와 또 다른 매력.

03

D+32

카이로[2]

"완벽한 마무리."

룩소르에 동안/서안 투어가 있다면, 카이로에는 피라미드 투어가 있다. 기자 피라미드 유적지 및 스핑크스를 쭉 돌아볼 수 있는 투어이다. 당연히 투어 없이도 관광이 가능하지만 무더운 날씨 아래에서의 이동과 그 시절의 역사 이야기를 들을 수 있다는 점을 고려하면 투어를 이용하는 편이 더욱 효율적이라고 판단했다. 비용도 그리 비싸지 않았다. 이른 아침 외출 준비를 하며 룩소르에서 구입한 전통 의상을 입고 머리에는 터번을 둘렀다. 그리고 손가락에는 마찬가지로 룩소르에서 맞춘 상형 문자가 새겨진 은반지도 꼈다. 벌룬을 타던 관광 사업가 '조 알마하디 훈자이'가 카이로에 다시 나타났다! 픽업 미니 버스에서 만난 가이드는 나를 보고, 간혹 이런 차림으로 투어에 참여하는 사람이 있지만 이렇게 잘 어울리는 사람은 많이 없다며 칭찬 아닌 칭찬을 건넸다. 내가 봐도 찰떡같이 어울린다. 나 외에도 터번과 은반지를 장착한 사람이 한 명 더 있었는데 바로 룩소르에서 동행했던 신이었다. 먼저 미니 버스에 타고 있던 신이 놀란 눈으로 나를 쳐다보았지만 사실 나는 전날 투어 안내를 위해 만들어진 단체 메신저방에서 그의 프로필을 보고 미리 알고 있었다. 세상 반가운 인사를 건네고 오늘도 함께 다니며 서로 사진을 찍어 주기로 약속한 채 옆자리에 앉아 출발하게 되었다.

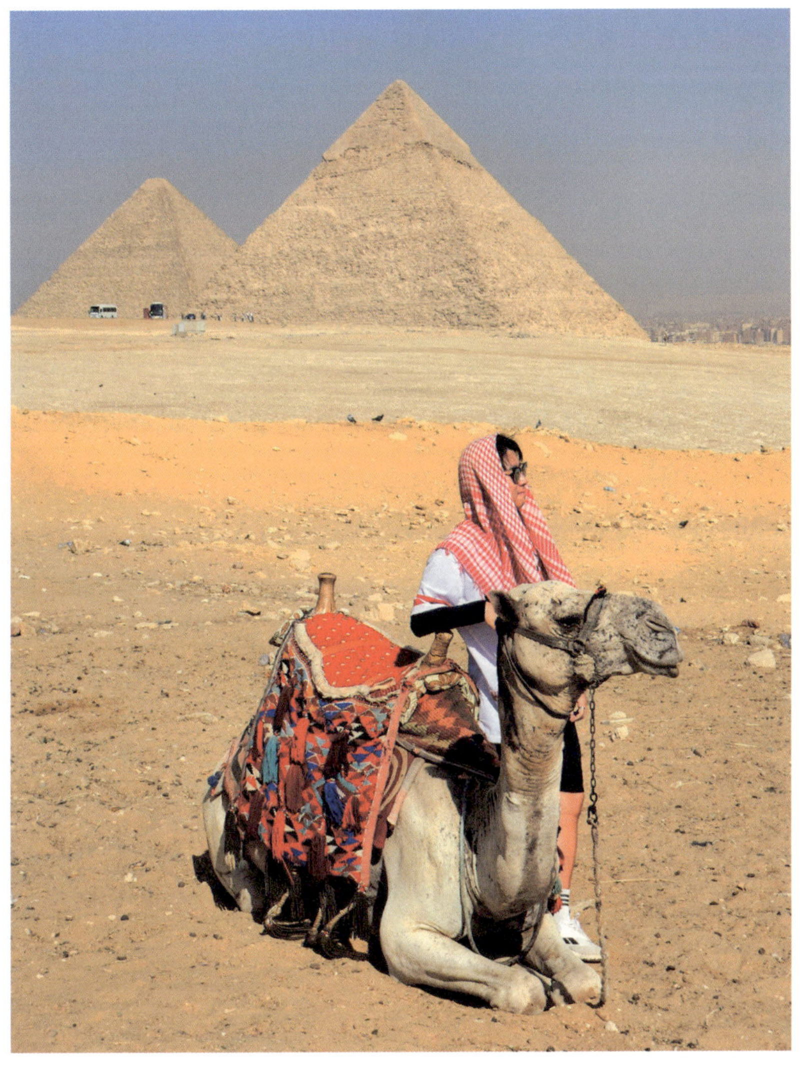

조 알마하디 훈자이.

이동하는 내내 한국어를 매우 잘하는 현지 가이드 분이 이런저런 역사적 사실을 소개해주었다. 클레오파트라가 어떻고, 람세스 몇 세가 어떻고. 그러나 배경 지식이 없었던 탓에 하나도 못 알아들었다. 큰 흐름은 공부를 좀 하고 올 걸 그랬다. 그나마 가장 기억에 남고 충격적으로 다가온 건, 이 기자 지구의 피라미드들이 세워질 때 우리나라는 고조선조차 건국되기도 전인 상태였다는 것이다. 한국사를 공부할 때면 가장 처음으로 나오는 국가 개념이 고조선인데 이조차 없던 시절에 벌써 이집트는 피라미드를 세우고 문명을 이뤘다는 점은 가히 충격적이었다. 물론 역사와 문화에 우열이란 없겠지만 분명한 것은 당시 이집트 문명의 발전 정도는 전 세계를 통틀어 보아도 압도적인 수준이었을 것이다. 이외에도 카푸, 투탕카멘 등 여러 고대 이집트 왕들의 흔적들을 구경하고 전해 들었지만 안타깝게도 지금 와서는 새까맣게 잊어버리고 말았다.

다만 다행이라 해야 할까, 피라미드 투어는 룩소르 일대를 다니는 투어와 달리 조금 더 관광과 사진 촬영을 위주로 진행되었다. 한국인이 좋아하는 사진 스팟과 촬영 구도를 알려주었고 심지어 꼭 취해야 할 포즈까지 정해 주기도 했다. 피라미드가 워낙 거대했기 때문에 적절한 카메라 앵글을 맞추기가 어려웠는데 꽤나 마음에 들 법한 사진들을 찍어주었다. 한국인들에게 괜히 인기가 있는 것이 아니라는 생각을 했다. 나는 신과 함께 장소에 구애받지 않고 서로를 찍어주며 놀고 있었지만 아무래도 남들에게 자랑할 수 있을 법한 '인생샷'은 가이드가 콕 집어 주었던 그 장소에서 나올 수밖에 없었다. 아 참, 신이 생각하는 잘 나온 사진과 내가 생각하는 잘 나온 사진이 조금 달랐다는 것과 그 때문에 서로 보정하기 바빴다는 것은 비밀이다!

피라미드도 피라미드겠지만 이번 여정의 핵심은 아무래도 대스핑크스를 가까이서 접하는 것이라고 할 수 있다. 여기저기서 눈에 많이 담았던 피라미드보다 여행 중 겨우 딱 하나 볼 수 있었던 스핑크스가 조금 더 특별하게 느껴졌기 때문이다. 실제로 가장 많은 관광객들이 스핑크스를 볼 수 있는 장소에 밀집해 있기도 하다. 정말 많은 인파에 정신이 조금 없었지만 눈앞에서 마주한 스핑크스는 꽤 흥미로웠다. 생각보다 더 컸고 생각보다 압도적이었다. 물론 세월의 풍파를 정통으로 맞은지라 부서지고 해져 조금은 흐릿한 채로 남아 있었지만 왠지 모를 아우라가 느껴진다고 생각했다. 반면 이런 스핑크스를 담은 기념 사진은 역설적이게도 우스꽝스러운데, 거의 모든 사람들이 스핑크스와 키스를 하고 선글라스를 씌우며 빨대를 꽂은 음료를 나눠 마시고 있다. 나 역시 마찬가지!

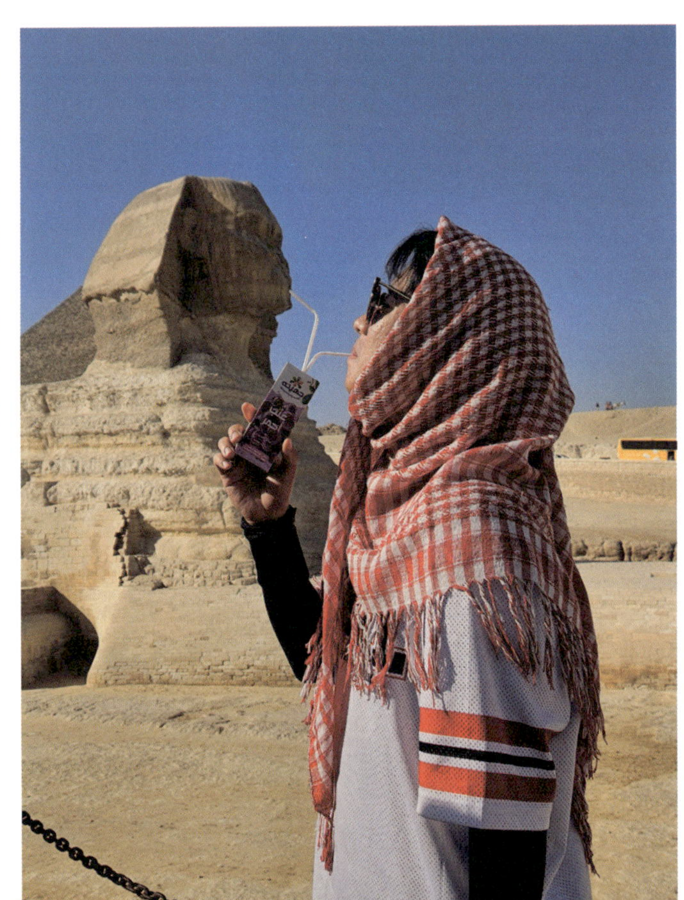

가이드가 음료와 빨대를 빌려주는 지경에 이를 정도.

해가 지기 전에 투어는 종료되었다. 나는 신과 함께 오늘 저녁을 함께 먹기로 했었다. 마침 신이 다른 한국인 여행객 두 명을 더 섭외했더라. 혼자 하는 여행에서 식사 동행은 아주 소중하다. 다양한 메뉴를 함께 공유할 수 있기도 하고 밥을 먹으며 이런저런 여행 얘기를 나누는 것도 아주 흥미롭기 때문이다. 또 이런 기회를 통해 새로운 동행을 만나 색다른 여행을 이어갈 수 있기도 하다. 신과 나 그리고 통성명도 하지 않았지만 대충 또래처럼 보이는 여행자 A와 B가 모였다. 투어 내 포함되어 있던 점심을 뷔페식으로 꽤 넉넉히 먹었었기 때문에 당장 저녁 식사를 하기엔 이르다고 판단했다. 잠깐 시간을 보낼 곳을 찾는데 A가 스타벅스를 추천했다. 여행까지 나와서 무슨 글로벌 체인인가 싶었지만 나일강 강가에 위치해 노을을 보며 사색에 잠기기 딱 좋은 장소라며 본인은 이집트에 있는 동안 벌써 세 번이나 방문했단다. 그럼 가 봐야지!

그녀의 추천은 대성공이었다. 마치 한강 공원에서 피크닉을 하듯 테라스석에 앉아 나일강과 이집트의 노을을 구경하는데 정말 탁월한 자투리 시간 나기가 되었다. 아니 사실 시간을 일부러 내서라도 찾아올 만한 곳이라고 생각했다. 지금껏 카이로에서는 모카탐 지역, 칼릴리 시장 그리고 기자 지구 정도에만 머물렀고 택시 안에서 겨우 시내를 구경하기만 했었는데 또 다른 매력을 느끼게 되어 만족할 수 있었다. 신, B, 나는 모두 A의 혜안에 감사 인사를 전했다.

스타벅스를 벗어나 식당으로 향하는 길, 저녁 메뉴는 룩소르 첫날 우연히 먹었던 코샤리로 정했다. 카이로에는 코샤리 메뉴 하나로 무려 4층 빌딩을 세운 전설적인 가게가 있다. 여행자는 물론 현지인들까지 발걸음이 끊이질 않는 엄청난 전통 맛집이다. 심지어 코샤리는 전 세계 사람들의 입맛에 안 맞을 수 없는 자극적이면서도 다채로운 맛이라 이곳을 방문하지 않고는 이집트 여행을 하지 않았다고 봐도 무방할 정도다. 가게는 시내 중심 거리에서 두 블록 정도 떨어진 곳에 위치해 있었다. 길목마다 꽤 나이스해 보이는 식당들이 늘어서 있었지만 일명 코샤리 빌딩 앞에서는 모두 동네 구멍가게로 보일 뿐이었다. 웨이팅 번호표를 손에 쥐고 차례를 기다리고 있는 손님들의 행렬도 눈에 띄었고 삐까번쩍하면서도 높게 솟아오른 식당 빌딩이 시선을 사로잡았다. 실내 또한 이곳이 소문난 맛집임을 잘 보여주고 있었다. 으리으리한 인테리어, 잘 교육된 직원들과 빠릿한 분업 체계를 느꼈고 무엇보다도 압도적인 청결도를 자랑하고 있다. 음식 맛은 둘째치고 이 정도의 고퀄리티 식당이라면 먹기도 전에 이미 만족이다.

코샤리는 이집트의 국민 음식이자 서민 음식이다. 그래서 가격이 그리 비싸지 않다. 한 그릇에 한화 2천 원이 넘지 않는 가격임에도 배가 불러 남길 만큼의 많은 양이 제공된다. 이 정도의 장사로 건물을 한 채 세우다니, 도대체 얼마나 많은 손님들이 오갔으며 얼마나 많은 코샤리를 만들었을까, 가늠도 안 된다. 잠시 감탄의 시간을 가지고 있으니 금방 주문한 코샤리가 서빙되었다. 사실 주문이라고 할 것도 없었다. 단일 메뉴이기 때문에 스몰, 미디엄, 스페셜로 나뉘는 접시의 크기만 정하면 됐다. 이미 코샤리가 내 입맛에 맞음을 경험했기 때문에 고민 없이 스페셜을 선택했다. 상당히 위생에 신경 쓴 듯한 직원이 테이블로 낸 코샤리를 즉석에서 섞어준다. 사실 좀 난해한 비주얼이긴 하다. 쌀밥, 렌틸콩, 병아리콩, 마카로니, 스파게티면, 튀긴

양파, 마늘후레이크 등이 마구잡이로 담긴 접시가 나오는데 여기에 토마토 소스와 특별(?) 소스를 붓고 비빔밥 비비듯 섞어내야 하는 것이 바로 코샤리다. 생소한 음식이라 아마 여행객들에게는 직원이 직접 만들어주는 서비스를 제공하는 듯했다. 전문가의 손길을 타긴 했어도 여전히 꿀꿀이죽 강아지밥 같은 비주얼이긴 했다. 다만 음식 맛 하나는 기가 막힌다. 정말 맛있다. 이런 음식이 심지어 육류 하나 들어가지 않은 채식 메뉴라니, 믿기지 않았다. 룩소르에서 먹었던 그것과 크게는 다르지 않은 맛이었지만 기분 탓인지 어쩐지 조금 더 고급스럽게 느껴졌다. 아무래도 맛집 프리미엄이 혀끝을 속이지 않았을까. 코샤리를 처음 접한 신과 B도 이럴 줄 알았으면 1일 1코샤리를 했어야 했다며 좋아했다.

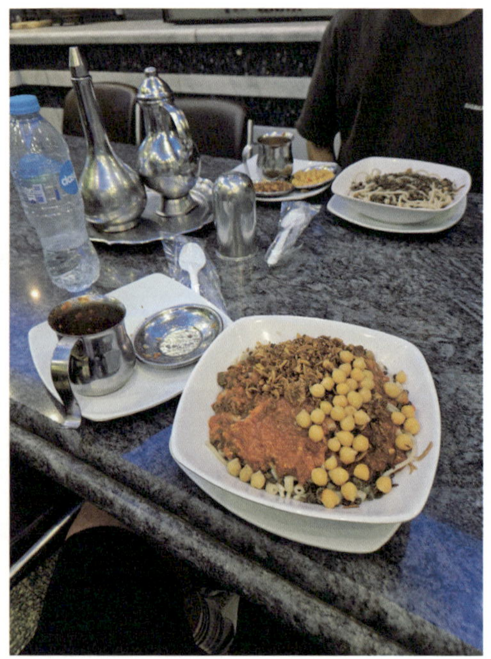

비비고 나면 개죽이 되기 때문에 사진 없음ㅋ

나일강 스타벅스부터 코샤리 맛집, 그리고 후식으로 찾아간 젤라또 가게까지 어쩌다 보니 식도락 여행이 되었다. 이 일정이 숙소에 돌아가서도, 그리고 이후 며칠이 지나서까지도 머릿속에 생생할 정도로 강렬한 기억이었다. 이날은 내 아프리카 여행의 마지막 날이기도 했다. 그래서인지 아쉬움이 남지 않는 하루가 되고 싶었고 동시에 잔잔한 기분을 유지할 수 있는 장소들에 가고 싶었다. 그런데 의도치 않았지만 마침 원하던 대로 흘러간 것이다. 숙소에 돌아가 배낭을 싸면서도 한 달이 넘는 시간 동안의 여행의 끝을 행복하게 마무리할 수 있어 참 좋았다는 생각을 이어갔다. 감성적인 시간을 잠시 동안 가지고 이내 현실로 돌아와 다시 짐을 챙겼다. 내일 아침 눈을 뜨면 정든 아프리카와 작별을 해야 한다.

D+33

일정 종료 귀국

04

"돌아갈 집이 없구나!"

아프리카 여행을 한 지 33일째가 되는 날의 아침이 밝았다. 평소보다 굼뜬 속도로 외출 준비를 하고 괜히 루프탑에 올라 피라미드를 멍하니 쳐다보았다. 숙소에서 제공되는 특별할 것 없는 조식도 어째서인지 더 깊은 맛이 나는 듯했다. 오늘 체크아웃을 한다는 것을 알고 있던 숙소 사장님이 간식거리를 몇 개 챙겨주며 물어 왔다.

"친구, 다음 목적지는 어디야?"
"오늘이 여행의 마지막 날이야. 이제 집으로 돌아가야 해."
"오 신이시여! 기분이 어때?"

여행을 끝마치고 일상으로 돌아가는 것은 언제나 아쉽기 마련이다. 아쉽지 않다면 그것은 아마 여행이 아니라 일종의 미션을 한 것이 아닐까? 즐겁지 않은 여행을 하느라 인내하는 시간을 가졌거나, 도장 깨기 같은 관광을 하는 임무 완수 퀘스트 같은 미션 말이다. 아프리카를 종단하는 것이 결코 쉬운 여행은 아닐 것이다. 나도 때로는 미션처럼 일정을 소화해낸 경우도 분명 있었고 미리 계획했던 것을 완료하기 위해 고군분투하기도 했었다. 그러나 이것들이 즐겁지 않거나 피하고 싶은 순간으로 다가온 적은 결코 없었다. 오히려 여행을 더욱 다채롭게 만들고 기억에 오래 남도록 도와주는 하나의 요소가 되었다는 생각이 들어 도리어 고마울 정도다. 그렇기에 꽤나 힘들고 길었던 여행의 말미에도 더 이어가지 못하고 한국으로 돌아가야 한다는 서운한 감정이 가득했다.

"지금 기분? 음, 피라미드 쌓으러 가는 고대 노동자들이 아마 이런 기분이었을걸!"

공항으로 가는 길, 귀가 먹먹해질 정도로 울리는 자동차들의 클락션 소리, 택시에서 내리자마자 택시를 타지 않겠냐는 호객꾼들의 외침, 당연한 듯 나의 앞으로 새치기해서 가는 현지인들, 평소엔 결코 유쾌하지 않을 것들이 어째서인지 정겹게 느껴졌다. 이런 것을 추억 보정이라고 했던가. 현대판 원효대사 해골물이 있다면 여행을 하며 경험하는 것들이 바로 그 예시가 될 것이다. 이게 또 여행의 여러 가지 매력 중 하나라고 생각한다. 좋은 기억만 안은 채 언제 또 올지 모르는 아프리카 대륙을 뒤로하고 긴 하늘길에 올랐다.

여행을 무척이나 좋아하는 내게 아프리카 대륙은 끝판왕 같은 존재였다. 어렸을 적 5대양 6대주라는 말을 종종 듣곤 했는데 그 6대주 중 한번도 가보지 못했던 곳이 아프리카였다. 그리고 가장 이국적인 모습을 한 곳이 아프리카라고 생각했었다. 특이하고 특별한 여행을 좋아하는 내게 이런 유니크함이 참 매력적으로 느껴졌다. 그러던 중 〈꽃보다 청춘〉이라는 예능에서 어쩌지 친근한 남자 넷이 렌터카를 몰며 아프리카를 여행하는 것을 보고 '나도 할 수 있겠는데?'라는 생각을 하게 되었다. 그러다 머지않은 미래에 나도 꼭 종단 여행을 해보겠다며 버킷리스트에 올려 두었고 비로소 현실로 마주하게 된 것이었다. 특이할 것 하나 없는 전형적인 대한민국의 직장인으로 살면서도, 안식월이라는 한 줄기 기회를 잡고 이렇게 훌쩍 떠나, 하고 싶던 것들을 정말로 해버릴 수 있게 되어 참 감사하면서도 나 스스로가 대견했다. 이제 꿈에서 깬 후 다시 일상으로 돌아가는 길이지만 여전히 믿기지 않았달까. 깨고 싶지 않은 꿈같던 여행을 성공적으로 해내고서 돌아가는 길, 지난 한 달여의 시간을 되짚어보았다.

이번 아프리카 여정은 크게 삼등분으로 나누어 볼 수 있을 것 같다.

1. 케냐에서 출발해 잠비아로 이르는 동아프리카 핵심 지역 탐방.
2. 짐바브웨부터 남아프리카 공화국으로 넘어가기까지의 아프리카 코어 지역 종단.
3. 케이프타운을 돌아보고 이집트로 올라와 아프리카에 적응했음을 느끼던 현지 체험.

의도하지는 않았지만 어쩐지 시간의 흐름과 컨셉이 맞아 떨어지는 듯하다.

내가 훈장같이 여기는 70L 확장형 배낭을 들쳐 메고서 돌아갈 집도 없이 인천공항으로 훌쩍 떠나던 날. 여행의 시작 장소였던 케냐에 도착해 나와는 참 다른 특색을 가진 인종들의 사회 속에 스며들던 첫날. 그리고 TV로만 접했던 마사이마라 사파리에 들어가 초원을 가로지르며 사람 손을 타지 않은 진짜 야생의 맹수들을 마주했던 그 여행 초기를 회상하면 '비현실'이라는 한 단어로 함축할 수 있을 것 같다. 당시만 해도 내가 진짜 아프리카를 여행하고 있는 게 맞는지 혹시 AR체험이거나 〈트루먼쇼〉 같은 대규모 몰래 카메라가 아닌지를 매일 밤 의심할 지경이었고, 눈앞에 펼쳐진 풍경은 아무리 휘황찬란하게 말을 꾸며내도 표현하기 모자랐다. 물론 모시에서 겪은 버스 티켓 사기와 잔지바르 삐끼들과의 언쟁 등 날 어렵게 하던 사건들이 있었지만 이 때문에 좋은 점들이 더 좋게, 아름답던 것들이 더 아름답게 다가올 수 있었지 않았을까 싶다.

중반부 여행은 아무래도 우연히 만난 소중한 인연들과의 여행이 기억 속에 가득하다. 사이몬, 킴, 아야카와 노부 등. 혼자 하는 여행이 다채로운 이유는 역설적이게도 누군가와 함께할 수 있기 때문이라는 생각을 공고히 해주기도 한 기간이다. 사실 전체 여행 일정 중 육체적으로 가장 힘든 시기였고 '관광'이라는 관점으로 본다면 그다지 효율적이지는 않던 코스였지만 이런 점이 생각도 나지 않을 정도로 감정적으로나 정신적으로나 아프리카라는 지역에 깊이 빠져 있었던 것 같다. 게다가 여행기를 정리하고 있는 지금에도 여전히 내게 인생 여행지 1순위는 나미브 사막이고 가장 자랑하고 싶은 여행 포인트는 악마의 수영장이라 더욱 이 기간에 대한 의미가 깊다. 더불어 보츠와나 쵸베의 그림 같은 사파리, 남아공으로 가는 길에 경험했던 기상천외한 국경 넘기 등 아프리카가 아니었다면 결코 경험하지 못했을 종단 일정이다.

아마도 나중에 시간이 지나 아프리카 여행을 추억한다면 이 시기의 기억이 가장 많이 그리울지도 모르겠다.

마지막 남아프리카 공화국과 이집트 여행의 키워드는 힐링이라고 말하고 싶다. 실은 조금 이상하긴 하다. 위험하기로 소문난 남아공, 짜증스럽기로 유명한 이집트를 힐링이라고 정의하는 것이 맞는 걸까. 누군가가 힐링을 목적으로 이 두 곳을 여행하고 싶다고 말한다면 쌍수를 들고 말리겠다. 하지만 적어도 나에게만큼은 분명하게 신체적 휴식, 멘탈적 힐링의 시간이었다. 토니가 선물해준 케이프타운 택시 투어, 의도치 않았던 테이블 마운틴 하이킹 그리고 렌터카 동행들과의 아름다운 이별, 이집트로 넘어온 후 룩소르와 카이로에서의 문화 체험과 후루가다에서의 진짜 휴양까지. 이것들이 힐링이 아니고서는 무엇인가! 생각했던 것과 다르게 흘러가기도 하고 의외의 것에서 만족을 느끼는 것이 여행의 묘미라고 한다. 이 말에 1000% 동의하고 혹시 이 말을 믿지 못하는 사람이 있다면 나의 여행기를 들려주고 싶을 정도다. 이번 여행의 마지막이 이와 같아서 더 마음에 든다.

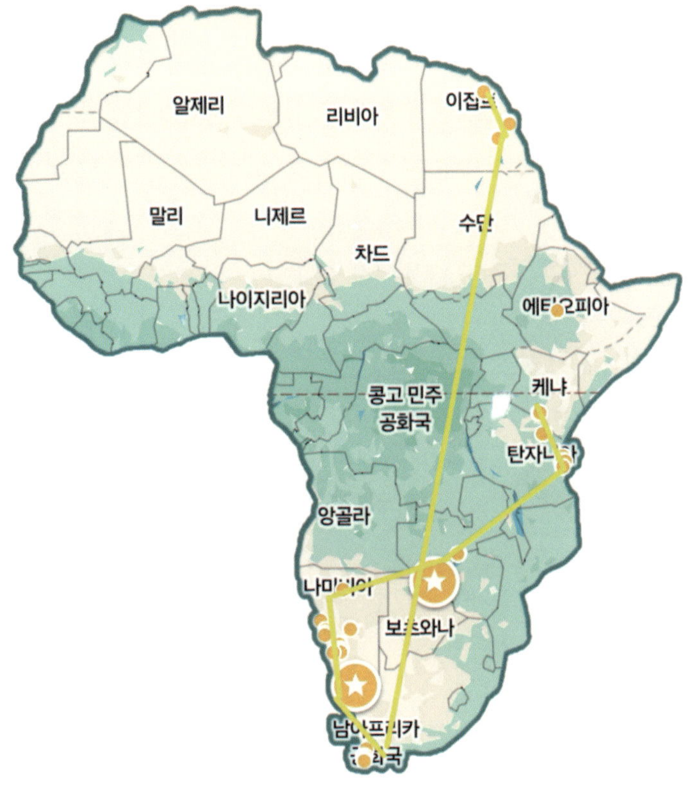

서아프리카도 꼭 가야겠어!

'아프리카 종단 여행' 덕에 지난 한 달 동안 참 많이 행복했다. 아니 어쩌면 여행을 준비했던 기간을 포함하면 1년은 족히 신났던 것 같다. 이제 그동안의 추억을 갈무리하고 다시 일상으로 돌아가야만 한다. 너무 아쉬워만 하지는 않겠다고 굳게 다짐했다. 과거에 본격적으로 취업 시장에 뛰어들기 전, 두 달간 중남미로 배낭여행을 다녀온 적이 있었는데, 그 두 달의 시기 덕분에 고통스러웠던 취준 시절을 지혜롭게 버텨냈던 기억이 있다. 이번에는 무언가 힘든 미래가 기다리고 있는 것은 아니긴 하지만 어쨌든 앞으로의 생활에 커다란 힘이 되어줄 것만 같다. 더구나 5년 뒤에 또 어떤 대단한 여정을 떠날 수 있을 것이기 때문에 걱정은 없다. 물론 안식월이라는 제도가 여전히 남아 있다면 말이다.

'아 참, 걱정이 없긴 무슨. 나 돌아갈 집이 없구나?!'

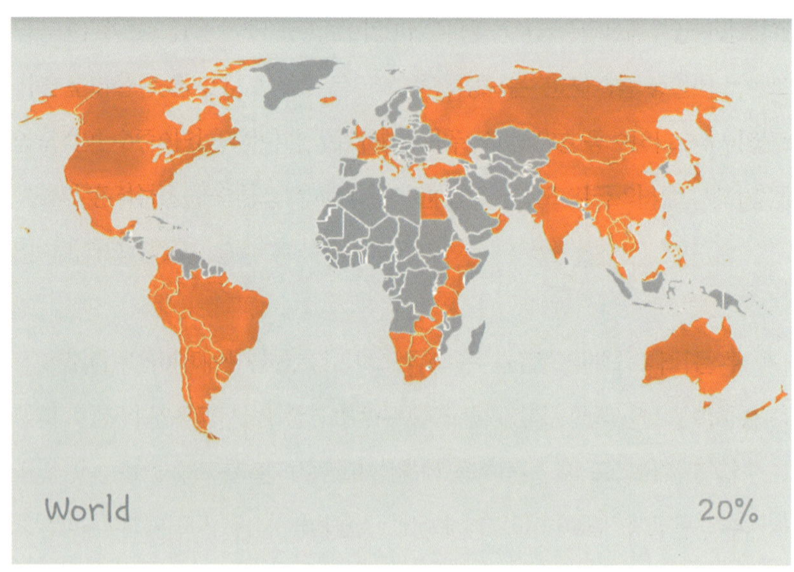

가본 나라 색칠공부하기, 아직 빈 곳이 많네.

에필로그

01

꿈

어째서인지 사람들은 꿈을 묻는 질문이 오면 직업적인 대답을 하더라. 대통령이나 훌륭한 과학자부터 시작해 사업가, 운동선수, 연예인. 나중에는 대기업 입사 같은 것까지도. 나 역시 마찬가지였다. 꽤 오랜 시간 동안 내 꿈은 아나운서였다. 두 번의 대학 입학을 모두 신문방송학과로 했으니 아나운서에 대한 진심은 말 다했다. 그러던 중 이름만 대면 누구나 알 법한, 아나운서 세계에서는 대성공한 것으로 평가받을 선배님을 우연한 기회에 만나 뵐 수 있었다. 그때 술 한잔 얻어 마시며 아나운서라는 직업의 진짜 이야기를 듣게 되었다. 당시의 나에게는 선배님의 말씀이 그동안의 인생을 돌아볼 만큼 큰 충격으로 다가왔었다. 물론 사람마다 다르게 생각하겠지만, 그곳은 온통 내가 꺼리는 것들로 가득 차 있었고 나는 정말 단편적인 모습을 보고서 그것을 '꿈'이라며 선망하고 있었구나라는 생각을 떨칠 수가 없었다.

그렇게 약 2년여를 꿈을 잃은 채 방황하게 되었다. 적어도 6년은 공고히 가졌던 목표이자 꿈이었는데도 참 쉽게 잃어버렸다. 그럼에도 '꿈'은 필요했다. 신문방송이라는 전공 공부를 계속해서 해야 할지, 그렇지 않다면 난 무엇을 위해 어떤 노력을 하며 살아가야 할지, 동력이 있어야 했기 때문이다. 이따금씩 들어오는 질문에 멋들어진 대답을 하고 싶기도 했고 말이다.

'이제 내 꿈은 무엇일까?'
'무엇을 꿈꿔야 할까?'
'꿈이 꼭 있어야 할까?
'그럼 꿈이란 뭘까?'

꿈의 정의에 집중해보니 정답의 실마리가 풀리기 시작했다. 꿈이란 '실현하고 싶은 희망이나 이상'이라고 한다. 나는 궁극적으로 행복한 사람이고 싶었다. 지금 당장은 물론 훗날 돌이켜보았을 때에도 행복한 삶을 사는 것이 내 희망이자 이상이었다. 다만 행복이 곧 꿈이 되기엔 다소 추상적이기에 내가 어떨 때 행복한지를 좀 더 파고들었다. 결론은 아무래도 여행이더라. 나는 여행을 할 때 가장 행복한 사람이었다. 어디를 갈지 찾아보고 계획을 세우기도 하는 준비 과정부터, 모든 일정이 끝나 일상으로 돌아온 이후까지도 계속해서 내게 행복이라는 감정을 주는 것은 여행이 최고라는 생각이 들었다. 간혹 겪는 힘들고 지친 상황조차도 생각해보면 추억이고 그 덕에 더 강렬히 행복하다고 느낄 만한 것도 역시 여행이었다. 그래서 정한 내 꿈은 여행이다.

K-행복전도사.

"유튜브 해봐!"

꿈이 여행이라고 했을 때 100이면 100 돌아오는 말이다. 그럴싸한 이유를 찾았음에도 끝내는 직업적인 것에서 벗어나지 못하는 걸까. 솔직히 말하면 유튜버에 도전해보지 않았던 것은 아니다. 인턴 생활을 하러 UAE 아부다비에서 4개월 살이를 할 무렵이었다. 그 당시에는 중동을 주제로 영상을 남기는 사람이 거의 없었다. 게다가 신문방송을 전공한 덕에 어느 정도의 영상 편집도 직접 할 수 있었다. 금의 무게를 측정할 방법을 찾아 유레카를 외치던 아르키메데스처럼 눈이 번뜩였고 나는 유튜버로 성공한 인생을 살게 될 줄 알았다. 하지만 기대감은 오래가지 않았다. 영상의 조회수나 채널의 인기는 둘째치고, 즐겁지가 않더라. 유튜브에 영상을 업로드하던 기간 내내 나는 그토록 사랑하던 여행이 즐겁지 않았다. 좋은 것을 보면 '우와! 예쁘다, 멋있다.'라는 감정이 들기보다, '찍어야지! 연출은 이렇게 해야지!'라는 생각이 먼저였다. 그리고 그게 마음처럼 되지 않을 때면 상당한 스트레스로 다가왔다.

분명 내가 좋아하는 여행이라는 것을 했고 내가 자신 있던 촬영과 편집을 하고 있었다. 이 정도로 완벽한 콜라보가 또 어디 있을까 싶었지만 결과는 정반대였다. 두 가지 모두가 싫어진다는 감정마저 들기 시작했다. 이를 계기로 나는 여행을 직업으로 삼지는 않을 것이라는 다짐을 하게 되었다. 나아가 일과 좋아하는 것을 철저히 분리하기로 마음먹었다. 사람마다 가치관이 다 다르고 어느곳에서 행복을 찾는지가 상이할 것인데, 나는 나만의 경험을 바탕으로 꽤 뚜렷하게 정했다. 어느 누구에게도 뒤지지 않을 정도로 행복하고 싶은 사람이지만 일로서 행복을 찾지 않을 거다, 직업은 내 행복을 이루기 위한 수단으로 있으면 만족하겠다.

"그래서 내 꿈은 그냥 여행하는 거다!"

어쩐지 '꿈', '목표' 같은 말이 어울릴 법한 사진.

에필로그

02

행복

아프리카 종단 여행 후를 기준으로 지금껏 총 47개국을 여행하게 되었다. 세계일주를 하는 진짜 여행왕들에 비할 순 없어도, 평범한 직장인으로 살고 있는 사람들 중에서는 상당히 많은 수준이라고 생각한다. 지도 앱에 잔뜩 쌓인 '별표 표시된 장소'를 보고 있으면 왠지 모르게 흐뭇한 기분이 들기도 한다. 실은 혼자서 '싱글 라이프를 살 때, 50개국 여행' 그리고 '가정을 꾸린 후 함께 50개국을 더 여행'하는 막연한 계획을 세워 본 적도 있는데 어쩌면 계획했던 바의 절반을 실제로 해낼 수도 있겠다는 생각을 했다. 몇 개 남지 않았거든! 하나의 나라에도 수십, 수백 개의 도시가 존재하기도 하고, 같은 장소를 가더라도 시기나 동행 등에 따라 느끼는 바가 크게 달라짐을 잘 알고 있지만 그래도 나에게 있어 N개국 여행은 소소한 의미를 가진다. 어릴 적 포도알 모양의 칭찬 스티커를 하나씩 모아 한 송이의 포도를 완성시키던 정도의 조그마한 목표 의식이랄까.

(글을 집필하는 시점에는 결국 50개국을 채웠다!)

다양한 나라를 여행하는 이유가 포도알 모으기라니 참 형편없다. 누군가는 "생각없이 놀러 다니며 돈이나 펑펑 쓰는 사람이구나."라며 철없어 보인다고도 할 수도 있다. 하지만 나는 좀 다르게 생각한다. 여행하는 데 꼭 대단한 이유가 있어야 할까? 굳이 엄청난 의미를 찾아와야 좋은 여행일까? 아니다. 즐거웠으면 그걸로 됐다. 행복했다면 그게 내가 얻은 의미로는 충분하다. 사실 즐겁고 행복하다는 만족감이 무언가를 추구하는 궁극적인 목표라는 생각도 한다. 가령 누군가의 여행 감상평이 '평소 관심있던 중세 유럽의 건축물들을 직접 눈으로 볼 수 있어 좋았다.'라면 결국 그 덕에 즐겁고 행복하다는 말이 아닌가. 혹은 나아가 '직접 본 건축물에 큰 감명을 받아 앞으로 내 건축디자인 커리어에 기틀이 될 것 같다.'라면 이 또한 결국 그 커리어 덕에 즐겁고 행복할 것이다, 라는 말이 아닌가! 뚜렷한 목적을 가지고 여행하는 것을 부정한다는 말이 아니라 별생각 없이 떠난 여행일지라도 그 자체로 이유가 되고 의미가 있다는 말을 하고 싶다.

이 같은 이야기를 하는 것은 단순히 내가 여행을 많이 다니는 것에 대한 정당성을 얻기 위함이 아니다. 이런저런 이유로 여행을 하지 않는 사람들이 있다면 꼭 한번은 해보시라고 추천하고 싶고, 또 이런저런 이유로 똑같은 여행을 반복하는 사람들이 있다면 다음 번엔 색다른 여행을 가보시라 추천해 주고 싶었기 때문이다. 나처럼 '돌아갈 집도 없애 버린 채 아프리카로 훌쩍 퇴근해 버리기~'까지는 아니더라도 한번쯤은 그동안 해보지 않았던 진짜 여행(Travel)이라는 것을 접하고 최대한 많은 사람들이 행복해 했으면 좋겠다는 소망이 있다. 혹시나 여행하지 않음에 행복을 느낀다거나 늘 같은 여행을 안정적으로 하는 것에 더 만족한다면 사실 할 말은 없겠지만 혹시 모르지, 몰랐던 부분에서 또 다른 재미를 찾을 수 있을지도? 목적도 이유도 없이 훌쩍 떠나도 괜찮다. 그저 행복하기만 하면 그걸로 됐다.

그럼에도 불구하고 여행을 다녀온 후에는 부모님께서 꼭 이렇게 물어보신다.

"좋드나? 뭐가 제일 좋드노?"

여기서는 다 좋다라거나 그냥 행복했다라는 추상적인 대답을 할 수 없다. 질문의 의도가 그것이 아니거든. 그럼 나는 잠시 고민하다 이렇게 대답한다.

"사파리가 진짜 신기하던데요! 아 맞다, 나미비아도 진~~짜로 예뻤어요! 그리고 또…."
"진짜가? 그래? 내도 갈만 하겠드나? 밥은 맛있나?"
"엄마아빠 간다카믄 내가 싹 다 알려주지요! 밥도 그만하면 마 충분하고요."
"사진 보여줘바라 사진."
"내 8천장 찍고 왔는데 다 보여 줄게요. 잠시만 있어 보이소."

이 또한 행복이다. 여행 덕에 또 한 번 행복하다.
그러니 또 가야겠지?

언제 봐도 설레는 비행기 창문 너머의 하늘.